Richard Stevenson

Verraten und verkauft

Aus dem Amerikanischen von
Lars Fischer und Tjark Kunstreich

Pink Plot 2037

Ariadne

Original-Titel: Chain of Fools

Lektorat: Else Laudan

Von Richard Stevenson bei Ariadne bisher erschienen:

Umgepolt *(Pink Plot ZR 2024)*

Eppendorfer Weg 95a, 20259 Hamburg
Telefon 040 / 40 18 00 0 – Fax 040 / 40 18 00 20
Texterfassung durch die Übersetzer
Umschlaggestaltung & Satz: Martin Grundmann
Druck: Alfa Druck, Göttingen
Gedruckt auf säure- und chlorfreiem Papier
ISBN 3-88619-937-1

1

»Die eine ist die gute Kette, die andere die schlechte«, trällerte Skeeter McCaslin in seinem Krankenhausbett weggetreten vor sich hin. »Die eine ist ein Jungfernkranz, die andere ein Würgeband.« Seine dunklen Augen funkelten fiebrig und schafften es, gleichzeitig Argwohn, Todesangst und Gerissenheit auszudrücken. Timothy Callahan und ich sahen einander über unsere Atemschutzmasken hinweg an und dann wieder auf Skeeter.

»Aber als du mich neulich angerufen hast«, sagte Timmy, »hast du gesagt, das Leben einer Freundin sei in Gefahr – einer Frau bei der Zeitung in Edensburg. Warum erzählst du mir das nicht genauer, Skeeter? Es war gut, dass du angerufen hast. Ich bin froh darüber, denn Don kann da vielleicht helfen.«

Skeeters Kiefer verkrampfte sich unter den schwarzen Stoppeln, die bei ihm nicht auf Modebewusstsein, sondern auf Krankheit wiesen, und er wirkte missmutig. »Ich *habe* es dir doch gerade erklärt, oder? Ich erkläre es dir jetzt noch *ein letztes Mal*: Die eine ist die gute Kette, die andere die schlechte. Die eine ist ein Jungfernkranz, die andere ein Würgeband.«

Timmy schwieg einen Moment und fragte dann: »Würgeband?«

Skeeter hob den Kopf nicht vom Kissen – dazu war er offenkundig zu krank und erschöpft –, verzog aber eine seiner buschigen Brauen und sagte in ätzendem Tonfall: »Muss ich mich ein drittes Mal wiederholen? Die eine ist –«

»Ich bin gleich wieder da«, sagte Timmy. Er stand auf und ging in den Gang hinaus.

»Diese Freundin von dir«, sagte ich zu Skeeter, »die in Gefahr ist – soll sie zwangsverheiratet werden?« Seine Augen sprühten Verachtung. Ich war ein Schwachkopf. »Oder hat es was mit gefälschten Perlenketten zu tun?«

»Du bist wirklich noch bekloppter als dein Freund«, sagte Skeeter. Der Blick, den er mir zuwarf, sagte, dass ich auf ihn etwa so nützlich und ansprechend wirkte wie das ungegessene graubraune Roastbeef und die gallenfarbenen Bohnen auf dem Teller auf seinem Nachttisch.

»Skeeter, ich habe den Eindruck, dass du heute Abend nicht ganz bei dir bist«, sagte ich. »Timmy hat immer wohlwollend von dir gesprochen, und ich hoffe, dass wir mehr von dir sehen, wenn es dir besser geht. Dann können wir auch diese Sache klären – was immer es sein mag, weswegen du annimmst, dass deine Freundin auf einen Privatdetektiv angewiesen sein könnte. Okay?«

Skeeter grinste schwachsinnig. »Hat Timmy dir von meinem Muttermal erzählt?«, wollte er wissen.

»Nö. Hat er nicht.«

»Auf das Muttermal ist Timmy wirklich total abgefahren.«

»Wie schön.«

Timmy kam mit einer Schwester im Schlepptau wieder ins Zimmer. Sie polterte zu Skeeter hinüber, starrte die Ziffern auf dem Monitor seines Tropfes an, ruckelte an etwas herum und fragte dann lautstark: »Mr. McCaslin, wie geht's Ihnen?«

»Die eine ist die gute Kette, die andere die schlechte«, erwiderte Skeeter.

»Ist das so?«

»Die eine ist ein Jungfernkranz, die andere ein Würgeband.«

»Aha. Hm.« Jetzt begutachtete sie den Aufkleber auf einem der Beutel am Tropf. »Wie lange hängen Sie da schon dran?«, fragte sie Skeeter.

»Am Leben?«

»Nein, an dem Tropf.«

»Achtundvierzig Stunden«, sagte Skeeter.

»Ach, wirklich?«

»Das war vor der Aufnahme von Alaska und Hawaii als Bundesstaaten. Aber ich erhebe mich noch immer zum Salut, wenn mir nicht gar zu hundeelend ist.«

»Nun, man wird vielleicht das eine Medikament absetzen müssen. Ich werde das mit dem Arzt besprechen. Wer ist Ihr behandelnder Arzt? Baptiste?«

»Ich bin bloß ein schlichter Forstaufseher aus Edensburg. Bei mir heißt er schlicht Baptist schlicht. Oder lutherisch-evangelisch.«

»Aha.«

» Die eine ist die gute Kette, die andere die schlechte. Die eine ist ein Jungfernkranz, die andere ein Würgeband.«

»Na, genießen Sie mal den Besuch Ihrer Freunde.« Die Schwester wandte sich ab und eilte mit Timmy im Schlepptau davon.

Skeeter sah mich mit ausgelaugtem Blick erwartungsvoll an.

»Wo ist denn nun das Muttermal?«, fragte ich.

»Das wüsstest du jetzt wohl gern. Das wüsstest du jetzt wohl *zu* gern.«

»Timmy ist immer froh darüber gewesen, dass er mit dir zusammen war, Skeeter. Für die meisten schwulen Jugendlichen ist die Highschool die Hölle. Ich weiß, sicher war es für euch auch schwierig – eure Beziehung nicht offen leben zu können und all das. Aber wenigstens wusstet ihr beide, wie es um euch stand und was ihr wolltet. Das ist außergewöhnlich.«

Er starrte mich an, als hätte ich in der Sprache eines nordalbanischen Bergstammes mit ihm gesprochen. Einen Augenblick später sagte er: »Die eine ist die gute Kette, die andere die schlechte. Die eine ist ein Jungfernkranz, die andere ein Würgeband.«

»Das hab ich ja verstanden, Skeeter. Ich wünschte nur, ich hätte die leiseste Ahnung, was du damit meinst.«

»Du weißt genau, was ich meine, Donald. Du weißt es *ganz* genau. Oh ja, ganz genau.«

Timmy kam zurück. »Skeeter«, sagte er, »die haben dir ein Steroid verabreicht, dass dir an den Verstand gegangen ist. Jetzt, wo die Lungenentzündung unter Kontrolle ist, können sie die Medikamente vielleicht wechseln. Die Schwester klärt das.«

»Es ist *dein* Verstand, der hier beeinträchtigt ist, nicht meiner«, sagte Skeeter. »Du könntest mir eigentlich mal wieder das Herz rausreißen, wie beim letzten Mal, und dich dann auf vorübergehende Unzurechnungsfähigkeit rausreden.«

»Ich denke, wir kommen besser morgen wieder«, sagte Timmy und wurde rot. »Dann fällt es dir auch leichter, mit mir über die Geschichte zu reden, wegen der du mich Donnerstag angerufen hast. Besteht denn gar keine Chance, dass du noch einen Versuch unternimmst, Don und mir zu erklären, was es mit der guten und der schlechten Kette auf sich hat und wie das mit deiner Freundin zusammenhängt, deren Leben in Gefahr sein soll?«

»Ach weh, welch' vergebliche Liebesmüh.«

»Alles klar. Dann machen wir uns mal auf.«

»Ich bin froh, dass ich dich endlich mal kennen gelernt habe, Skeeter«, sagte ich. »Und ich weiß, dass es Timmy viel bedeutet, nach all den Jahren wieder mit dir in Kontakt zu sein.«

»Immer noch verrückt«, sagte Skeeter.

»Wann«, fragte ich, »habt ihr zwei euch eigentlich zuletzt gesehen?«

»Zweiter September 1963, zwanzig nach vier am frühen Morgen«, sagte Skeeter. »Ich habe seinen Geschmack noch im Mund.«

Timmy wurde tiefrot. »Du hast entweder ein herausragendes Gedächtnis, Skeeter, oder neigst zu unzureichender Mundpflege. Egal, wir können ja einiges nachholen, wenn es dir besser geht. Was hoffentlich bald ist. Ich will alles über dein Leben in der Wildnis hören. Ich finde das großartig – als wir Kids waren, wolltest du immer Forstaufseher werden, und genau das hast du dann auch angepackt und bist es geworden. Ich bin beeindruckt. Wenn nicht sogar ein bisschen neidisch.«

»Jetzt bist du beeindruckt. Damals warst du nackt.«

»Skeeter«, sagte Timmy, »dein Gespür fürs Heikle ist etwas in Mitleidenschaft gezogen, also werden Don und ich jetzt besser gehen. Es bringt einfach nichts, wenn wir heute länger bleiben. Wir kommen morgen um die gleiche Zeit wieder. Mit etwas Glück kannst du uns dann erklären, warum du denkst, dass deine Freundin sich in Gefahr befindet. Ich hoffe, du kannst gut schlafen. Krankenhäuser sind ja wahrlich keine sonderlich geruhsamen Orte. In dem Sinne sind sie eigentlich völlig ungeeignet, wenn man krank ist.«

»Sie haben Eric umgebracht und jetzt versuchen sie, Janet zu töten«, sagte Skeeter plötzlich sachlich.

Timmy hatte Skeeter zärtlich am Arm gepackt und sich gerade zum Gehen gewandt, aber nun starrte er den Mann, den er seinen ›alten Schulfreund‹ nannte, aufmerksam an. Die wenigen Male, wo Timmy Skeeter McCaslin mir gegenüber überhaupt erwähnt hatte, hatte er ihn nie als Liebhaber bezeichnet. Einmal hatte er mir erklärt, das sei ein viel zu bedeutungsvolles und gewichtiges Wort für ein Paar sexbesessener pubertierender Knaben im Poughkeepsie der frühen Beatles-Jahre. Doch war ihre zweijährige Beziehung, die erst mit dem Schulabschluss geendet hatte, von ebenso viel konspirativer Schläue wie emotionalem Heißhunger geprägt gewesen. ›Liebhaber‹ mochte ein zu erwachsener Ausdruck für das sein, was Timmy und

Skeeter einander gewesen waren, aber bloß ›Freund‹ oder auch ›Sexpartner‹ griff zu kurz. ›Beziehung‹ stimmte so auch nicht – schließlich hatte sich das alles ein gutes Jahrzehnt, bevor gleichgeschlechtliche Paare öffentlich aufzutreten begannen, abgespielt. An diesem Punkt erwies sich die Sprache als ebenso unzulänglich, wie es die Zeiten gewesen waren.

Timmy ließ Skeeters Arm los und betrachtete ihn beunruhigt. Der Mann in dem Bett war nicht ganz bei sich – vorübergehend, wie man uns versichert hatte –, und es schien riskant, seinen Äußerungen Bedeutung beizumessen oder etwas hinein zu interpretieren.

»Wer war Eric, Skeeter?«, fragte ich tollkühn. »Und wer ist Janet – die, die sie umbringen wollen?«

»Und wo wir schon dabei sind«, fügte Timmy hinzu, »wen meinst du mit ›sie‹?«

»Die eine ist die gute Kette, die andere die schlechte«, sagte Skeeter, »die eine ist ein Jungfernkranz, die andere ein Würgeband.«

»Skeeter«, sagte Timmy, »vermutlich kannst du nichts dafür, aber davon, dass du das ständig wiederholst, werden die Dinge auch nicht klarer. Ich glaube, wir werden einfach warten müssen, bis sich deine Sinne etwas aufhellen. Hör zu, alter Freund, wir kommen morgen wieder. Also bleib du einfach ganz ruhig und –«

»Eric war mein Liebhaber«, sagte Skeeter, »elf Jahre lang. Eric Osborne, der berühmte Ökofreak und preisgekrönte Autor. Als Eric den Polkpreis verliehen bekam, wusste er sogar, wer Polk war. Ich hätte nicht die leiseste Ahnung gehabt. Aber: ›Wer ist Polk?‹ sag ich, und Eric weiß es. Eric wusste einfach rein alles. Über mich auch, na also – der konnte in mir lesen wie in 'nem Buch, und hat sich in mich eingeschrieben wie in ein Buch. Und ich habe Eric gekannt, wie ein Berg ein Stinktier kennt. Eric war die zweite große Liebe meines Lebens. Aber sie haben ihn umgebracht, am fünfzehnten Mai, und jetzt werde ich allein sterben.«

Während seiner Ausführungen war eine große, blauäugige Frau mit länglichem Gesicht und Sommersprossen und einer wilden Mähne von sonnengebleichtem, strohblondem Haar ins Zimmer geschritten gekommen. Durch ihre Atemschutzmaske sagte sie: »Eldon, du bist weder allein, noch stirbst du. Du hast bloß einen kleinen psychotischen Aussetzer. Aber da kommst du drüber weg.

Tag«, sagte sie und streckte erst Timmy und dann mir eine in Latex gehüllte Hand entgegen. »Ich bin Janet Osborne, eine Freundin von Eldon.«

»Die eine ist die gute Kette, die andere die schlechte ...«

»Ich bin Timothy Callahan, ein alter Schulfreund von Eldon.«

»Die eine ist ein Jungfernkranz, die andere ein Würgeband ...«

»Don Strachey – ich bin mit Timothy hier. Sind Sie eine von den *Edensburg Herald*-Osbornes?«

»Ich bin die Chefredakteurin. Sind Sie der Privatdetektiv? Eldon hat mir erzählt, dass die größte Romanze seiner Highschooljahre jetzt mit einem Privatdetektiv zusammen ist und dass er vorhat, Kontakt mit ihm aufzunehmen.«

»Ich war Eldons einzige Romanze in der Highschool«, sagte Timmy. »Es sei denn, wir zählen den anfänglichen Ausrutscher mit Carol Jean Nugent dazu. Stimmt's, Skeeter?«

»Schuldig. Schuldig im Sinne der Anklage«, sagte der Mann im Bett.

»Eldon, ich wusste ja gar nicht, dass du als Jugendlicher einen so herzallerliebsten Spitznamen hattest. Wusste Eric, dass du in einem früheren Leben mal als Stechmücke unterwegs warst?«

»Die Plage des Dorfangers«, sagte Skeeter.

»Und Sie arbeiten für die Abgeordnetenversammlung, oder, Timothy?«

»Für den Abgeordneten Lipshutz.«

»Eldon hat behauptet, er ist mal in *Cityscape* auf einen Bericht über euch als eines der schwulen Musterpaare von Albany gestoßen, und als ihm dann schien, dass ich womöglich einen Privatdetektiv bräuchte, habe er sich an euch beide erinnert. Obwohl ich ja glaube, dass er in erster Linie seine Neugier befriedigen wollte, was aus seiner ersten großen Liebe geworden ist.«

»Wie Timmy mich entjungfert hat, war einfach wunderbar«, sagte Skeeter. »Das lässt sich einfach nicht leugnen.«

»Ich wusste nicht mal, dass Skeeter in der Gegend ist«, sagte Timmy. »Wir hatten seit dem Ende der Highschool keinerlei Kontakt mehr.«

»Statt bei mir zu bleiben, hat er sich Mutter Kirche hingegeben«, sagte Skeeter. »Mir hingegen hat er den Laufpass erster Klasse verliehen.«

»Was Skeeter damit meint, ist, dass ich nach Georgetown gegangen bin und Politik studiert habe.«

»Das ist jetzt zweiunddreißig Jahre her«, sagte Skeeter, »und er ist immer noch der irische Leckerbissen mit der milchig weißen Haut und Haar so sanft wie Flaumfedern und ich, ich bin eine tote Ente.«

»Eldon, du bist noch lange nicht tot«, sagte Janet, »und die Schwester sagt, dass es mit dir ständig bergauf geht.«

»Quack, quack.«

»Eldon hat Timmy letzte Woche angerufen«, sagte ich, »bevor er so krank wurde, und ihm erzählt, er hätte eine Freundin in Edensburg, deren Leben in Gefahr sei. Damit meinte er wohl Sie, Janet.«

Sie nickte knapp. »Darüber sollten wir uns wohl mal unterhalten. Wir könnten entweder jetzt noch irgendwo hingehen oder es morgen besprechen.«

»Sie haben Eric umgebracht, und jetzt versuchen sie, Janet zu töten«, sagte Skeeter. »Die eine ist die gute Kette, die andere die schlechte. Die eine ist ein Jungfernkranz, die andere ein Würgeband.«

»Eric war mein Bruder«, sagte Janet. »Er war Schriftsteller. Eldon und Eric waren elf Jahre zusammen. Eric ist im Mai gestorben. Er wurde ermordet. Das hat uns alle total mitgenommen, aber Eldon doch noch mehr als alle anderen. Jemanden zu verlieren, den man so liebt – das muss überhaupt die Hölle sein.« Janet Osborne machte den Eindruck einer handfesten Frau mit jugendlichem Schwung, aber als sie von der Ermordung ihres Bruders sprach, veränderte sich etwas in ihrem Gesicht, und mir wurde klar, dass sie nicht so jung war, wie ich zunächst angenommen hatte.

»Don und ich haben beide Erics Bücher gelesen«, sagte Timmy. »Er war ein herausragender Autor. Seine Liebe zu den Adirondacks war so ansteckend, dass wir uns jedes Mal, wenn einer von uns was von Eric gelesen hat, vorgenommen haben, die nächste Gelegenheit zum Zelten wahrzunehmen und die Natur mal mit seinen Augen zu betrachten. Einmal, als wir Erics Bericht im *Harper's* über seine Winterwoche am Berry Pond gelesen hatten, beschlossen wir, selbst ein Februarwochenende dort zu verbringen. Auch wenn ich zugeben muss, dass wir die zweite Nacht im *Edensburg Travelodge* verbracht haben.«

»Ihr Schlappschwänze!«, sagte Skeeter. »Timmy, sag mal, duschst du eigentlich immer noch dreimal täglich?«

»Nein, Skeeter, jetzt da ich in den mittleren Jahren und nicht mehr so häufig schweißtreibenden Anforderungen ausgesetzt bin, komme ich mit zweimal Duschen am Tag hin.«

»Das Zusammenleben mit mir hat Timothy in eine ganz schöne Drecksau verwandelt«, sagte ich.

»Ich hatte mir ausgerechnet, dass deine Haut nach gut vier Jahrzehnten, in denen du dreimal täglich jegliche natürliche Hautfeuchtigkeit beseitigt hast, ganz verdorrt sein würde. Aber deine Haut ist gar nicht scheußlich. Das verstehe ich nicht. Naja, immerhin hast du am Hinterkopf eine Mordsglatze.«

»Skeeter, ich hätte erwartet, dass du als Forstaufseher auf weniger flüchtige Reize geeicht sein würdest als die bloßer menschlicher Eitelkeit.«

»Aha, dann stehst du jetzt also auf Einläufe. Das hätte ich mir ja denken können.«

»Was?«

»Eldon«, sagte Janet, »ich glaube, wir gehen jetzt besser, und du versuchst es erst mal mit einer dicken Mütze voll Schlaf – oder wenigstens einer mickerigen, wenn mehr an diesem Ort nicht drin sein sollte. Ich komme morgen wieder, um zu sehen, wie es dir geht, und vom Forstdienst wollen auch welche kommen. Die Schwester meint, dass alles okay ist, vor allem, wenn sie dich von diesem Mittel runterkriegen. Wahrscheinlich bist du jetzt klinisch gesehen geisteskrank, und das hatte der Arzt meines Wissens ja nun wahrlich nicht angeordnet.«

»Nennt mich Olivia.«

»Bis bald, Olivia«, sagte Timmy.

»Ich habe dich dafür gehasst«, platzte es plötzlich aus Skeeter heraus, »dass du mich verlassen hast. Ich war so wütend, dass ich dich am liebsten umgebracht hätte.« Er begann schnell und heftig zu atmen. Das konnte für einen Mann, der sich gerade von einer Lungenerkrankung erholte, meines Erachtens nicht gut sein.

Timmy stand wie angenagelt da und sagte: »Oh.«

»Ich bin in die Wälder gegangen«, sagte Skeeter und rang nach Luft, »bis Petersons Bluff und noch weiter, und hab mir die Seele aus dem Leib geschrien. Bäume habe ich ausgerissen und deinen Namen verflucht, Timmy. Verabscheut habe ich dich und deinen Schädel mit Felsbrocken zertrümmert. Als ich wieder in der Forstwirtschaftsschule war, habe ich die halbe Nacht geweint, bevor ich einschlafen konnte. Die andern Jungs hab ich angelogen und erzählt, meine Mutter sei gestorben.«

»Oh. Oh, Skeeter. Mein Gott.«

»Ich habe dich noch jahrelang geliebt und für deine Gemeinheit gehasst, Timmy.« Timmy sah weg. »Ich bin darüber erst richtig hinweg gekommen, als ich Eric kennen gelernt habe«, sagte Skeeter und sah Timmy mit stechendem Blick an.

Timmy wurde purpurrot. »All die Jahre. Herrje, Skeeter. Es tut mir Leid.«

»Dann, und erst dann, warst du für mich wirklich erledigt, Callahan.«

»Oh.«

»Dann gab es nur noch Eric und mich – zusammen, so lange es auch halten mochte, wo wir beide positiv waren. Bis dieser alberne Tod uns scheidet.«

»Es tut mir so Leid.«

»Ich bin zuerst krank geworden.«

»Wie furchtbar.«

»Aber wenigstens hatte ich Eric auf dieser Wahnsinnstour an meiner Seite – bis sie ihn umgebracht haben.«

»Wen meinst du mit ›sie‹?«, fragte Timmy und ergriff die Gelegenheit, das Gespräch auf Verhaltensweisen zu lenken, die in Skeeters Augen noch verabscheuungswürdiger sein mussten als seinerzeit die von Timmy.

»Das ist genau das, was dein Freund herausfinden muss. Wer *die* sind. Ich kann dir nur so viel sagen: Die stecken mit der schlechten Kette unter einer Decke.«

»Schlechte Kette?«, fragte ich.

»Ja, ja, ja, ja.«

»Die Sache mit den Ketten ist uns noch nicht ganz klar, Skeeter. Da kommen wir vielleicht besser morgen noch mal wieder, um das zu klären.«

»Ich kann euch erklären, was Eldon meint«, sagte Janet. »Der

Herald ist so gut wie pleite und die Familie wird ihn veräußern müssen. Eine Verlagskette, die ihr Interesse angemeldet hat, hat ein niedriges Angebot unterbreitet, das aber den Vorteil hätte, dass die hohen Ansprüche des Blattes und das fortschrittliche redaktionelle Profil, insbesondere in umweltpolitischen Fragen, beibehalten würden. Das ist der Jungfernkranz. Ein hohes Angebot liegt hingegen von einer Verlagskette vor, die von einem reaktionären Rüpel betrieben wird, der den größten Teil des Personals feuern und das Blatt redaktionell ausweiden würde, um es in erster Linie als Werbeträger für Handelsketten zu nutzen – das Würgeband. Einige Angehörige meiner Familie würden gern an den Rüpel verkaufen und sich so mit einem finanziellen Pölsterchen aus der Affäre ziehen. Andere wollen an die gute Kette verkaufen und auf Null rauskommen, dafür aber den gute Namen der Osbornes wahren. Eine Stimme für den Jungfernkranz ging uns verloren, als Eric umgebracht wurde. Möglicherweise könnte jemand versuchen – das ist jetzt Eldons Theorie –, auch mich zu töten, um auch meine Stimme für den Verkauf an die schlechte Kette zu entsorgen. Ohne mein Votum hätte der reaktionäre Rüpel praktisch gewonnen.« Schweiß stand Janet jetzt auf der Stirn und um die Augen.

»Gibt es irgendwelche Anhaltspunkte dafür, dass Eldons Theorie stimmen könnte?«, fragte ich.

»Ich weiß nicht«, sagte Janet. »Ich mag mir natürlich gar nicht vorstellen, dass jemand aus dem Kreis der Osbornes wegen Geld oder aus sonst einem Grund andere Mitglieder der Familie – oder überhaupt irgendwen – ermorden würde. Andererseits weiß ich aber auch, dass – naja, es reicht vielleicht, wenn ich erst mal nur sage, vorstellbar scheint mir das schon, dass an dem, was Skeeter denkt, was dran ist.« Sie zuckte dezent mit den Schultern wie um sich für eventuelle mörderische Neigungen in der Osborne-Familie zu entschuldigen.

»Die haben die Jetsons auf sie gehetzt«, sagte Skeeter. »Betskiwetski. Tut tut, und weg bist du.«

Timmy sah Skeeter verständnislos an, aber Janet schien zu wissen, was das zu bedeuten hatte. »Letzte Woche könnte jemand versucht haben, mich mit einem Jetski umzunieten«, sagte sie. »Draußen auf dem See, wo ich lebe. Darauf spielt Skeeter auf seine etwas phantasievolle Weise an.«

»Könnte?«, fragte Timmy.

»Es gibt schon ein paar Hitzköpfe draußen am See, also kann es auch bloße Fahrlässigkeit gewesen sein«, sagte Janet erbittert. »Es kann aber auch Absicht gewesen sein. Wir wissen es einfach nicht.«

»Die eine ist die gute Kette, die andere die schlechte. Und fast wäre der Kopf von der großen Puppe in tausend kleine Stücke gegangen«, sagte Skeeter. Er verdrehte die Augen und ließ die Zunge idiotisch aus dem Mund hängen. Da waren wir uns alle einig, dass es an der Zeit war, Skeeter umgehend etwas Ruhe zu gönnen.

2

»Ich bin mir sicher, dass die Frau einiges wegstecken kann, aber so sehr sie sich auch um Gelassenheit bemüht hat – es war unübersehbar, dass Janet Osborne Angst hat«, sagte Timmy später, als wir zu unserem Haus in der Crow Street zurück spazierten. Ein großer roter Mond hing am östlichen Himmel, darauf ein riesiger Klecks in der Form Sri Lankas, und die Augustnacht war dicht wie schwarzer Tee. Die neo-viktorianischen Wohnblöcke auf unserer Seite der Straße hätten statt des Washington Parks ebenso gut ein Küstenpanorama irgendwo in der Südsee überragen können. Das tropische Albany in seiner berauschendsten Form. Als wir jedoch beim Donutladen an der Ecke Lark Street anlangten, mit seinem kalten Neonlicht und dem Geruch von Puderzucker und Marmeladenfüllung, war die Illusion hin.

»Familien sollen eigentlich Schutz bieten vor der Gewalt und Willkür der Welt da draußen«, sagte Timmy. »Jemanden aus der eigenen Familie zu verdächtigen, ein anderes Familienmitglied umgebracht zu haben, muss einen doch völlig zerreißen.«

»Mord gehört zwar nicht zu den *family values*, für die Pat Robertson eintritt«, sagte ich, »soll aber schon mal vorkommen. Ganz zu schweigen von all den subtileren innerfamiliären Mordanschlägen, die ohne Blutvergießen vonstatten gehen und deswegen nicht gesetzwidrig sind.«

»Die Geschäftsführung eines Familienunternehmens muss besonders heikel sein«, sagte Timmy. »Geschäftsentscheidungen müssen überwiegend nüchtern ausfallen, und Freudsche Unterschwelligkeiten können die Dinge bloß vermurksen. Und wenn das Geschäft dann in die Binsen zu gehen beginnt, brechen die alte Familienfehden durch.«

»Ich habe gehört, dass Familienunternehmen, wenn überhaupt, dann auseinander zu fallen beginnen, wenn die dritte Generation ans Ruder kommt«, sagte ich. »Die erste Generation gründet das Unternehmen, die zweite erweitert und sichert es, und dann treten die Taugenichtse der dritten Generation auf den Plan und richten das ganze zugrunde. Darin sind die Osbornes kein Einzelfall, auch wenn es irgendwie besonders hässlich ist, dass eine Zeitung vom Rang und mit der Geschichte des *Herald* in den Ruin getrieben werden kann wie jeder chinesische Imbiss, der aus Gedankenlosigkeit an einem Ort aufmacht, wo es zu wenig Laufkundschaft gibt.«

»Wie konnte es überhaupt passieren, dass der *Herald* beinahe pleite ist? Die wirtschaftliche Lage in Edensburg müsste stabil sein – die Tourismusbranche und die Kanuproduktion halten der Krise stand – und es gibt dort keine andere Zeitung, die ernsthaft mit dem *Herald* konkurrieren könnte.«

Von der geschäftigen Madison Avenue bogen wir in die ruhige Crow Street ab, mit ihren gepflasterten Gehsteigen und Stadthäusern mit historischen Hinweistafeln. »Über den *Herald* bringe ich mehr in Erfahrung, wenn ich mich morgen mit Janet treffe«, sagte ich. »Ich weiß aber, dass Zeitungen überall im Land mit den steigenden Druckkosten zu kämpfen haben, während die Einnahmen aus Anzeigen zurückgehen zugunsten von Postwurfsendungen, Einkaufsratgebern, Kabelfernsehen und was sonst noch so auf dem dicht gedrängten Datenhighway auf uns zugebrettert kommt.«

»Das Problem mit diesem Datenhighway«, sagte Timmy, »ist, dass auch nur derselbe alte Mist darauf transportiert wird, wenn überhaupt. Und Institutionen wie der *Herald*, denen der Wert einer Information noch mehr gilt als der Profit, bleiben dabei auf der Strecke.« Eine nachdenkliche Pause. »Ich rede ja wie ein kauziger alter Greis! Don, bin ich dabei, wunderlich zu werden?«

»Du warst schon immer wunderlich.«

»Hab ich glatt vergessen.«

»Tattergreis Callahan.«

»Tattergreis, wenn nicht gar platter Greis.«

»Allerdings ist deine Kauzigkeit in diesem Fall vollauf berechtigt – und, wie ich mit zunehmendem Alter festgestellt habe, auch in einer Reihe anderer Fälle. Wirtschaftsunternehmen mit sozialem Gewissen werden geschluckt von seelenlosen Konzernen mit überlegener Technologie, großer Kohle und der Angewohnheit, Tausende von Arbeitern auf die Straße zu werfen. Und der *Edensburg Herald* wird dafür mal wieder ein Paradebeispiel sein, wenn es zu einer Übernahme kommt. Das stinkt zum Himmel. Und wenn irgendwer, ob aus der Osborne-Familie oder nicht, Mord als ein Mittel einsetzt, um diesen Prozess zu beschleunigen, würde ich, wenn möglich, gern dazwischengehen.«

»Gut.«

»Es war übrigens sehr interessant zu erfahren, wie *un*greisenhaft du während deiner letzten Schuljahre warst, Timothy. Damals jedenfalls herrschte auf deinem Datenhighway reger Verkehr.«

»Naja, das war dann aber auch so ziemlich alles – Nervenbahnen und Drüsen haben Überstunden gemacht.«

»Nervenbahnen, Drüsen und Hydraulik.«

»Die auch.«

»Armer Skeeter. Wie sich jetzt zeigt, war es für ihn mehr als jugendliche Wollust.«

»Nein.«

Wir überquerten die Hudson Avenue. Winzige Insekten flirrten um die Straßenlaternen. »Hat Skeeters Bekenntnis heute Abend dich nicht erschüttert?«, fragte ich. »Du neigst doch sonst nicht dazu, anderen Menschen absichtlich wehzutun. Damals, anno dreiundsechzig, wusstest du vermutlich gar nicht, wie sehr du Skeeter den Kopf verdreht hattest.«

Starr geradeaus guckend, sagte Timmy: »Ich wusste es.« Wir gingen nebeneinander und ich spürte, wie die Anspannung in ihm wuchs. Kurz bevor wir an der nächsten Ecke anlangten, sagte er: »Das Problem war, dass ... Ich konnte es mir nicht eingestehen.«

»Nein.«

»Dass ich eine Schwuchtel bin, meine ich.«

»Ich hatte schon verstanden.«

»Skeeter wollte weitermachen mit unserer – für mich war's bloß die sexuelle Anziehung. Ihm ging es um mehr. Ich war bloß wild auf Sex, aber Skeeter war wild auf mich. Er wollte mir schreiben, regelmäßig mit mir telefonieren, mich in Washington D.C. besuchen, ich sollte ihn in Plattsburg besuchen. Er wollte, dass wir unsere Ferien zusammen verbringen. Dass ich Schluss gemacht habe, hatte zum Teil mit meinen gemischten Gefühlen Skeeter gegenüber zu tun – er war mir gefühlsmäßig immer etwas zu sprunghaft. Aber hauptsächlich – und das war mir damals so klar wie heute – habe ich die Beziehung abgebrochen, weil Skeeter ein Homosexueller war. Wenn ich mit ihm zusammen geblieben wäre, hätte das bedeutet, dass ich auch homosexuell bin.«

»Igitt, wie eklig.«

»Also hab ich die Beziehung abgebrochen.«

»Und hast ihn nie wieder gesehen?«

»Seine Anrufe im Wohnheim habe ich nicht angenommen, seine Briefe nicht beantwortet. Zu Thanksgiving bin ich nicht nach Hause gefahren, Weihnachten täuschte ich eine Grippe vor und habe das Haus nicht verlassen. Drei Wochen lang rief er zweimal täglich an, und ich sagte meiner Mutter, ich sei zu krank, um ans Telefon zu gehen. In Wirklichkeit schrieb ich in meinem Zimmer an einer Arbeit über Teilhard de Chardin und las *City of Night*, fein säuberlich in den Schutzumschlag von *A Stone for Danny Fisher* gehüllt.«

»Deine Eltern haben nichts gemerkt?«

»Ich bin mir sicher, dass sie sich gewundert haben, und gesorgt. Sie konnten ja sehen, dass ich nicht gar so krank war. Für ein Grippeopfer habe ich vermutlich viel zu viele Mortadellastullen mit Mayonnaise verdrückt.«

»Und Skeeter hielt unter deinem Fenster Wache. Für ihn muss das ja die Hölle gewesen sein. Für euch beide.«

»War es auch.« Wir kamen zu Hause an und Timmy, der seinen Schlüssel bereits kurz hinter der letzen Ecke herausgeholt und wie eine Pistole zielsicher vor sich her getragen hatte, ließ uns hinein. »Ich dachte«, sagte Timmy, »dass Skeeter einen anderen gefunden hatte, als er nach Weihnachten endlich aufgehört hat zu schreiben und anzurufen. Jedenfalls habe ich mir das eingeredet.« Wir gingen Richtung Küche, wo ich mir ein Bier aus dem Kühlschrank holte.

»Ich nehme besser auch eins«, sagte Timmy. Wir zwängten die von der feuchten Hitze verzogene Terrassentür auf und setzten uns zu den Petunien ins Mondlicht.

»Warst du nicht eifersüchtig«, fragte ich, »wenn du dir Skeeter mit einem anderen vorgestellt hast?«

»Und wie. Ganz furchtbar war das. Aber ich hatte es ja nicht anders verdient, nahm ich an. Was ja stimmte. Nach dem, was ich Skeeter angetan hatte, hatte ich streng genommen eher Schlimmeres verdient.«

»Naja.«

»Doch.«

»Du hast bloß getan, was ein Haufen Leute am Ende der Pubertät und zu Beginn ihres Erwachsenenlebens tun: Die Jugendliebe verlassen, weil es ans Erwachsenwerden geht und die Lebensbedingungen sich verändern. Das ist hart und es ist grausam, aber es gehört zum Leben dazu.«

»Nein«, sagte Timmy, »ich habe in erster Linie mit Skeeter gebrochen, weil ich Angst davor hatte, nicht normal zu sein. Also, hauptsächlich davor, nicht für normal *gehalten* zu werden.«

»Ja, aber das war's dann auch schon, was du im Namen der Normalität verbrochen hast – eine Liebschaft unter Oberschülern beendet. Du hast nicht – warst nicht wie Jean-Louis Trinignant in *Der große Irrtum*. Du hast nicht im Auftrag der Faschisten gemordet, um dazu zu gehören.«

Timmy hob die Flasche. »Na, darauf lass uns trinken. Das zumindest habe ich nicht getan – im Auftrag der Faschisten einen Liberalen ermordet. Jedenfalls nicht dass ich wüsste.« Wir tranken.

»Und so sehr du dich auch in den Sechzigern dagegen gesträubt haben magst, nicht ›normal‹ zu sein, Timothy«, sagte ich, »in den Siebzigern hast du es allemal gutgemacht. Wie so viele von uns.« Ich machte eine anzügliche Geste.

Timmy schien es nicht zu bemerken. Tief in Gedanken versunken starrte er den roten Mond an. Schließlich sagte er: »Was ich Skeeter angetan habe, kann ich nie gutmachen. Unübersehbar hat er den Schmerz, den ich ihm damals zugefügt habe, als so tiefgehend und furchtbar erlebt, dass er ihn zeitlebens nicht mehr loslässt. Das macht die Tatsache, dass er zu jung sterben wird, noch schlimmer. Als wäre das nicht schon gemein und sinnlos genug.«

»Du bist viel zu streng mit dir, Timmy.«

»Aber weißt du was«, sagte er und warf mir einen seltsamen, fiebrigen Blick zu, von dem ich nicht ganz sicher war, ob ich ihn von ihm schon kannte, »vielleicht kann ich Skeeter gegenüber doch andeutungsweise etwas wieder gutmachen. Indem ich ihn bei dem unterstütze, was ihm im Moment am wichtigsten ist: Herauszufinden, wer Eric umgebracht hat, und Janet zu schützen, falls sie tatsächlich in Gefahr sein sollte. Und indem ich den *Herald* vor dem Würgeband rette.«

Er hatte eine Citronellakerze angezündet, um die Insekten zu vertreiben. Das Licht warf einen flackernden Schein auf sein zartknochiges irisches Gesicht und seine nun helleren Augen. Er schien wie besessen von seiner Eingebung, die für mich nach noch nicht genau bestimmbarem, aber unweigerlichem Ärger roch.

»Moment mal, Timmy«, sagte ich. »Der Detektiv hier bin ich, und du bist der pragmatische, aber idealistische Sozialklempner. Erinnerst du dich?«

Das schien nicht anzukommen. »Ich werde dich anheuern«, sagte er, »mir frei nehmen – die Parlamentsgeschäfte hängen sowieso im Sommerloch – und dir helfen. Du befindest dich im Moment sowieso – ›zwischen zwei Projekten‹ lautet, glaube ich, die vornehme Umschreibung. Es ist also etwas, was wir zusammen tun können, und etwas, was ich für Skeeter tun kann. Wenigstens dies eine noch.«

Ich dachte darüber nach, aber nicht sehr lange. »Ich weiß nicht, Timothy. Dein Eifer ehrt dich. Darin zeigt sich dein grundanständiges Wesen. Aber wir und zusammen arbeiten, das klingt riskant. Die Art, wie ich vorgehe, gefällt dir oft nicht. Meine Methoden haben dich mitunter entsetzt. Manchmal hast du sie verabscheut. Die ganze Sache könnte sich als ausgesprochen ... kompliziert erweisen.«

Sein Gesicht schien in dem seltsamen Mondlicht zu glühen. »Darauf lass ich es ankommen«, sagte er. »Ich wüsste jedenfalls keinen, den ich lieber anheuern würde als dich, Don.«

»Nein, Timmy, du wüsstest keinen, mit dem du lieber eine Rolle Zahnseide teilen würdest als mit mir. Das Verhältnis von Detektiv zu Klient ist ein anderes. Außerdem will Skeeter mich vielleicht anheuern, oder Janet Osborne. Das wäre in beiden Fällen sinnvoller. Diese ganze Idee, dass der unaufgeklärte Mord an Eric etwas mit möglichen Anschlägen auf Janets Leben zu tun haben könnte, ist hochgradig spekulativ. Janet war sich jedenfalls nicht so sicher, dass dieses sogenannte Jetski-Attentat, über das Skeeter so munter daherplapperte, überhaupt ein Angriff auf sie war. Ich werde morgen mit Janet reden – ohne dass daraus für jemanden Gebühren oder Verpflichtungen erwachsen. Wie wär's, wenn wir danach weitersehen und die Sache Schritt für Schritt angehen?«

»Na gut«, sagte er, »aber wenn's dir Recht ist, werde ich morgen einfach mitkommen. Wer zahlt, können wir dann später entscheiden.«

Das hatte es noch nicht gegeben. Und es war nicht gut. »Also«, sagte ich, »ich denke, du wirst morgen einfach *nicht* mitkommen. Timmy, selbst wenn du mein Klient wärst, ich laufe in aller Regel nicht mit den Klienten zusammen herum, während ich eine Untersuchung durchführe. Meist sind sie bloß im Weg, und das würdest du doch nicht wollen. Hör mal, wie wär's, wenn ich nicht mit dir zur Arbeit gehe und du nicht mit mir? Wie klingt das?«

»Ich habe dir schon oft geholfen«, sagte er ruhig, »und zwar in Fällen, die anfangs mindestens ebenso undurchsichtig waren wie dieser. Ich habe meinen Teil dazu beigetragen, die Dinge zu klären. Kein einziges Mal war ich – wie du dich auszudrücken beliebst – im Weg. Das musst du doch zugeben. Oder? Ich war immer nur nützlich, manchmal ausgesprochen nützlich, und das ab und an in durchaus gefährlichen und prekären Situationen.«

»Dieser Fall liegt anders«, sagte ich, wohl wissend, wo dieses Gespräch enden würde. »Du bist gefühlsmäßig verwickelt.«

»Na, *selbstverständlich* bin ich gefühlsmäßig verwickelt«, sagte er und warf die Hand, die keine Bierflasche umklammert hielt, in die Höhe. »Skeeter wird sterben, in Himmels Namen! Und da ich Skeeter zu Beginn seines Erwachsenenlebens tief verletzt habe, bin ich es ihm schuldig, ihm die Dinge am Ende seines Lebens einfacher zu machen, wenn ich kann. Wenn ich schon in der Lage bin, Skeeter zu helfen und mein eigenes schlechtes Gewissen wegen der Hölle, die ich ihm vor zweiunddreißig Jahren bereitet habe, zu erleichtern – dann will ich es verdammt noch mal auch tun, Don!«

Skeeter, Skeeter, Skeeter, Skeeter, dachte ich.

3

Der *Edensburg Herald* war 1895 gegründet worden. Damals hatte der junge, von sozialem Gerechtigkeitssinn getriebene Fortschrittler Daniel Lincoln Osborne sich von seinem Schwiegervater Hiram Young, einem seiner arbeitnehmerfreundlichen Praktiken wegen angesehen Gießereibesitzer, elftausend Dollar geliehen und durch den Zusammenschluss von zwei nicht weiter nennenswerten Wochenzeitungen die erste Tageszeitung der Stadt geschaffen. Das neue Blatt machte sich schnell einen Namen – keinen guten, glaubte man den örtlichen republikanischen Traditionalisten. Von Anfang an wetterte der *Herald* gegen die Verwüstungen der kapitalistischen Räuberbarone, unterstützte gewerkschaftliche Organisierung und die Trustbuster-Bewegung und trat in seinen Leitartikeln leidenschaftlich für die Bewahrung von Wasser, Luft, Natur im Allgemeinen und der rauhen, zerklüfteten landschaftlichen Schönheit der Adirondacks im Besonderen ein. Die Einrichtung von sechs Staats- und zwei Nationalparks ging beinahe ausschließlich auf die Kappe des Blattes.

Später dann hatte der *Herald* Franklin Delano Roosevelts vom republikanischen Club Eden als ›Triumph der Bolschewiki‹ gebrandmarkten *New Deal* begrüßt. Noch als Achtzigjähriger wurde Hiram Young von jenen Edensburger Familien, die die Bank- und Grundstücksgeschäfte und die Bootsproduktion beherrschten, sorgsam geschnitten. Nie hatten sie ihm verziehen, dass er seinem Schwiegersohn die Gründung eines weithin bekannten und offenbar unverwüstlichen Mediums ermöglicht hatte, das – um die Worte des Direktors der Kreissparkasse Eden zu gebrauchen – nur der Verbreitung von ›sozialistischem Schweinkram‹ diente.

1945, kurz bevor der alte Dan in Rente ging, gewann die Zeitung den ersten ihrer drei Pulitzerpreise für die Leitartikel, in denen das Blatt sich für die Gründung der UNO stark gemacht hatte. Der zweite kam während des Vietnamkriegs und galt jenen Artikeln gegen den Krieg, mit denen Dans Sohn und Nachfolger, William T. ›Tom‹ Osborne, Lyndon B. Johnson zur Verzweiflung trieb, weil sie so elegant und scharfsinnig waren, dass Zeitungen überall im Land sie regelmäßig nachdruckten und die Senatoren Church und Fulbright sie im Plenum des Senats vortrugen. Der dritte Pulitzer für den *Herald* ging zehn Jahre später an Eric Osborne für seine ›Briefe aus der Wildnis‹, jene Serie von Berichten, die erst mit seinem Tod vergangenen Mai ein Ende fand, als man ihn auf einem der Abhänge erschlug, die er seinen Leserinnen und Lesern so lebhaft vor Augen geführt hatte.

Die Stirnwand des Redaktionssaals im zweiten Stock jenes alten viktorianischen Blocks in Edensburgs Main Street, der den *Herald* beherbergte, füllte zur Hälfte eine Galerie von Fotoportraits, und Eric stellte nun deren jüngste Ergänzung dar. Gründervater Dan und sein Sohn Tom waren dort zu sehen sowie eine Reihe von Geschäftsführern und Nachrichtenredakteuren. Während einer ihrer Altvorderen noch missmutig unter einer grünen Augenblende hervorblinzelte, trugen etliche der jüngeren getupfte Fliegen zur Schau, sorgsam gegen gediegene Anzugstoffe abgesetzt. Alle miteinander bildeten sie jene Ahnengalerie, die von einigen der jüngeren Journalisten beim *Herald* ›die weißen Leichen‹ genannt wurde.

Janet Osborne war die erste Frau an der redaktionellen Spitze des *Herald*. Ihr Vater hatte sie eingesetzt, als er 1985 in Rente gegangen war. »Du bist der beste Mann für den Job«, hatte er ihr erklärt. Niemand in der Familie und auch sonst kaum jemand zweifelte diese Entscheidung an. Von Janets Geschwistern wäre lediglich Eric ebenso qualifiziert gewesen, das Blatt herauszubringen. Der war jedoch schlicht nicht interessiert gewesen, denn er hätte dann zu oft aus der Wildnis heimkehren müssen.

Des Gründervaters Namensvetter, Erics und Janets Bruder Dan, hatte zwar in etwa die richtige politische Orientierung für den Posten. Er war aber ein berüchtigter Hitzkopf und in Fragen der Personalführung ausgesprochen unverständig. Vermutlich hätte er die gesamte Redaktion des *Herald* binnen Wochen die Wände hoch beziehungsweise zur Tür hinaus getrieben. Darauf wollte es in der Familie, Dans Rang in der Erbfolge und der Zugkraft seines Namens und, natürlich, seines Geschlechts zum Trotz, niemand ankommen lassen. Nominell war Dan Osborne Herausgeber des *Herald*, aber die geschäftliche Seite des Unternehmens wurde in Wirklichkeit von jemandem betreut, der nicht Mitglied der Familie war, sodass Dan seine Zeit darauf verwenden konnte, Kampagnen für unabhängige linke Kandidaten zu organisieren und an der Spitze von Brigaden zur Zuckerernte nach Kuba zu reisen.

Dans frühes Engagement in den Venceremos-Brigaden war jenen beiden Abkömmlingen Tom Osbornes, die politisch aus irgendwelchen Gründen konservativ geraten waren, ein steter Quell säuerlichen Spotts. Chester, der in Edensburg mit Wertpapieren handelte, und June, die ihre Jahre als Vorstandsvorsitzende des Bezirksmuseums von Eden darauf verwendet hatte, das Museum und mehr oder weniger den ganzen Bezirk vor Kunstwerken des zwanzigsten Jahrhunderts zu bewahren, blickten auf die unerschütterlich liberale Einstellung ihrer Geschwister sowie ihrer Eltern und Großeltern wie auf eine ungünstige Erbanlage. In manchen Familien kamen Hasenscharten häufig vor, in anderen eben liberale Einstellungen.

Weder Chester noch June hatten es aber jemals gewagt, sich in die redaktionellen Angelegenheiten des *Herald* einzumischen. Zum einen gebührte der osborneschen Familientradition schlicht Respekt, gleich für wie schwachsinnig Chester und June sie hielten. Und im Übrigen waren sie kaum geneigt, sich mit den anderen anzulegen, weder mit Janet und Dan, die beide ordentlich auszuteilen wussten, wenn es hart auf hart kam, noch mit ihrer verwitweten Mutter, Ruth Osborne. Alle Mitglieder der Familie wussten, dass Ruth Osborne selbst jetzt, da ihre Gesundheit nachzulassen begonnen hatte, durchaus noch imstande war, das fortschrittliche Profil des *Herald* unter Aufbietung von Umsicht und Zähigkeit und, was selten vorkam, dafür aber umso furchteinflößender war, eiskalter Wut zu verteidigen. Als Junes Mann, Dick Puderbaugh, mal bei einem Familienpicknick eine spöttische Bemerkung über einen Leitartikel des *Herald* gemacht hatte, der die Abwahl Nixons forderte, und zwar frühzeitig in seiner *ersten* Amtszeit, war Ruth wie ein Raubtier über ihn hergefallen. Sie hatte Nixon und Henry Kissinger als Kriegsverbrecher bezeichnet, die von der UNO eingesperrt gehörten, und einen Zusammenhang hergestellt zwischen dem Einsatz von Napalm gegen Kleinkinder in Asien und Dick Puderbaughs Heizölgeschäften. Ein Zusammenhang, der selbst dem jungen Dan, damals in leitender Position bei den *Students for a Democratic Society*, etwas weit hergeholt schien.

Ruths Position in den Familienangelegenheiten der Osbornes drohte sich seit kurzem infolge erster Anzeichen von Alzheimer zu verkomplizieren, aber davon wusste nur Janet. Sie ging nicht davon aus, dass die bisher vernachlässigbaren geistigen Beeinträchtigungen ihrer Mutter eine Rolle spielen würden in der Familienschlacht darum, ob der *Herald* an die gute oder die schlechte Kette verkauft werden sollte. Janet war aber hinlänglich um den Geisteszustand ihrer Mutter besorgt, um es für angeraten zu halten, jeden Tag nach der Arbeit am Stammsitz der Osbornes in der Maple Street Halt zu machen, bevor sie zum ›Haus am See‹ fuhr. Das war die Sommerresidenz der Osbornes, in der Janet momentan ganzjährig mit ihrer großen Liebe Dale Kotlowicz wohnte.

All dies erfuhr ich am Mittwochvormittag in Janet Osbornes Büro, einem rechteckigen, gläsernen Kontor mit Blick über den Redaktionssaal. Der Schreibtisch wie die restliche Einrichtung in Janes Redaktionshauptquartier war, wie schon bei ihrem Vater und Großvater, spätviktorianisch, aber ein Bildschirmarbeitsplatz mit Computertastatur hatte im Tagesgeschäft die alte Underwood-Schreibmaschine, die jetzt im Regal stand, und die pneumatischen Röhren, durch die einst Korrekturfahnen zum Satz im hinteren Teil des Gebäudes gejagt wurden, abgelöst. Und neben den altehrwürdigen gerahmten Fotos an der Wand, die frühere Osbornes mit Teddy Roosevelt, Franklin und Eleanor (auf unterschiedlichen Bildern), Chester Bowles und Al Gore Senior zeigten, war eine glücklich lächelnde Jane in Gesellschaft von Audre Lorde und Adrienne Rich zu sehen.

Janet erzählte Timmy und mir ihre Zwanzig-Minuten-Version der Osborne-und-*Herald*-Familien-und-Zeitungs-Saga und ließ auch gleich einfließen, wie es zu der gegenwärtigen Krise gekommen war. Das Blatt hatte immer Gewinne abgeworfen, aber 1988 hatte Stuart Torkildson, der Vizepräsident und betriebswirtschaftliche Leiter des *Herald*, einen Plan zur Sicherung der wirtschaftlichen Stabilität der Zeitung angesichts steigender Kosten und wachsender Konkurrenz um Werbeeinnahmen unterbreitet. Die Firma sollte durch eine 18-Millionen-Dollar-Investition in die touristische Erschließung von Blue Valley, ein sechsundzwanzig Meilen von Edensburg entfernt in den Bergen gelegenes Dorf, im Rahmen des von Reagan angefachten

Booms groß absahnen. Die Profite des Projekts, das *Schmucke Fichte* heißen sollte, sollten den Bestand und, wie Stu Torkildson betonte, die redaktionelle Unabhängigkeit der Zeitung mindestens für das nächste Jahrhundert garantieren.

Die meisten Osbornes verabscheuten den republikanischen Präsidenten, den ein Leitartikel des *Herald* 1986 als ›liebenswürdigen Aasfresser‹ bezeichnet hatte, ebenso wie die ›Countryclub-Piranhas, die in seinem Gefolge ausgeschwärmt sind.‹ Aber die Entwürfe für *Schmucke Fichte* gewannen ihrer Ästhetik wie um ihrer unnachgiebigen ökologischen Maßstäbe willen Preise. Und wenn die Tradition der Zeitung gesichert werden konnte gegen die fortgesetzte Verflachung des amerikanischen Journalismus – der sich immer häufiger in eine trübe Brühe aus allem von Werbung bis Öffentlichkeitsarbeit verwässert fand –, indem man beim Reaganschen Boom mit von der Partie war, dann ergab es Sinn, sich die sechzehn Millionen zu leihen, die die Familie brauchen würde, um das Projekt durchführen zu können, und dem neuen Jahrtausend entsprechend kühn entgegenzutreten.

Tom Osborne, ausgelaugt und dem Tod durch Leberkrebs nahe, stimmte *Schmucke Fichte* widerwillig zu, ebenso Ruth, June, Chester und sogar Dan. Janet und Eric stimmten dagegen – ihr Argument war, dass die Idee zwar vernünftig sein mochte, das Kreditvolumen aber schlicht zu riskant sei. Und als der Reagansche Boom zusammenbrach, zeigte sich, dass Eric und Janet Recht gehabt hatten. Die Kunden blieben aus – es gab keinen Freizeitpark, kein Spielcasino, keinen Frank und keine Liza –, und das Projekt war beständig nur zu einem Drittel ausgelastet und fuhr Verluste ein. Der Bostoner Bank, die den Osbornes die sechzehn Millionen geliehen hatte, platzte angesichts der verspäteten oder ausbleibenden Tilgungszahlungen schließlich der Kragen. Sollte die Familie sich weigern, ihr Anlagevermögen – einschließlich des weiterhin rentablen *Herald* – zu veräußern, so die Bank, werde sie es pfänden lassen und an den Meistbietenden verkaufen.

So hatte die Familie denn entschieden, *Schmucke Fichte* abzustoßen für welchen Betrag auch immer, den man dafür mochte erzielen können – ein paar Millionen hatte der Makler vorhergesagt und damit Recht gehabt. Der *Herald* unterdessen sollte wahlweise entweder an den Meistbietenden, gleich wie unappetitlich der sein mochte, verkauft werden oder aber an den Kaufinteressenten, von dem am ehesten anzunehmen war, er werde die Osbornes das Blatt weiter betreiben lassen oder zumindest den starken und herausragenden Mitarbeiterstamm beibehalten sowie die pingeligen journalistischen Maßstäbe und das liberale Profil des Blattes garantieren.

Anfang März hatte Crewes-InfoCom, die dafür bekannt war, dass sie Zeitungen ausschlachtete und auf das Niveau von Werbeblättchen herunterfuhr, ein Angebot unterbreitet, das den Osbornes nach Abzug der Schulden und Steuern rund acht Millionen Dollar belassen hätte, um sie in der Familie zu verteilen. Eine Woche später hatte Harry Griscomb Newspapers, eine Verlagskette aus Portland, Oregon, ein um etliche Millonen geringeres Angebot abgegeben; verkauften sie an Griscomb, blieben den Osbornes lediglich ein paar hunderttausend Dollar, waren die Bank- und Steuerschulden erst beglichen. Harry Griscomb aber achtete den *Herald* als Aushängeschild des amerikanischen Journalismus und versprach, die Tradition zu wahren. Etlichen der lebenden Osbornes bedeutete das ungleich mehr als Geld. Einige weitere Angebote lagen zwischen denen von InfoCom und Griscomb, allesamt von Verlagsketten, deren journalistische Maßstäbe irgendwo zwischen ausgesprochen dehnbar und vollends unkenntlich angesiedelt waren.

Janet, Dan, Ruth und Eric hatten vor, für den Verkauf des *Herald* an Harry Griscomb zu stimmen. June und Chester bevorzugten Crewes-InfoCom. Die Frist für die Abgabe von Angeboten war am ersten August abgelaufen, und der Verkauf musste infolge einer Vorgabe des Hypothekenschuldners von *Schmucke Fichte* bis zum zehnten September durchgeführt sein, da diesem seinerseits das Wasser bis zum Hals stand.

Dann war Eric am fünfzehnten Mai von einem geistig verwirrten Landstreicher getötet worden, wie die Polizei glaubte. In seinem Testament vermachte Eric sein persönliches Eigentum und Geld seinem Geliebten, Eldon McCaslin, während sein Aktienanteil – der nur auf ein anderes Familienmitglied übertragen werden konnte – auf seine Mutter überging. Dem Gesellschaftervertrag zufolge konnte aber kein Vorstandsmitglied über mehr als eine Stimme verfügen, sodass nach Erics Tod das Stimmenverhältnis nur noch drei zu zwei statt vier zu zwei für Griscomb stand. Wenn nun Janet, Dan oder

Ruth starben oder infolge irgendeiner Beeinträchtigung nicht an der Abstimmung teilnehmen konnten, entstand im Vorstand ein Patt. Da der Gesellschaftervertrag aber vorgab, dass der Vorstand niemals weniger als fünf Mitglieder zählen durfte, müsste dann wiederum eine fünfte Person hinzugezogen werden, um die Pattsituation aufzulösen. Die leicht steinzeitlichen Regelungen schrieben vor, dass dieses neue Vorstandsmitglied der älteste Nachfahre der dritten Osborne-Generation zu sein habe. Eric und Janet hatten keine Kinder; Janet und Dale hatten zwar überlegt, ob sie ein Kind adoptieren oder Dale eins bekommen sollte, nichts davon war aber bisher Realität. Wenn es also dazu kam, dass ein neues Mitglied in den Vorstand des *Herald* berufen werden musste, würde das Junes Sohn Titus sein, ein Anwalt, der in Edensburg allgemein als ›Tidy‹ bekannt war. Und der, das hatte seine Mutter bereits klargestellt, würde für einen Verkauf an Crewes-InfoCom, das Würgeband, stimmen.

Insofern, fasste Janet abschließend zusammen, hing die Zukunft des *Edensburg Herald* nunmehr davon ab, dass sie und Dan und Ruth Osborne zumindest bis zum achten September – das war der Tag, für den die Abstimmung im Vorstand terminiert war – am Leben und im Vollbesitz ihrer geistigen Kräfte blieben.

4

»Der kam wie ein Irrer angerast aus einer Bucht, etwa eine Meile entfernt«, sagte Dale Kotlowicz, theatralisch gestikulierend, »und ist direkt auf Janet zugebrettert, als wäre er eine von diesen Raketen mit Wärmesuchvorrichtung und Janet der Auspuff eines Kampfjets.«

»Ich hab ihn kommen hören, kurz einen Blick auf ihn geworfen«, sagte Janet, »und bin dann abgetaucht, so tief ich konnte. Als ich wieder an die Oberfläche kam, hatte er bereits gewendet und steuerte ein zweites Mal direkt auf mich zu. Zuerst hab ich angenommen, der Idiot sieht gar nicht, wo er langbrettert, und hab noch wie wild gewunken. Als er aber einfach immer weiter auf mich zu gehalten hat, bin ich wieder getaucht, mit kräftigen Beinstößen gerade runter – ich sagte mir nur: Jetzt bloß die Nerven behalten.«

Janet war wie alle Osbornes, oder zumindest wie alle, die ich auf den Fotos in den Räumen des *Herald* gesehen hatte, hochgewachsen, ihr Knochenbau markant. Selbst in der Dämmerung war es kaum vorstellbar, dass jemand auf einem Jetski ihren großen Kopf und ihre langen Arme übersehen haben könnte, noch dazu zwei Mal hintereinander. Wir standen am Ende des hölzernen Anlegers hinter der Hütte der Osbornes am Stilton Lake, in der Janet und Dale lebten. Dale war kleiner als Janet, vermutlich an die zehn Jahre jünger und wurde von einer mehrere Kilo schwer aussehenden, eng gekrausten schwarz-grauen Lockenpracht überragt. Janet und Dale strotzten beide vor Wachsamkeit, Kraft und offensichtlicher Intelligenz. Dass jemand mit der Absicht, eine von beiden anzugreifen, sich das nur mit einer PS-starken Gerätschaft traute, war insofern nicht verwunderlich.

»Und dann«, sagte Dale, »hat der Wichser noch mal gewendet und ist ein *drittes* Mal angerast gekommen. Da bin ich rausgerannt und hab gebrüllt: ›Du durchgeknalltes Arschloch! Du durchgeknalltes Arschloch!‹«

»Inzwischen war mir auch klar«, sagte Janet, »dass der Typ entweder blind war und mich nicht sehen konnte, oder aber – wonach es eher aussah – ganz hervorragend gucken konnte und es schlicht auf mich abgesehen hatte. Beim dritten Mal hab ich also richtig tief Luft geholt und bin unter Wasser in Richtung Anleger zurück. Ich bin erst wieder aufgetaucht, als ich die Pfähle hier rechts von mir gesehen habe. Inzwischen war Dale auch hier unten und hat gebrüllt wie am Spieß, und der Kerl hat ein letztes Mal gewendet und ist hinter der Biegung verschwunden.«

»Wie weit mussten Sie unter Wasser schwimmen?«, fragte Timmy.

»Sie war zwanzig oder dreißig Meter weit draußen, verdammt!«, sagte Dale. »Wenn dieser Durchgedrehte sie getroffen hätte, ich weiß nicht, ob ich rechtzeitig da gewesen wäre, um sie aus dem Wasser zu ziehen – mal vorausgesetzt, sie wäre vom Aufprall nicht sofort getötet worden und gleich untergegangen.«

»Ich kenne das Wasser hier«, sagte Janet, »und das Fassungsvermögen meiner Lungen ist besser als das einer durchschnittlichen Sechsundvierzigjährigen. Aber ich hatte ganz schön weiche Knie, als ich danach aus dem Wasser kam, das sag ich euch. Der Punkt ist, dass der Typ das eine Mal, als ich kurz sein Gesicht sehen konnte, mich direkt anzugucken schien. Und er sah nicht verwirrt aus, sondern gemein und entschlossen.«

»War die Sonne schon untergegangen?«, fragte ich. »Könnte ja sein, dass die Sonne ihm direkt in die Augen schien und der Gesichtsausdruck, den Sie gesehen haben, eine Kombination aus Orientierungslosigkeit und Angst war.«

Dale warf mir einen verächtlichen Blick zu. »Nehmen Sie an, Donald, dass die Sonne hin und her gesprungen ist, von einer Seite des Sees zur anderen? Der Typ ist *dreimal* auf Janet los.«

»Außerdem«, sagte Janet, »war die Sonne schon untergegangen. In die Dämmerung mischte sich etwas Rot, und bloß im Südwesten waren einige tief hängende, düstere Wolken zu sehen. Genau die richtige Zeit, um nach dem Essen in Ruhe etwas zu schwimmen oder gemächlich zu paddeln. Sowie du ein Stück draußen bist, nimmst du nur noch das Wasser um dich herum wahr, den Klang deiner Bewegungen und wenn das Licht vollends schwindet und die Sterne sichtbar werden, den Himmel. Das war mir schon immer die liebste Zeit auf dem See.«

»Was an dieser Zeit außerdem so schön ist«, sagte Dale, »ist, dass man nach Sonnenuntergang weniger Motorboote sieht und so gut wie nie Jetskis. Es ist die Tageszeit, wo die Besitzer solcher Gerätschaften gewöhnlich ihre Cocktails genießen – die in aller Regel in Sechserpacks geliefert und durch dünne Plastikstreifen zusammengehalten werden.«

»Man ist ja schon versucht«, sagte Timmy, »dem eine Freudsche Deutung zu geben, wenn Männer sich ein Gefühl von Macht verschaffen, indem sie sich laut knatternde Verbrennungsmotoren zwischen die Beine klemmen, um übers Wasser zu fahren.«

»In der Tat«, sagte Dale, »wo doch die meisten Männer ebenso gut einfach mehr Bohnen essen, sich in die Wanne setzen und dort einen fahren lassen könnten.«

»Janet hat uns erzählt, dass Sie Ärztin sind, Dale«, sagte ich. »Fachrichtung Magen- und Darmerkrankungen?«

»Nein, ich bin Herzchirurgin.«

»Aha.«

»Wo praktizieren Sie?«, fragte Timmy. »Im Albany Med?«

»Ja, ich hab den August über Urlaub. Den Rest des Jahres arbeite ich siebzig bis neunzig Stunden die Woche, aber ich lege größten Wert darauf, alljährlich den August hier zu verbringen, um Dinge wie die Natur und die Literatur und meine Geliebte wiederzuentdecken. Also, was ist jetzt? Werdet ihr Jungs rausfinden, wer hinter Janet her ist, und sie schützen? Eldon hat erzählt, dass Sie als Privatschnüffler in Albany der ganz heiße Tip sind, Don.«

»Ja«, sagte Timmy, »das ist er.«

»Jetzt macht mal halblang«, sagte Janet. »Es sieht zwar so aus, als hätte jemand versucht, mich mit seinem Jetski umzunieten. Aber das ist über eine Woche her, und seitdem ist niemand hinter mir her gewesen. Ich war vorgewarnt und habe aufgepasst, und es gab nicht das geringste verdächtige oder bedrohliche Vorkommnis. Die Jetski-Geschichte könnte also auch ein seltsames, isoliertes Ereignis gewesen sein, für das es niemals eine vernünftige Erklärung geben wird. Oder ist das reines Wunschdenken?«

»Nee, das ist einfach nur gequirlte Scheiße«, sagte Dale.

Janet sah Dale voller Zuneigung an, als habe sie eine geläufige Liebkosung geäußert, und sagte: »Dass der Schreck mit dem Jetski zu Erics Ermordung hinzukommt, macht mich schon nervös, das gebe ich ja zu. Bloß weiß ich nicht, Don, was Sie oder sonst wer in der Sache unternehmen könnten. Der Sheriff hat einen Beamten rübergeschickt, und der hat die Bucht kontrolliert, aus der der Typ kam. Nach nur einer Stunde war von dem Kerl keine Spur mehr zu finden und einige Leute, die da drüben leben, sagen, sie hätten zwar an dem Abend jemanden mit einem Jetski gesehen, hätten aber nicht darauf geachtet, woher der kam oder wo er dann hin ist, geschweige denn irgendetwas Außergewöhnliches bemerkt. Dem randalierenden Jetskifahrer nachstellen zu wollen riecht meines Erachtens arg nach einer Sackgasse.«

»Wie sah der Mann denn aus?«, fragte ich. »Sie sagten, Sie hätten sein Gesicht gesehen.«

»Weiß, männlich, groß, stämmig, rotblondes, nach hinten gekämmtes Haar, vermutlich zu einem Pferdeschwanz gebunden, breites Gesicht«, sagte Janet. »Ich konnte mir sein Gesicht beim besten Willen nicht genau einprägen, aber irgendwie ist mir haften geblieben, dass er kaltschnäuzig und bösartig guckte, als wüsste er ganz genau, was er tat.«

»Das mag nach dem durchschnittlichen Liebhaber des Motorsports in der freien Wildbahn klingen«, sagte Dale. »Aber dieser war schlimmer als die meisten. Selbst unter den Freunden des Düsenantriebs im Schritt ist Mord eher ungewöhnlich.«

Wir starrten alle hinaus zu der Stelle, wo Janet angegriffen worden war. Es war mitten am Nachmittag, da Janet das Büro früher als gewohnt verlassen hatte, um uns die zwölf Meilen hinaus zur Hütte zu lotsen. Die Sonne schien kräftig im wolkenlosen Himmel. Auf der anderen Seite des Sees, ein bis zwei Meilen von uns entfernt, sah ich etliche alte hölzerne Anleger wie den, auf dem wir standen, aber auch neuere, tiefer gelegene vor den Bootshäusern und Hütten, die zurückgesetzt im Schatten der Pinien lagen. Ein Boot mit Zigarettenwerbung brauste am anderen Ufer auf und ab und zog eine Gestalt auf Wasserskiern hinter sich her. In unserer Nähe paddelte ein einzelner Kanufahrer mit einer Baseballmütze auf dem Kopf.

»Ich würde gerne mit dem Beamten sprechen, der letzte Woche hier draußen war«, sagte ich, »und mit denen, die den Mord an Eric untersucht haben. Hat das die gleiche Dienststelle gemacht?«

»Sie meinen, die gleiche Pfadfindertruppe«, sagte Dale.

»Die haben uns Fulton Poorman geschickt«, sagte Janet. »Als Kriminalist ist er nicht eben die besonders große Leuchte, aber sie haben ihn geschickt, weil er in der Nähe wohnt. Er ist sehr zugänglich und bei Licht besehen ein ganz netter Kerl. Was Erics Fall anbelangt, da ist es so, dass Ken Stone, dem Sheriff, weder die subjektiven noch die objektiven Voraussetzungen zur Verfügung stehen, einen Mordfall zu untersuchen. Also hat er die Staatspolizei hinzugezogen und die haben den Fall übernommen. Sprechen Sie mit Captain Bill Stankie auf der Wache in Edensburg. Der scheint mir ganz kompetent, wenn auch nicht eben mitteilsam. Es würde mich interessieren, wie Sie ihn einschätzen. Dale hält ihn für faul, aber ich bin mir da nicht so sicher. Ich denke, möglicherweise hat er für jeden Fall ein eigenes Tempo, das ihm angemessen erscheint. In Erics Fall ist es ganz offenbar ein gemächlicheres.«

»Stankies Theorie«, sagte Dale, »lautet, dass es so ein mordlustiger Landstreicher war – ein armer Irrer namens Gordon Grubb, der zu der Zeit in der Gegend war und jetzt in Pennsylvania im Knast ist, weil er dort drei Camper von einer Klippe gestossen haben soll.

Mangels stichhaltiger Beweise, die Grubb mit Erics Tod in Verbindung bringen, hat Stankie auf einen Auslieferungsantrag verzichtet. Wenn die ihn da unten verurteilen, werden Rechtsstaatlichkeit und Gemeinwohl Marke Pennsylvania es ja wohl ohnehin erfordern, ihn per Eilsendung in das Reich des Herrn zu befördern. Meine Eltern hatten eine Freundin, die in den Vierzigern da hingezogen ist, und die hat erzählt, wenn die im Staatsgefängnis Rockview ›Bens ollen Drachen‹, wie der elektrische Stuhl da hieß, angeschmissen haben, haben die Lichter entlang des ganzen Nittany Valley zu flackern angefangen. So wurden die Hinrichtungen in der Regel doch, wenn auch unbeabsichtigt, zum öffentlichen Ereignis.«

»Heutzutage«, sagte Timmy, »sind Hinrichtungen sehr geschmackvoll und finden mit medizinischer Unterstützung statt – tödliche Spritzen und so.«

»Ich glaube nicht, dass es in diesem Land Hinrichtungen mit ›medizinischer Unterstützung‹ gegeben hat«, sagte Dale. »Naja, außer vielleicht in Texas.« Wir saßen jetzt alle am Rand des Anlegers. Janet und Dale hatten ihre Sandalen ausgezogen und ließen die Füße ins kühle Wasser baumeln.

»Warum denkt ihr«, fragte Timmy, »ist Skeeter sich so sicher, dass zwischen Erics Tod, dem Jetski-Vorfall und der Situation beim *Herald* eine Verbindung besteht? Er hat zwar gestern Abend im Krankenhaus einen ziemlich abgedrehten Eindruck gemacht, aber darin schien er sich ganz sicher – als hätten die Drogen, die ihn psychotisch machten, auch seine Intuition gestärkt.«

Janet sackte etwas in sich zusammen und schien über diese Wendung des Gesprächs nicht glücklich zu sein. Dale fragte schließlich: »Skeeter? Skeeter wie Stechmücke?«

Janet ergriff sofort die Gelegenheit, das Thema zu wechseln. »So wurde Eldon in seiner Schulzeit allgemein genannt«, sagte sie. »Wie kam er eigentlich zu dem Spitznamen, Timmy?«

»Keine Ahnung. Den hatte er von Kindheit an.«

»Der Eldon, den ich kenne, ist ja nun kaum moskitohaft«, sagte Dale. »Er erinnert eher an einen Bären. Aber mit dem Spitznamen Grizzly herumlaufen zu müssen, wäre sicher auch kein Vergnügen.«

»Eldon war kräftig und hatte schon Haare auf der Brust, als ich ihn auf der Highschool kennen gelernt habe«, sagte Timmy. »Er war im Sportunterricht der Quell meiner ersten erotischen Regungen im Umkleideraum.«

»Das war bei mir ähnlich«, sagte Dale. »Renée Boulanger war eine französische Austauschschülerin. Sie hatte keine Brustbehaarung, jedenfalls kann ich mich daran beim besten Willen nicht erinnern, aber Haare unter den Armen, die bis zu den Hüften zu reichen schienen, und mir werden die Knie jetzt noch weich, wenn ich an sie denke. Was Renée heutzutage wohl so treibt?«

Janet sprang plötzlich auf. »Wie wär's, wenn wir etwas schwimmen? Ist euch beiden nicht nach einer Abkühlung?«, fragte sie.

Wir hatten Badehosen mitgebracht, aber Timmy hatte im Wagen gesagt: »Ich weiß, dass sie sich an einem gewissen Punkt alle Kleidung vom Leib reißen, zwischen den Bäumen hindurchrennen und sich ins Wasser stürzen werden wie Gott sie geschaffen hat – von aufreizender Nacktheit kann man ja in diesem Fall nicht sprechen. Und von uns werden sie erwarten, dass wir es ihnen gleichtun. Glaub mir, es ist unvermeidlich. Ich weiß einfach, dass Janet Osborne und die Sorte Frau, mit der sie am See zusammenleben könnte, so sind.«

Ich hatte ihm gesagt, wenn er an der Untersuchung eines Verbrechens beteiligt sein wollte – worauf er weiterhin bestand –, müsste er sein Etepetete-Gehabe ablegen. So hatte er das für ihn offenkundig schwierige Thema des Nacktbadens in Lesbengegenwart nicht weiter verfolgt. Nun, da Janet so munter auf die Freuden des Tummelns im Nass zu sprechen kam, sagte Timmy: »Ich genieße es gerade sehr, hier bloss so zu sitzen, und dass es so ruhig ist, obwohl eigentlich doch recht viele Leute um den See herum leben.«

»Stilton ist groß genug«, sagte Janet, »um einen ganzen Haufen Leute zu beherbergen. Wenn Sie auf Stille aus sind, sollten Sie sich an Wochenenden jedenfalls fernhalten. Dann ist es hier wie eine Adirondacks-Variante von Orlando.«

»Sie meint die Stadt in Florida, die auf industriellen Tourismus spezialisiert ist«, sagte sie an Timmy und mich gerichtet, »nicht den Roman von Virginia Woolf.«

»Ach so«, sagte Timmy. »Danke.«

»Hast du Orlando gelesen?«

»Orlando, die Stadt«, fragte Timmy, »oder *Orlando,* den Roman?«

»Den großen Roman.«

»Nein, aber ich habe *Die Fahrt zum Leuchtturm* gelesen. Als ich damit durch war, konnte ich sinnlich nachvollziehen, was es heißt, eine multiple Persönlichkeitsstörung zu haben. So etwas kann nur große Literatur.«

Das quittierte Dale mit einem geheimnisvollen kleinen Lächeln. Da ich micht nicht traute, Timmy anzusehen, starrte ich hinaus über den See. Das Zigaretten bewerbende Boot auf der anderen Seite brauste noch immer herum mit dem Wasserskifahrer im Schlepptau, anscheinend ein junger Mann in bunten Boxershorts. Der Mann mit der Baseballmütze paddelte unverändert vielleicht eine Viertelmeile entfernt am Ufer entlang.

»Janet«, sagte Timmy, »Sie wollten uns gerade Skeeters Verdacht bezüglich der Umstände von Erics Ermordung und des Jetski-Angriffs und den Zusammenhang mit der Situation des *Herald* erklären. Hat Skeeter jemanden im Sinn – aus der Familie oder einer der Zeitungsketten –, der oder die tatsächlich versuchen könnte, den Ausgang der Abstimmung durch die Ermordung von Vorstandsmitgliedern zu manipulieren? Durch Erics oder Ihre Ermordung oder die Ihrer Mutter oder Ihres Bruders Dan?«

Janet stand regungslos da, ihre Silhouette zeichnete sich gegen die Sonne ab, und sie erwiderte eine ganze Weile nichts. Durchtrainiert und langgliedrig wie ein Profi-Basketballer sah sie in ihren blauen Shorts und dem zitronengelben T-Shirt außergewöhnlich robust aus für eine Frau über vierzig. Dennoch ließ ihre Angst sie jetzt verletzlich erscheinen. Mit einem Mal sah sie so ängstlich aus, dass ich fast damit rechnete, sie würde vom Anleger springen und sich eilig davonmachen, gleich in welche Richtung, Hauptsache weg.

»Bei einigen der späteren Osborne-Generation«, sagte Dale, »sind ein paar Schrauben locker. Oder ein paar Dutzend Schrauben. Die Erbanlagen sind da in unzureichender Dosis zugeteilt worden oder so was.«

Janet ließ sich auf dem Anleger nieder, setzte sich neben Dale, die Janets Hand fest drückte, dann aber losließ. Janet lächelte zögerlich und sagte: »Die Osbornes sind immer für Frieden und Liebe eingetreten.« Sie nötigte sich ein Lachen ab und fügte dann hinzu: »Selbst praktiziert haben sie diese Tugenden aber nicht.«

»Anwesende Osbornes natürlich ausgenommen«, sagte Dale.

»Ich kann manchmal auch ganz schön ausflippen«, sagte Janet. »Ihr Jungs habt das noch nicht mitgekriegt, aber Dale kann ein Lied davon singen.«

Dale rollte die Augen. »Kann ich, werde ich aber nicht. Außerdem reden wir hier nicht über gelegentliches wütendes Gekreische. Schließlich war es nicht Janet, die ihren Bruder umgebracht hat. Und es war auch nicht Janet, die letzte Woche, weil sie sauer auf sich war, mit einem rasenden Jetski auf sich los ging, um sich den eigenen Schädel zu zertrümmern. Das weiß ich, weil ich dabei war.«

»Sind Osbornes in der Vergangenheit schon mal gewalttätig geworden?«, fragte ich.

Von Dale kritisch beäugt sagte Janet: »Doch, einige.« Sie holte tief Luft und sagte dann: »Edmund, der Bruder meiner Mutter, hat beinahe mal einen Mann mit einem Gehstock totgeschlagen. Onkel Edmund lebt nicht mehr, aber ich erwähne diesen Vorfall, weil es da ein Muster zu geben scheint, eine gewisse Veranlagung zur Gewalttätigkeit, und zwar bei den Watsons, der Familie meiner Mutter. Es ist vermutlich nicht erblich – die herausragenden wissenschaftlichen Untersuchungen zu dem Thema schließen diese Möglichkeit aus. Aber die Tendenz ist unbestreitbar. Ein Therapeut, mit dem ich mal gesprochen habe, nannte das ein ›Zwangsmuster‹. Also, dass jemand die Verhaltensmuster eines Verwandten verinnerlicht und dann bewusst oder unbewusst eine Art Lebensplan befolgt, in dessen Rahmen er oder sie die schlechten Handlungen eines Verwandten nachvollzieht. Dafür gibt es in meiner Familie mehrere Beispiele. In meiner Generation zum Beispiel mein Cousin Graham, Edmunds Sohn. Der sitzt seit 1992 im Knast, weil er in einer Bar in Lake Placid mit dem Messer auf einen Typen los ist und ihn beinahe umgebracht hat.

Eric ist nie gewalttätig geworden, Dan nicht, ich nicht, bisher jedenfalls, und June auch nicht. Wir brüllen alle mal rum oder werden ausfallend, vor allem Dan. Aber von uns Geschwistern ist der einzige, bei dem sich die Watsonsche Linie geltend gemacht hat, Chester. Als Jugendlicher ist er zweimal bei Hockeyspielen ausgerastet und hat mit seinem Schläger auf Typen aus der gegnerischen Mannschaft eingeschlagen. Beim zweiten Mal hat er einen Knaben so heftig erwischt, dass er wegen Körperverletzung angeklagt wurde. Chester hat es bloß seinem Alter und Slim Finn, Vaters Anwalt und Edensburgs Mr. Alleswirdgut, zu verdanken, dass er Bewährung gekriegt hat und nicht in den Jugendknast musste. Seitdem ist Chester aber niemandem mehr zu nahe getreten, jedenfalls nicht dass eine von uns wüsste. Aber Chesters Sohn Craig sitzt im Knast. Letztes Jahr hat er bei einem Juwelenraub einen Wächter erschossen.« Janet hielt inne, um erneut tief Luft zu holen und möglicherweise auch, um eine Reaktion zu erheischen.

»Es schwebt also«, sagte Timmy, » ein Hang zur Verderbnis über den Watson-Osbornes. Kein genetischer, aber ein beständiger.«

Timmy einen pikierten Blick zuwerfend sagte Dale: »Wie kann man nur so taktlos sein.«

Timmy erstarrte – Takt und Diskretion zählte er mit Recht zu seinen starken Seiten. Janet jedoch lächelte begütigend und sagte: »Nein, genau so ist es. Ich habe das auch schon so ausgedrückt. Dale im Übrigen auch. Es treibt im psychologischen Saatgut der Watson-Osbornes auch verdorbener Samen sein Unwesen.«

»Wenn ich das sage, ist es etwas anderes«, sagte Dale. »Ich gehöre zur Familie.«

Wagemutig war Timmy wieder zur Stelle. »Seid ihr zwei in einem förmlichen Bund vereint?«

»Ja, in der internationalen Näherinnengewerkschaft«, sagte Dale.

»Nein, unseren Bund haben weder Kirche noch Versicherung abgesegnet«, sagte Janet. »Aber Dale gibt es seit gut acht Jahren, und sie ist Teil der Familie geworden.«

»Manche Osbornes bringen es inzwischen sogar über sich, sich mit mir im gleichen Raum aufzuhalten«, sagte Dale.

»Eric und Dale haben einander angebetet«, sagte Janet, »und Dan und Mom schätzen sie sehr. June und Chester fehlt das rechte Einfühlungsvermögen, um Dale zu schätzen, das muss ich zugeben.«

»Uns hat mal«, sagte Dale, »jemand erzählt, dass Junes Mann, Dick Puderbaugh, mich ›Janets Jüdin‹ nennt, wenn er mit seinen Golfkumpeln spricht. Und June hat mich mal gefragt, ob es mir schwer fällt, mich nach der Zeit in den Catskills nun in den Adirondacks einzuleben.«

»So viel zu den ach so aufgeklärten Osbornes«, sagte Janet. »Was bei den einen der Hang zur Verderbnis ist, ist bei anderen offensichtlich der zu Armseligkeit und Gemeinheit.«

»Wer«, fragte ich, »von den Missratenen favorisiert denn die Crewes-InfoCom so sehr, dass er oder sie so weit gehen würde, dem Abstimmungsergebnis kommenden Monat durch Erics oder deine oder Dans oder eurer Mutter Ermordung etwas nachzuhelfen?« Alle sahen erst mich an, dann sahen wir alle miteinander Janet an. Sie hatte sich wieder gesetzt und geistesabwesend mit einem Fuß im Wasser zu paddeln begonnen. Jetzt hielt sie inne und warf mir einen gequälten Blick zu.

»Ich weiß es nicht«, sagte sie. »Chester? Denkbar. Ich weiß nie, was in seinem Kopf vor sich geht. Irgendwie kann ich mir nicht wirklich vorstellen, dass er einem von uns etwas antun würde. Andererseits weiß ich, wie verbittert er darüber ist, dass wir die liberale Tradition des *Herald* aufrecht erhalten haben, die Chester so verabscheut. Das geht vor allem gegen Dan und mich. June neigt nicht zu Gewalttätigkeit, aber ich weiß, wie leidenschaftlich ihr sowohl an dem Geld aus dem Verkauf des Blattes gelegen ist wie daran, das Blatt in die Hände eines Konzerns fallen zu sehen, dessen reaktionäres Profil ihren Neigungen näher stünde. Wer bleibt dann noch? Chesters und Junes Ehepartner sind bisher nicht als gewalttätig aufgefallen. Und deren Kinder auch nicht – außer Chesters Sohn Craig, und der sitzt seit mehr als sechs Monaten im Knast. Tidy, der Sohn von June, scheint seinen Frust in Bridgeturnieren auszuleben. Und ihr anderer Sohn, Tacker, ist vor vier Jahren zum Surfen in den Südpazifik gefahren und nicht zurückgekommen. Alljährlich zu Weihnachten und Ostern schickt er Dick und June Ansichtskarten mit Sehenswürdigkeiten aus der Südsee. Das war's. Mehr sind wir nicht. Wer könnte also dahinter stecken? Chester? Niemand? Leide ich unter Verfolgungswahn? Oder Eldon? Eldon hat mit seinen Verschwörungstheorien immerhin angefangen, bevor er ins Krankenhaus kam und psychotisch wurde. Mehr oder weniger auf Anhieb kam ihm der Zeitpunkt von Erics Ermordung verdächtig vor, und nach dem Jetski-Vorfall stand für Eldon unabweisbar fest, dass sich hier etwas ganz Übles abspielt.«

»Haben Dan oder eure Mutter von irgendwelchen bedrohlichen Vorfällen berichtet?«, fragte ich.

Janet schüttelte den Kopf. »Nein, aber gefragt, ob ich nicht mit ihnen über Eldons Mutmaßungen sprechen sollte, hab ich mich schon. Ich will ja niemanden ängstigen, vor allem Mom nicht. Aber andererseits – was, wenn sie wirklich irgendwie in Gefahr sind?«

»Wie viel wissen Sie über Crewes-InfoCom?«, fragte ich. »Ist Ihnen bekannt, dass die schon mal zu Schlägermethoden oder Schlimmerem gegriffen hätten, um ein Geschäft zum Abschluss zu bringen, dem einzelne Eigentümer eines Blattes Widerstand entgegengesetzt haben?«

»Der Konzern hat schon einen Namen für das, was man in der machomännlichen Umgangssprache ›rücksichtsloses Durchgreifen‹ nennt«, sagte Janet. »Aber direkte Gewaltanwendung, nein. Für das Totschlagen von Aktionären, die sich ihnen in den Weg stellen, sind sie nicht bekannt, wenn Sie das meinen. Bloß ein paar ganz gewöhnliche feindliche Übernahmen hier und da.«

Timmy mischte sich ein: »Es klingt aber durchaus, als sollte jemand Wohlqualifiziertes diese Angelegenheit mal unter die Lupe nehmen – sei es, um eine mögliche Verschwörung gegen Ihre Mutter oder Ihren Bruder aufzudecken und zu vereiteln, oder sei es zur Vergewisserung, dass es kein solches Komplott gibt, damit Sie sich entspannen und der Aufgabe widmen können, den *Herald* zu retten.«

Sie zögerte einen Augenblick, sagte dann aber: »Ich glaube auch. Es sieht verdammt danach aus.«

»Also –« setzte Timmy an. Doch unvermittelt versagte ihm die Stimme und er schaute weg, von Gefühlen überwältigt. Beklommen warteten wir. Janet und Dale wirkten überrascht und besorgt. Dann räusperte Timmy sich und fuhr fort. »Es ist ja nun so«, sagte er angestrengt, »dass Ihnen zu helfen und Sie zu schützen sowie den *Herald* zu retten im Moment die Anliegen sind, die Skeeter am meisten am Herzen liegen. Vermutlich hält ihn das im Moment mehr als alles andere überhaupt noch am Leben. Und weil mir Skeeter etwas bedeutet und ich, hm, ihm etwas schuldig bin, dachte ich – also, ich – dass ich die Nachforschungen gern finanzieren würde. Für Skeeter. Und für Sie. Und zum Gedenken an Eric.« Wir sahen ihn an und warteten wohl alle darauf, dass jemand anders zuerst reagierte. Dale machte den Mund auf, besann sich dann aber offenbar und schloss ihn wieder.

»Timmy, das ist ein großzügiges und rührendes Angebot«, sagte Janet schließlich. »Und obwohl ich es gern annehmen würde – und die Absicht dahinter weiß ich vollauf zu würdigen –, muss ich darauf bestehen, dass es sich hier um eine Osbornesche Familienangelegenheit handelt, für die die Osbornes auch die Verantwortung tragen müssen, einschließlich der finanziellen. Ich würde in dieser Sache niemals Geld von Eldon annehmen, also kann ich erst recht keins von Ihnen nehmen. Und die Osbornes können es sich leisten, so viel ist sicher. Was Eric betrifft, gibt es bei der *Wildernis Society* ein Spendenkonto, und die würden sich sicher sehr freuen, von Ihnen zu hören. Ich bin mir sicher, dass jeder Beitrag, den Sie dort beisteuern, auch Eldon viel bedeuten würde.«

Timmy sah enttäuscht aus und setzte zu einer Erwiderung an, als Dale ihm zuvorkam. »Moment mal. Wie viel berechnen Sie überhaupt, Don?«

»Vierhundert pro Tag zuzüglich Spesen und ein Vorschuss von zwölfhundert sind der übliche Satz.«

»Das klingt angemessen, falls Sie was taugen«, sagte Dale. »Aber wenn die Sache sich hinzieht, müsste Janet am Ende ein ganz schönes Sümmchen ausspucken. Ich will auch was beitragen, also lasst uns die Sache doch dritteln. Janet zahlt ein Drittel, ich zahle ein Drittel, und Sie, Timmy, bringen den Rest auf. Komm schon, Janet, wir wollen alle helfen, also sei nicht so verbohrt. Lass uns was beitragen. Ich liebe dich und will, dass es dir gut geht, und Timmy hier will helfen, weil in ihm noch immer irgendein Flämmchen für seinen alten Stecher aus Highschooltagen lodert. Außerdem handelt es sich beim *Herald* um einen wohltätigen Zweck. Und wenn wir die Kosten durch drei teilen und Mr. Ein-Mann-Feindaufklärungskommando Strachey es dann nicht bringen sollte, können wir uns gleich zu dritt auf ihn stürzen und ihn in den Sack kneifen.« Janet war sichtlich nicht überzeugt, schien die Sache aber zu überdenken. Timmy warf einen Blick auf meinen Schritt und dann auf Dale.

»Das klingt so weit nach einem machbaren Arrangement, Dale«, sagte ich.

»Das Unternehmen wird dafür ganz sicher nicht aufkommen können«, sagte Janet, »und ich habe schon zwei Gehaltskürzungen hingenommen. Also werde ich mich diesem großzügigen Angebot wohl besser fügen, jedenfalls vorerst. Also, danke. Glaubt mir, ich weiß es zu schätzen.«

Wir sahen alle zu Timmy, der schließlich sagte: »Okay. Aber ich will nicht bloß mit Geld helfen. Ich will wirklich beteiligt sein. Ich muss mich da richtig dahinterklemmen. Um Skeeters willen.«

Der gute alte Stecher Skeeter.

Eine Stunde später befanden wir uns zu viert im Wassser, zwanzig oder dreißig Meter weit draußen. Wir hatten alle Badesachen an. Fast zeitgleich vernahmen wir ein tiefes, summendes Geräusch, das sehr schnell immer lauter wurde – zu schnell.

»Da ist er wieder!«, hörte ich Janet brüllen. »Abtauchen!«

Timmy und Janet mochten vielleicht knapp zehn Meter weiter draußen sein als Dale und ich. Mir war, als hörte ich das Geräusch eines leichten Aufpralls, als ich tauchte. Als ich wieder an die Oberfläche kam, etwa auf halber Strecke zurück zum Anleger, war Janet nirgends zu sehen. Aber ich sah Timmy und Dale auftauchen und kurz einen Blick um sich werfen. Der Kerl auf dem Jetski hatte gewendet, uns wieder ausgemacht, und raste nun erneut auf uns zu. Beide holten Luft und tauchten wieder ab. Ich auch. Mein Herz pochte heftig, und mir war übel vor Angst um Janet, während ich durch das trübe Wasser glitt, aber als ich vielleicht drei Meter vom Anleger entfernt wieder hochkam, tauchte Janet unverletzt vor mir auf und kletterte keuchend wie von Furien gehetzt die Leiter des Anlegers hoch. Der Typ auf dem Jetski raste davon, das von Birken bewachsene Ufer entlang. Timmy und Dale kamen wie zwei tanzende Wale an die Oberfläche geschossen, wenn auch nicht mit der gleichen Eleganz, und begannen zum Anleger zurück zu schwimmen – wobei Timmy etwas hinterher hing. Dort trafen wir alle wieder aufeinander.

»Das war der Typ!«, schrie Janet. »Es war der gleiche mörderische Widerling mit den fiesen Augen!«

Ich kraxelte auf den Anleger und rief in Janets Richtung: »Los! Am Ufer entlang! Wir nehmen meinen Wagen!«

Wir rannten am Haus vorbei und sprangen in meinen Mitsubishi. Janet lotste mich zur Ausfahrt hinaus und auf die Straße am Ufer entlang. Das Kupplungspedal stach mir spitz in den nackten linken

Fuß, während das Gaspedal sich unter dem rechten seltsam schwerelos anfühlte. Erst konnten wir den Typ auf dem Jetski hören, aber nicht sehen, dann konnte Janet ihn durch die Bäume hindurch kurz ausmachen und brüllte: »Der macht sich quer über den See davon! Scheiße, den holen wir nie mehr ein!«

»Wer wohnt da drüben?«, fragte ich. »Irgendwer, den du kennst?« Ich wendete schnell und ungelenk in irgendeiner Auffahrt.

»Die Stebiks! Ich kann die Stebiks anrufen und ihnen sagen, dass sie gucken sollen, wo der Typ mit dem Ding an Land geht.«

Als wir bei Janets Einfahrt anlangten, stürmte sie mit mir im Schlepptau ins Haus, blätterte hektisch durch ihr Addressbuch und tippte dann hämmernd eine Nummer. Auf und ab schreitend und zum Küchenfenster hinausstarrend wartete sie, während noch immer Seewasser von ihr abtropfte.

»Scheiße. Da geht keiner ran. Die sind nicht da.«

»Kennst du sonst noch jemanden da drüben?«

»Nein. In der Gegend nicht. Scheiße.«

Wir rannten wieder nach draußen und sahen noch, wie der marodierende Jetskifahrer hinter einem langen Anleger verschwand, der sich am jenseitigen Ufer entlangzog. Wir merkten uns Anhaltspunkte – ein Haus mit weißen Mansardenfenstern, ein rotes Nebengebäude –, um den Anleger, wo der Typ mit dem Jetski an Land gegangen war, später ausfindig machen zu können.

»Hast du kein Motorboot?«, fragte ich.

Janet schüttelte den Kopf. »Sei bloß froh, dass Dale das jetzt nicht gehört hat.«

Wir gingen wieder in Richtung Anleger, von wo aus Dale uns entgegenbrüllte: »Hey, ich könnte hier etwas Unterstützung gebrauchen!«

Timmy war immer noch im Wasser, zitternd und das Gesicht vor Schmerz verzogen klammerte er sich an die Leiter.

»Das Ding hat seinen Fuß erwischt«, sagte Dale. »Offenbar hat der Jetski seitlich seinen Fuß getroffen, als er abgetaucht ist. Ich bin unten gewesen, um nachzusehen, und er ist noch dran, aber ich glaube, er ist gebrochen.«

»Dieser Wichser!«, ächzte Timmy.

Dale und ich hievten ihn auf den Anleger und halfen ihm, sich auf ein Handtuch zu legen, das Janet dort ausgebreitet hatte. »Ich rufe den Krankenwagen«, sagte Janet.

»Wozu?«, fragte Timmy.

»Diesen Fuß wirst du richten und schienen lassen müssen«, sagte Dale, »wenn du darauf irgendwann mal wieder herumhüpfen willst.«

»Der Typ hat tatsächlich versucht uns umzubringen!«, platzte Timmy heraus. Trotz seines Sonnenbrandes wirkte er blass und fiebrig, und ich hatte ihn selten so verletzlich gesehen. Ich verspürte eine heftige Gefühlsaufwallung und begriff urplötzlich, dass Timmy eines Tages sterben würde.

»Ich glaube«, sagte Janet, die nun ebenfalls in sich zusammen gesackt war und graugesichtig aussah, »dass der brutale Wichser versucht hat, ziemlich genau *eine* von uns umzubringen. Und zwar ganz offensichtlich mich.«

Darauf erntete sie keinerlei Widerspruch. Es war Dale, die wenig später ins Haus ging, um den Angriff beim Büro des Sheriffs zu melden und einen Krankenwagen für Timmy zu bestellen.

»Ich vermute«, sagte Janet, »ich sollte schleunigst mit Dan reden – und mit Mom.«

Ich hatte mich neben Timmy gekauert und meine Hand unter seinen nassen Kopf gelegt. Ja, sagte ich zu Janet – je eher sie mit den beiden Osbornes zusammenkam, die die Tradition retten wollten, desto besser.

5

Wir folgten dem Krankenwagen in zwei Autos zum Bezirkskrankenhaus von Eden. Als Timmy in die Notaufnahme geschoben wurde, hatte sein rechter Fuß die Größe und Farbe eines kleinen Warzenschweins angenommen und die Besatzung des Krankenwagens ihn so mit Medikamenten gegen den Schock und mögliche Schmerzen voll gepumpt, dass er zu plappern begonnen hatte. »Ich möchte gerne auf Skeeters Zimmer gelegt werden«, erläuterte er der Schwester.

»Meinetwegen«, sagte ich, »aber der liegt in Albany, und dorthin wirst du dann auf deinem rechten Fuß hüpfen müssen.«

»Wie heißen Sie?«, brüllte ein Mann, der ein Klemmbrett bei sich trug, in Timmys Ohr.

»Timmy Callahan.«

»Sind Sie durch irgendeine Versicherung abgedeckt?«

»Ich ziehe es vor, bar zu zahlen.«

»Er hat eine erstklassige Versicherung«, sagte ich und zeigte dem Mann die Versicherungskarte für Angestellte der Abgeordnetenkammer des Staates New York, die ich in seiner Brieftasche leicht hatte ausfindig machen können; es war die Brieftasche eines asketischen Finanzbeamten.

Ein Arzt tauchte auf, fummelte etwas herum, gab Röntgenbilder in Auftrag und teilte uns nach geraumer Zeit mit, dass es sich bei Timmys Verletzung um einen einfachen Bruch zu handeln scheine. Wenn die Röntgenbilder das bestätigen sollten, würde der Bruch geschient und Timmy binnen Stunden mit einem Gips und einem Paar Krücken wieder entlassen. Ich fragte, ob sie ihn nicht für eine Woche oder zehn Tage dabehalten wollten. Aber sie sagten nein. Ich erklärte Timmy, dass ich später wiederkäme, um ihn abzuholen, und ließ ihn mit einer Ausgabe der Waffenzeitschrift *Schrot und Korn* zurück, die ich im Warteraum aufgetrieben hatte.

Auf dem Parkplatz stieß ich wieder zu Janet und Dale, und wir fuhren in Janets Wagen zu ihrem Bruder Dan, der in einem Gebäude direkt neben dem Eden House, dem alten viktorianischen Hotel im Stadtzentrum wohnte. Dan Osborne und seine Freundin Arlene Thurber wohnten auf der zweiten Etage in zwei zusammengelegten Wohnungen. Sie hatten eine Wand eingerissen und so einen langen Salon mit hoher Decke geschaffen: Sechs Fenster mit Blick auf Edensburgs Main Street und genügend Regalfläche, um ihre ansehnliche Sammlung in Sachen linker Geschichte und Analyse, von Bucharin über Fanon bis zu Carlos Fuentes, zu beherbergen. Außerdem hingen dort zahlreiche Plakate und Fotos von Che und Fidel und eine jüngere Auswahl von maskierten Zapatistas, aber ich sah weder Erich Honecker noch Mengistu Haile Mariam.

Als wir ankamen, waren Dan und Arlene gerade auf dem Sprung zum Skidmore College in Saratoga Springs, um sich das abendliche Doppelprogramm einer Godard-Reihe anzusehen, *Lemmy Caution gegen Alpha 60* und *Die Karabinieri*. Dan und Arlene schienen sich über Janets und Dales Erscheinen zu freuen und versuchten sie zu überreden, sich ihnen anzuschließen und ins Kino mitzukommen – bis Janet ihnen den Grund für den unangemeldeten Besuch mitteilte.

»Es sieht so aus, als wäre jemand hinter mir her«, sagte Janet. »Und ich vermute, es ist zumindest möglich, dass die auch was von dir wollen, Dan. Ich fürchte, du wirst dich etwas vorsehen müssen.«

Da Dan und Arlene eher verwirrt als alarmiert aussahen, wurde Dale deutlicher. »Nicht ›hinter ihr her‹ und ›von dir wollen‹. Was Janet meint, ist, dass jemand versucht, sie *umzubringen*. Und wenn die ganze Sache mit Ihr–wisst–schon–was zu tun hat, könnten die auch versuchen, dich umzubringen, Dan. Du, Arlene, hast vermutlich nichts zu befürchten, jedenfalls theoretisch, da du keine Stimme im Vorstand des *Herald* hast. Aber unzertrennlich, wie ihr beide seid, würdest du im Zweifelsfall das erleiden, was das Pentagon gern einen Begleitschaden nennt – mit anderen Worten, genauso mausetot sein wie Dan.«

Dan, wie alle Osbornes groß und schlaksig, sackte etwas in sich zusammen. Sein honigfarbener Bart im Fidel-Stil war mit einigem Grau durchsetzt und ließ ihn weniger wie Castro als wie einen alten Hippie aussehen. Zwischen den Zotteln klappte nun sein breiter Mund weit auf. Arlene war vollbusig und trug keinen BH, dafür lässige Hüllen in Lila- und Rottönen und Schmuck aus Navajosilber. Sie erstarrte und rief: »Dale, was für eine irre Scheiße willst du uns denn da wieder weismachen? Meinst du das etwa ernst?«

»Letzte Woche hat jemand versucht, Janet mit einem Jetski umzunieten«, versetzte Dale, »und heute war er wieder da und hat noch mal versucht, sie zu erwischen. Diesmal waren wir gerade zu viert im Wasser und Dons Freund Timothy hat was am Fuß abgekriegt. Er ist im Moment drüben im Krankenhaus und bekommt einen Gips.«

»Das ist zu viel!«, sagte Arlene ärgerlich.

»Das ist gerade eben passiert?«, fragte Dan, der einen benommenen Eindruck machte. Seine Überraschung war verständlich, auch wenn seine Auffassungsgabe zudem durch Marihuana leicht getrübt sein mochte. Der süßliche Geruch davon hing im Raum, für mich eine Erinnerung an die Sechziger, für Dan und Arlene – urteilte man nach dem Inhalt ihrer Aschenbecher – der Duftspender ihrer Wahl auch für die Neunziger.

»Vor ungefähr einer Stunde«, sagte Janet, »und die Polizei versucht angeblich, den Kerl zu kriegen. Ich wollte euch warnen, wozu auch immer es gut sein mag. Und ich werde Mom auch Bescheid geben müssen – naja, ist doch wahr. Erst wird Eric umgebracht, und jetzt das und – es ist doch immerhin möglich, dass jemand versucht, den Ausgang der Abstimmung im Vorstand in Sachen InfoCom und Griscomb zu verändern.«

Dan warf erst mir einen unbehaglichen Blick zu – als wollte er sagen: Dies ist eine private Familienangelegenheit und überhaupt, wer ist dieser Kerl eigentlich? –, um dann Janet anzuschnauzen: »Warum wird mir das gerade *jetzt* mitgeteilt?«

»Weil«, pöbelte sie zurück, »es gerade eben *passiert* ist, Dan. Deshalb, wie ich schon sagte, sind wir hier. Deswegen sind wir *hergekommen*. Um euch *Bescheid zu geben*. Die Frage ist jetzt: Was genau sagen wir Mom?«

Dans Bart bebte, als er fragte: »Wie kommt ihr darauf, dass diese Geschichte mit dem Verkauf der Zeitung zu tun hat? Wie habt ihr euch *das* zurechtgereimt?«

»Ich habe nicht gesagt, *dass* da eine Verbindung besteht«, sagte Janet in einem höhnischen Ton, der mir bei ihr bislang nicht untergekommen war. »Ich habe lediglich aufgrund der Aneinanderreihung bestürzender Ereignisse in den letzten drei Monaten einige Mutmaßungen angestellt. Erst wird die Zeitung zum Kauf angeboten und es gehen zwei konkurrierende Angebote ein, die die Familie in zwei feindliche Lager spalten. Dann wird Eric umgebracht. Dann die zwei Anschläge auf mich. Da muss ich doch bloß zwei und zwei zusammenzählen, um auf vier zu kommen. Was kommt denn bei dir raus, wenn du zwei und zwei zusammenzählst, Dan?«

Dan rang demonstrativ um Selbstbeherrschung und holte dann tief Luft. »Ja, das Timing *ist* verdächtig, Janet. Das sehe ich ein. Was ich mir aber nur schwerlich vorstellen kann, ist dass InfoCom so weit gehen würde, einem Osborne ans Leben zu gehen. Mein Gott, stell dir doch mal vor, wie die dastünden, wenn sie erwischt würden. Hat denn der Sheriff irgendwelche Anhaltspunkte? Wer untersucht den Fall überhaupt, Ken Stone?«

»Ja, Ken«, sagte Janet, »aber der Angreifer scheint beide Male entwischt zu sein. Es handelt sich offenbar um jemanden, der die Grundstücke am See kennt.«

Arlene sah mit einem Mal entsetzt aus und sagte: »Das ist ja wie bei Karen Silkwood! Dan, wir müssen dafür sorgen, dass deine Mutter geschützt ist. So eine alte Dame würde Crewes-InfoCom schon entsorgen, wenn die denken, sie könnte ihnen in die Quere kommen. Wenn es um ihre Profite geht, schrecken die vor nichts zurück.«

Dan reagierte nicht, starrte bloß mit seinen wässrigen blauen Augen in unsere Richtung. Allerdings schien es zunehmend fraglich, wie viel er von uns, den leibhaftig Anwesenden, tatsächlich wahrnahm. Schließlich sagte Dan zu Janet: »Erzähl mir noch mal, was passiert ist und warum du denkst, dass es sich bei diesen Vorfällen um gezielte Versuche – um Anschläge auf dich handelt. Dieser Versuch, dich mit dem Jetski umzunieten, fand tatsächlich zweimal statt?«

Dale nickte bedächtig und hielt zwei Finger hoch, während Janet begann, nochmals den Angriff in der vorangegangenen Woche zu beschreiben und dann den wenige Stunden zuvor, der Timmy in die Notaufnahme befördert hatte.

»Moment, und wer ist noch mal dieser Timmy?«, fragte Arlene.

»Der Lover von Don hier«, sagte Dale. »Don ist ein Privatdetektiv aus Albany, den wir engagiert haben, um alles aufzuklären, einschließlich der Ermordung von Eric. Wir haben ihm ungefähr vier Tage eingeräumt, um mit Ergebnissen aufzuwarten.«

»Ein Privatschnüffler mit Lover? Cool«, sagte Arlene. »Bist du bisexuell?«

Bevor ich etwas erwidern konnte, sagte Dan ohne Umschweife: »Ich halte das für keine gute Idee. Ich meine, jemanden von außerhalb hinzuzuziehen.«

Das war an Janet gerichtet, und ich ließ sie darauf antworten. »Was soll daran falsch sein? Die Polizei hat bezüglich Erics Ermordung nichts Brauchbares zutage gefördert. Und wenn es jemand auf mich abgesehen haben sollte, ist es doch zumindest nicht unwahrscheinlich, dass es sich dabei um die gleiche Person handelt – oder die gleichen Personen. Aber Ken Stone davon zu überzeugen, von der Staatspolizei mal ganz zu schweigen, wird uns ohne handfeste

Beweise kaum gelingen. Und Don hat einen erstklassigen Ruf, sagt Eldon, der vor Urzeiten mal mit Dons Freund zusammen war.«

»Wie geht's Eldon eigentlich?« fragte Arlene.

»Ich will Dons Fähigkeiten ja gar nicht in Abrede stellen«, sagte Dan zu Janet, während er mit einer abweisenden Handbewegung meine Referenzen beiseite wischte. »Mir geht's um was anderes. Wenn wir an diesem entscheidenden Punkt jemanden hinzuziehen, der nicht zur Zeitung und nicht zur Familie gehört – jemanden, der allein schon Monate brauchen würde, um sich ein ausreichendes Hintergrundwissen anzueignen –, dann riskieren wir, dass er rumrennt, bei Leuten Argwohn weckt und damit eine Situation zum Eskalieren bringt, die ohnehin schon angespannt genug ist. Und ohne dass wir daraus irgendwelche Vorteile ziehen können. Wenn es irgendeine Verschwörung gegen dich oder mich oder womöglich sogar gegen Mom gibt, sollten wir einen Sicherheitsdienst anstellen, um uns zu schützen. Wenn uns jemand fragt, warum, können wir einfach sagen, dass uns Erics Ermordung verschreckt hat und wir uns die nächste Zeit mit Bewachung sicherer fühlen. Don«, sagte Dan und sah mich dabei das erste Mal, seit wir einander vorgestellt worden waren, direkt an, »gehören Sie zu einem Service, der auch Personenschutz im Programm hat? Wenn Sie sich darauf beschränken könnten, sagen wir mal, für einen Monat Janets, meine und unserer Mutter Sicherheit zu garantieren, wäre das für die Familie ausgesprochen hilfreich, und wir könnten womöglich ins Geschäft kommen.«

Ich wollte gerade erwidern, dass Janet, Dale und Timmy mich bereits engagiert hatten, um Erics Ermordung und die beiden Jetski-Anschläge auf Janet einer vollständigen Untersuchung zu unterziehen. Dans Haltung in dieser Frage war daher aus meiner Sicht zwar interessant, aber lediglich von nachrangiger praktischer Bedeutung. Bevor ich jedoch dazu kam, ging Janet, geröteten Gesichts und die Halsmuskeln zum Zerreißen angespannt, auf ihren Bruder los. »Wenn du mal einen Augenblick lang aufhören könntest, dich wie ein überhebliches Arschloch aufzuführen«, zischte sie, »könntest du vielleicht einen Gedanken daran verschwenden, was diese offenkundigen Anschläge auf mich eigentlich *bedeuten*. Das heißt doch, dass Eric wahrscheinlich nicht von einem geistesgestörten Landstreicher umgebracht wurde, sondern von jemandem aus unserer Familie. Kapierst du das denn nicht? InfoCom selbst steckt ja wohl kaum dahinter. Ich meine, wie viele Konzerne, egal wie kaltblütig und gierig sie auch sein mögen, würden Leute, die ihnen bei ihren Expansionsplänen in die Quere kommen, allen Ernstes beseitigen lassen? Seien wir doch ehrlich. Womit wir es hier zu tun haben, ist viel eher gewalttätiger Wahnsinn Marke Osborne. Ich weiß nicht, wer aus der Familie es sein könnte, und ich gebe mir, um ganz ehrlich zu sein, alle Mühe, nicht darüber nachzudenken. Aber ein Profi, der selbst nicht zur Familie gehört, *ist haargenau*, was wir jetzt brauchen. Nicht irgendeinen Kaufhauswächter, sondern einen erfahrenen Detektiv. Ich habe mich in Bezug auf Don etwas umgehört, und er bringt gute Referenzen mit. Und Dale und Timmy und ich heuern ihn an, ganz gleich, was du davon hältst. Also finde dich damit ab.«

Dan blickte im Zimmer umher, überall hin, außer auf seine Schwester, während die ihm noch auseinander setzte, was für eine aufgeplusterte Gestalt er mit seinen lachhaften Posen war und wie verblödet und irrelevant sie seine Ansichten fand. Als sie fertig war, errötete er und sagte bloß: »Hab ich in der ganzen Angelegenheit überhaupt was zu entscheiden?« Das sah nach dem Durchexerzieren eines allzu gewohnten Szenarios zwischen den Osborne-Geschwistern aus.

Arlene versuchte zu schlichten. »Kerr-McGhee hat Karen Silkwood sehr wohl beseitigen lassen, Janet. Und was ist mit Inslaw?«

Dan sah inzwischen so eingeschüchtert und elend aus – das Licht seiner Schwester leuchtete offenkundig heiß und hell in sein Leben hinein –, dass ich froh war, geringfügig zur Entspannung der Lage beitragen zu können, indem ich nun zum einen der Existenz von Arlene Tribut zollte, die Dan in Gegenwart seiner Schwester vollends entfallen zu sein schien, und zum anderen Janet darauf hinwies, dass sie über einen Aspekt der Angelegenheit tatsächlich nicht mit gebührender Sorgfalt nachgedacht hatte.

»Ich denke«, sagte ich, »dass Arlene Recht haben könnte, Janet. Konzernbeteiligung an einer wie auch immer gearteten Verschwörung sollten wir nicht ausschließen. Wenn es ein Mordkomplott gibt, wäre das im Vergleich zu den Übergriffen, die früher von Angehörigen der Osborne-Familie getätigt wurden, ein einmaliges Vorkommnis und kein typisches. Die Fälle von Gewaltanwendung durch Osborne-Familienmitglieder, die du beschrieben hast, stellten spontane Ausbrüche dar und waren – soweit wir wissen – nicht vorher geplant oder Ergebnis einer Verschwörung. Und keines der Opfer gehörte zur Familie. Was nicht heißen soll, dass nicht ein oder mehrere Angehörige der Familie diesmal mit von der Partie sind – sei es mit oder ohne Beteiligung von InfoCom. Aber bisher gibt es keine Beweise, die auf jemanden aus der Familie deuten – noch gibt es im Übrigen Beweise, die auf jemand anders deuten würden. Aus der Sicht eines Detektivs sind die Familie und InfoCom zunächst einmal lediglich nahe liegende Ausgangspunkte für eine Untersuchung.«

Janet warf mir einen halsstarrigen Blick zu, sagte aber nichts. Dan hatte meiner Einschätzung mit sichtlich wachsendem Argwohn zugehört, während ihm dämmerte, dass mein Herumbohren in den Konflikten der Osborne-Familie sich als ebenso zielsicher wie beharrlich erweisen könnte. Es war aber Arlene, die schließlich sagte: »Ich bin bloß froh, dass endlich jemand Erics Ermordung ernsthaft untersucht. Ich will nicht sagen, dass die Bullen da was vertuschen. Aber außer auf ihren fetten Ärschen herumzusitzen, haben die auf jeden Fall nicht viel unternommen. Also ist's ja wohl bloß angemessen, wenn ihr und Dons Freund Don jetzt angeheuert habt, um den Job der Bullen zu erledigen. Nehmt ihr noch Beiträge entgegen? Wenn's einen Topf gibt, würde ich gerne was beisteuern.«

»Darüber sprechen wir hinterher«, sagte Dale. »Deine Großzügigkeit wissen wir jedenfalls zu schätzen, Arlene.«

»Außerdem werde ich viele positive Energien zu Don aussenden.«

»Hört zu«, sagte Janet, »mir ist auch nicht daran gelegen, vorschnell irgendjemandem etwas anzuhängen, aber was im Moment bei den Osbornes und beim *Herald* läuft, ist kein Fußballspiel oder Kneipenstreit und auch keine Eskapade aus dem Bereich Jugendkriminalität. Bei den Osbornes geht es diesmal wirklich ums Ganze – um das Familienunternehmen, um den Ruf und um die Tradition der Familie. Von daher könnten die Erfahrungswerte von vergangenen Osborne-Ausscherern diesmal eine unzureichende Richtschnur darstellen.«

»Mein Gott«, sagte Arlene, »die Osbornes sind ja alle cholerisch, und June und Chester und deren Kinder sind alles reaktionäre

Schweine. Aber bei dem Gedanken, dass jemand aus der Familie, den oder die wir alle kennen, tatsächlich mit einem Konzern ins Bett steigen und einen Verwandten ermorden könnte, egal wie sehr die einander hassen – also da möchte ich am liebsten kotzen!« Sie meinte das wohl im übertragenen Sinn, aber Dan sah mit einem Mal fahl aus und stürzte aus dem Zimmer. Er kam nicht mehr dazu, die Klotür richtig zu schließen, und wir konnten ihn dahinter würgen hören.

6

»Das ist Junes Wagen«, sagte Janet gereizt. »Was will die denn hier?«

Wir waren in die Auffahrt des alten Osborne-Hauses an der Maple Street eingebogen. Es war eins dieser protzigen alten spätviktorianischen Überbleibsel mit ausladendem Portal, Türmchen und Bogenfenstern. Das Haus war offenbar zu einer Zeit errichtet worden, als Kohle, Bauholz und irisches Personal reichlich und billig zu haben waren und die Amerikaner nach großen, wohlhabenden Haushalten voller hochgewachsener und gesunder Menschen strebten. Die meisten dieser großen Häuser waren in Edensburg wie anderswo längst in sparsamere Mieteinheiten aufgeteilt worden, aber Ruth Osborne hatte ihres ganz für sich behalten. Unter den riesigen Ahornbäumen war es einladend schattig, und die sorglich gepflegten Beete und Hecken, verschiedene Sorten Rittersporn und goldene Coreopsis zwischen Hauptgebäude und Kutschenhaus, waren noch ebenso protzig und unverwüstlich wie das Zeitalter, in dem der Garten angepflanzt worden sein musste.

Am Kutschenhaus parkten drei Autos vor Janets Wagen, in dem wir saßen. »June kann doch unmöglich schon Bescheid wissen, oder?«, sagte Dale. »Soweit ich weiß, verkehrt sie weder mit kriminellem noch mit gesetzeshütendem Gesindel. Jedenfalls wäre mir das neu.«

Während wir ausstiegen, wurde der Seiteneingang des Hauses geöffnet, und ein Mann und eine Frau kamen die Stufen hinunter. »Oh, Scheiße«, sagte Janet. »Ich hoffe, die waren nicht hier, um Mom auszuquetschen.« Die beiden Figuren, die nun auf uns zu kamen, waren eine große Frau in einem malvenfarbenen Seidenkleid sowie ein Mann mit teigigem Gesicht, der einen seltsamen, s-förmigen Mund hatte und einem steifen Strohhut trug. Ich ging davon aus, dass es sich um Janets Schwester June und ihren Mann Dick Puderbaugh handelte, lag damit aber lediglich halb richtig.

»Tag, June, Tag, Parson!«, sagte Janet. »Was führt euch denn in die Maple Street?«

»Tag, Janet, hallo«, säuselte June und drückte Janets Hand und Dales Ellenbogen. »Dale, wie schön, Dale, wie wunderschön, dich zu sehen.« Sie hatte die Merkmale einer Osborne, groß, mit offenem Gesicht und gut aussehend, wirkte aber leicht verkniffen, was von ihrem Haarnetz noch unterstrichen wurde. Es sah weniger nach provinzieller Wohlanständigkeit denn nach mutwilliger Gehirnabschnürung aus.

»Na, wenn das nicht die angesehene Chefredakteurin des *Herald* ist!«, blökte der Mann im Strohhut mit näselnder Baritonstimme. Er trug weiße Hosen und ein Kreppjackett, wie ein Mitglied eines Barbershop-Quartetts, und hinter seiner Brille zwinkerte er mit einem grauen Auge. Das andere blickte entsetzt drein. Janet stellte alle Anwesenden vor, wobei sie meinen Namen nannte, nicht aber meinen Beruf. June betrachtete mich argwöhnisch, während Parson Bates, der Mann mit dem Strohhut, einschmeichelnd grinste und sagte: »Darf ich, Donald, so tollkühn sein zu fragen, ob Sie – wie es den Anschein hat – aus New York sind?«

»Seien Sie doch so tollkühn, Parson«, sagte Dale, aber Bates ignorierte sie.

»Ich lebe in Albany«, sagte ich, »wo ich den meisten Leuten bedauerlicherweise auch herzukommen scheine.«

»Ach, aus dieser anderen Riesenmetropole!«, rief June und verdrehte die Augen in leutselig gespieltem Schrecken.

»Haben die Gewässer Sie in unsere Gegend verschlagen?«, fragte Bates glucksend.

»Aber hier gibt es doch gar keine Gewässer«, sagte Dale. »Wir sind hier in der Wüste.«

»Donald arbeitet im Moment für mich«, sagte Janet. »Er hat beruflich in Edensburg zu tun, Parson.«

»Oh, noch so ein unglücklicher Schreiberling!«, geiferte Bates munter aus einer Mundhälfte heraus, während sein zwinkerndes Auge zwinkerte und das andere unverändert weit aufgerissen war.

»Don ist Privatdetektiv«, sagte Janet. Wir alle konnten Junes Gesicht im Schnelldurchlauf ein Dutzend Mal den Ausdruck wechseln sehen.

»Kruzitürken!«, entfuhr es Bates.

»Es geht um Erics Ermordung«, sagte Janet. »Sowie um eine weitere Entwicklung, die sich ergeben hat.«

»Und was in Gottes Namen wäre das?«, fragte June.

»Anschläge auf mich.«

»Oh, Janet, nein!« June griff sich theatralisch an den Kopf. Janet berichtete von den Angriffen mit dem Jetski in der vorangegangenen Woche und an diesem Nachmittag, ohne irgendjemandes Mutmaßungen zu erwähnen, dass die Anschläge mit dem Konflikt über die Zukunft des *Herald* zusammenhängen könnten.

»Nach meinem bescheidenen Dafürhalten«, sagte Bates, »dürfte eine derartige Angelegenheit doch wohl in die Zuständigkeit der Gesetzeshüter fallen. Oder nicht?«

»Die Dienststelle des Sheriffs weiß Bescheid«, sagte Janet. »Ich gehe davon aus, June, dass dich in letzter Zeit niemand verfolgt oder bedroht hat.«

»Mich? Herrje, nein! Warum denn in Gottes Namen?«

»In der Tat!«, setzte Bates, den der Gedanke sichtlich empörte, hinzu.

»Naja, Eric wurde umgebracht und nun sieht es so aus, als habe es jemand auf mein Leben abgesehen. Vielleicht hat jemand etwas gegen bestimmte Osbornes – was weiß denn ich. Deswegen habe ich ja Don angeheuert. Um das herauszufinden.«

»Um genau zu sein«, sagte Dale, »haben wir Don zu dritt damit beauftragt, Erics Ermordung und die Angriffe mit dem Jetski aufzuklären. Wir drei, das sind Janet, ich, und schließlich als dritter Auftraggeber Dons eigener Freund, Timothy Callahan, der ein Ex-Freund von Eldon McCaslin ist. Timothy wurde im Übrigen bei dem Vorfall heute auf dem See verletzt und bekommt gerade drüben im Eden County einen Gips für seinen gebrochenen Fuß.«

June starrte mich an. Sie bemühte sich nachhaltig, wiewohl nicht nachhaltig genug, nicht angewidert auszusehen, und sagte dann unvermittelt: »Wie nett.« Der Blick von Parson Bates hatte sich verfinstert, und er setzte zu einem Kommentar an, besann sich jedoch anders und schloss den Mund sichtlich verbissen wieder.

»Wir werden Mom das alles auseinander setzen müssen«, sagte Janet, »so sehr mir davor graut, sie zu beunruhigen. Wie geht es ihr heute?«

»Oh, sie ist – na, Mom eben«, sagte June und versuchte nonchalant zu wirken, obgleich das Haarnetz ihr dafür wenig Spielraum ließ. »Sagt mal, ist Chester in Kenntnis gesetzt, dass ihr einen Detektiv angeheuert habt?«, fragte sie.

»Nein, noch nicht.«

»Chester wird es wissen wollen.«

»Warum übernimmst du nicht die Initiative und informierst ihn, June? Ich habe schon mit Dan und Arlene gesprochen. Da kommen wir gerade her.«

»Oh, das mache ich gerne. Und Dick natürlich. Um ganz ehrlich zu sein, Janet, bin ich überrascht, dass ihr einen Detektiv angeheuert habt, in Familienangelegenheiten herumzuschnüffeln, ohne euch vorher mit uns zu beraten.« Sie warf mir ein eisiges Lächeln zu. »Ich bin sicher, dass Sie außerordentlich gut qualifiziert sind, Mr. Strachey. Verstehen Sie mich nicht falsch. Aber Sie begreifen schon, worum es mir geht, oder?«

»Nein«, sagte ich, »nicht direkt.«

June zuckte zusammen, und Bates schritt galant ein, um sich dieser ungehörigen Frechheit anzunehmen. »June geht es um die Maßgaben von so etwas wie Diskretion«, schnaubte er. »Einer Tugend, die zunehmend aus dem amerikanischen Leben zu verschwinden scheint, sodass inzwischen – nicht zuletzt infolge der Vorherrschaft vulgärer und gewissenloser elektronischer Medien – die Schlafzimmer- und Toilettengebräuche mehr oder weniger jedes Bürgers als geeigneter Gegenstand beliebiger öffentlicher Erörterung gelten. Es gibt jedoch noch Personen, die sich diesem sittlichen und moralischen Verfall entgegenstemmen. Und ich kann mich, ohne Widerspruch fürchten zu müssen, dafür verbürgen, dass June Osborne zum Kreis dieser ehrwürdigen Personen gehört.«

June schien angesichts des konfrontativen Tons von Bates etwas verzagt, auch wenn seine Aussage ihr gefallen hatte. Janet und Dale starrten mich beide mit Pokergesicht an und schwiegen erwartungsvoll.

»Thema verfehlt, Parson«, sagte ich. »Erstens bin ich nicht Diane Sawyer oder Larry King. Ich bin Privat-, ich betone: *Privat*detektiv. Die Ergebnisse meiner Untersuchung gelangen ausschließlich meinen Klienten zur Kenntnis, von denen in diesem Fall zwei zur Osborne-Familie gehören.« June schien das nicht zu schmecken, und Bates verzog theatralisch das Gesicht, weil ich Dale als Familienangehörige mitzählte. »Zweitens«, fuhr ich fort, »sind die osborneschen Schlafzimmer und Toiletten – diesen Zusammenhang haben Sie konstruiert, nicht ich, Mr. Bates – nur von Belang, falls sich daraus Anhaltspunkte für die Aufklärung von Erics Ermordung und der Anschläge auf Janet ergeben. Ob und was es ansonsten für Leichen im Familienkeller geben mag, interessiert mich nicht. Danach zu forschen, wäre – da gebe ich Ihnen vollauf Recht – in der Tat unhöflich und indiskret.« June begann etwas milder dreinzuschauen, aber Bates, der offenbar eine Falle zu wittern glaubte, fixierte mich weiterhin mit Argwohn. »Was ich aber gerne von Ihnen wissen möchte, June«, sagte ich, »ist Folgendes: Warum glauben Sie, dass Nachforschungen über Erics Ermordung und die Anschläge auf Janet notwendig dazu führen, dass ich mich mit osborneschen Familienangelegenheiten auseinander setzen muss?«

»Oh«, sagte sie und musste dann erst einmal nachdenken. »Ich meinte nicht unbedingt, dass Sie sich mit Angelegenheiten der Gesamtfamilie würden beschäftigen müssen. Bloß eben mit denen von Eric und Janet.«

»Aber Eric ist tot und Janet meine Klientin. Worin besteht dann das Problem?«

June starrte mich nur noch an, aber Bates kam erneut auf die scheinbar einzige ihm bekannte Art zu ihrer Rettung: In seinem Kreppjackett heftig schwitzend – es mochte so um die fünfundzwanzig oder sechsundzwanzig Grad haben – plusterte er sich auf und polterte drauflos. »Die Angelegenheiten aller Osbornes sind eng miteinander verwoben«, verkündete Bates. »Nachforschungen über die Geschicke eines jeden Osbornes würden immer auch an die Geschäfte anderer Familienangehöriger rühren, auch solcher, die Diskretion ein hohes Gut dünkt. Der Sachverhalt liegt nicht andeutungsweise so einfach, wie Sie ihn darzustellen versuchen, Mr. Strachey. Die Sache ist kompliziert und erfordert Rücksicht auf die Haltung anderer.«

»Was meinen Sie«, sagte Dale, »mit ›Geschäfte‹ anderer Familienangehöriger, Parson?«

»Ich verstehe nicht, worauf Sie hinauswollen.«

»Sie sagten, Nachforschungen über die Geschicke eines jeden Osbornes würden zwangsläufig an die ›Geschäfte‹ anderer Familienangehöriger rühren. Meinen Sie mit Geschäfte den *Herald*?«

»Nicht unbedingt«, erwiderte Bates mit bebenden Nasenflügeln. »Haben Sie das so verstanden? Seien Sie versichert, dass keinerlei derartige Anspielung beabsichtigt war.«

»Die Sache ist doch die, Parson«, sagte Janet, »wenn ich jetzt, wo Eric tot ist, auch noch ums Leben käme, wäre es doch so gut wie sicher, dass der *Herald* an Crewes-InfoCom und nicht an Griscomb verkauft würde. Also würde jemand, der Erics Ermordung und die Anschläge auf mich untersucht, logischerweise die Familiengeschäfte und das gegenwärtige Durcheinander unter die Lupe nehmen. Fällt jetzt der Groschen?«

Jetzt bockte June. »Was soll das denn heißen, Janet?«

»Ich will damit sagen, dass die Leute mit einem Motiv, mich und Eric tot sehen zu wollen, diejenigen sind, die den *Herald* an InfoCom verkaufen wollen, sowie die Leute bei InfoCom selbst, die das Blatt kaufen wollen. Wenn du der Detektiv wärst und mögliche Mordmotive durchgehen würdest, käme dir das nicht auch zuerst in den Sinn?«

»Aber mein Gott, Janet! Kannst du dir ernsthaft vorstellen, dass jemand aus der Familie so etwas jemals tun würde?« June wirkte entgeistert, dann schien ihr ein Gedanke zu kommen und sie blickte noch entgeisterter drein.

»Himmel noch mal, June, unser Stammbaum ist mit gewalttätigen Spinnern üppig ausgestattet«, sagte Janet. »Soll ich sie dir alle herunterbeten?«

»Das ist nicht nötig. Aber wen du jetzt im Sinn hast, Janet – die Familienangehörigen, die du offenbar des Mordes für verdächtig hältst –, das sind keine verstörten Individuen wie Cousin Graham oder Onkel Edmund oder gar Craig. Du kannst damit ja nur auf –

auf mich und Dick und auf Chester und – und auf Tidy anspielen! Janet, wie kannst du so etwas überhaupt auch nur denken!«

»June«, sagte Dale, »nun mach mal halblang. Janet will dir nur erklären, warum Don gezwungen sein könnte, ein wenig in schmutziger Osborne-Wäsche herumzuschnüffeln. Vergiss nicht, dass ihr, du und Dick, unseren Strafrechtsnormen zufolge sowieso als unschuldig geltet, solange euch keine Schuld nachgewiesen ist. Wenn ihr euch allerdings weiterhin an diese Schießbudenfigur von Anwalt halten wollt, ist das natürlich euer Bier.«

June biss sich auf die Lippen, aber Bates konnte seine Wut nicht länger kontrollieren. »Dale, Ihre verteufelte Schnoddrigkeit ist – hier völlig fehl am Platz!«

»Ich finde, die gehört genau hierher. Schließlich will hier jemand den Osbornes ans Leder, die versuchen, die Seele des *Herald* zu retten, und nicht denen, die um des schnellen Profits willen zum Ausverkauf einer hundertjährigen ehrwürdigen journalistischen Tradition bereit sind. Und gegen deren Gier ist meine Schnoddrigkeit gar nichts.«

Junes Augen blitzten zornig. »Dale, du legst es heute wirklich mal wieder drauf an«, sagte sie und strebte auf ihren Buick zu. »Ich denke, Parson und ich sollten jetzt besser gehen, bevor einer von uns etwas sagt, das er anschließend bereut. Und Janet, ich denke, du wärst gut beraten, deine Phantasien vom möderischen Familienkomplott Stu Torkildson vorzutragen, ehe du damit zur Polizei rennst und eine Menge Gerede heraufbeschwörst, das der ganzen Familie nur Schaden zufügen kann. Versuch bitte, etwas Umsicht walten zu lassen, ja? Oder«, sagte June und sah plötzlich aufs Neue verschreckt aus, »bist du damit etwa schon außerhalb der Familie hausieren gegangen?«

»Noch nicht«, sagte Janet.

»Gut. Mr Strachey, wir werden uns wohl auf Ihre Diskretion verlassen müssen, wie Parson schon ausführte. Warum vereinbaren Sie nicht auch einen Gesprächstermin mit Stu Torkildson? Er ist seit vielen Jahren Unternehmensberater der Osbornes und in heiklen Angelegenheiten stets eine verlässliche Orientierungshilfe.«

»Er könnte zum Beispiel nachsehen«, sagte Dale an mich gewandt, »ob jemand aus der Familie kürzlich einen Vertrag mit einer Mord und Totschlag GmbH unterschrieben hat.«

»Ist Torkildson«, sagte ich, »nicht der Mann, der mit *Schmucke Fichte* dafür gesorgt hat, dass der *Herald* so verschuldet ist und Sie das Blatt jetzt veräußern müssen? Hat der noch immer was zu melden?«

Dale warf mir einen Blick zu und sagte, während Janet uns wohlwollend beobachtete: »Jetzt geht Ihnen allmählich ein Licht auf.«

Es war Parson Bates, der nun tönte: »Ihre Unverschämtheit wird bestenfalls von der Intensität Ihrer Unkenntnis übertroffen, Mr. Strachey. Die finanziellen Schwierigkeiten des *Herald* sind nicht das Ergebnis unzureichenden Urteilsvermögens, sondern veränderter Rahmenbedingungen, die niemand hätte vorhersehen können. Nicht einmal Stu Torkildson, ein Mann von kühner geistiger Befähigung und christlicher Rechtschaffenheit, hätte eine solche Rezession und einen Anstieg der Kosten im Printmedienbereich um einhundertfünfundzwanzig Prozent vorhersehen können. Ich muss mich aufs Schärfste dagegen verwahren, dass Sie diesen Ehrenmann verleumden.«

»Ich dachte«, sagte ich, »dass die sechzehn Millionen Dollar Schulden des Unternehmens das Ergebnis einer riskanten Investition in eine protzige Urlauberanlage waren, die sich nicht rentiert hat und mit einem gehörigen Verlust abgestoßen werden musste. Ich wollte Torkildson keineswegs niedere Motive nachsagen, sondern ging lediglich davon aus, dass seine Vorgehensweise größenwahnsinnig und inkompetent war.«

»Ja, so beliebt man sich gemeinhin die Schwierigkeiten des *Herald* zu erklären«, sagte Bates. »Aber die Wahrheit stellt sich ein gutes Stück verwickelter dar, das kann ich Ihnen versichern.«

»Weihen Sie mich ein in die Verwicklungen. Ich bin ganz Ohr.«

Bates setzte an, als June ihm zuvorkam. »Vielleicht können wir die Schwierigkeiten des *Herald* ein andermal wiederkäuen, Mr. Strachey, nicht gerade jetzt. Parson und ich müssen uns wirklich auf den Weg machen. Es war mir ein Vergnügen, Sie kennen zu lernen, und es war schön, dich zu sehen, Dale. Und Janet, halte mich bitte in dieser furchtbaren Jetski-Angelegenheit auf dem Laufenden. Ich hoffe so sehr, dass es nicht das ist, wofür du es hältst. Eric zu verlieren war furchtbar genug, und niemand in der Familie will, dass du umgefahren wirst oder ertrinkst, Janet, ganz gleich, wie du über uns denkst. Im Übrigen würde ein weiterer Mord Mom umbringen.« Sie hatte den Satz kaum ausgesprochen, da entwich ihr hysterisches Gekicher und dann der Aufschrei: »Oh, mein Gott, was in Himmels Namen rede ich denn da!«

»Allerdings, *das* wüsste ich jetzt auch gerne genauer«, sagte Dale, aber June wandte sich nur verwirrt ab, stieg in ihren Wagen und flötete noch ein »Viel Glück!« in irrem Singsang, während Bates sich in ihren Buick zwängte, die Nasenflügel bebend und mit den Augen Pfeile auf uns schießend wie im Zeichentrickfilm. Das Auto manövrierte um uns herum, bog in die Maple Street ein und fuhr davon. Als der Wagen nicht mehr zu sehen war, sagte Janet sachlich: »Don, du hältst Junes Irrsinn jetzt vermutlich für ein eher abseitiges Vorkommnis in der Osborne-Familie.«

»Nein«, sagte ich, »vergiss nicht, dass ich deinen Bruder schon kennen gelernt habe.«

»Ach, richtig.«

»Wer ist der Pfaffe?«

»Der ist kein Pfaffe. Parson ist bloß sein Vorname, nicht sein Titel. Er baut hier Birnen an, handelt mit antiken Gamaschen und ist der neo-konservative Kolumnist beim *Herald*. Dad ging immer davon aus, dass die Zeitung in einer Stadt wie Edensburg, wo es bloß das eine Blatt gibt, eine Verantwortung hat, abweichenden Stimmen ebenfalls ein Forum zu bieten – vorausgesetzt, dass deren Doppelmoral zumindest andeutungsweise verschleiert daherkommt, was bei Parson in der Regel der Fall ist.«

»Parsons politische und moralische Überzeugungen«, fügte Dale hinzu, »sind von denen der frühen Pietisten kaum zu unterscheiden, obwohl er sich selbst für geringfügig moderner hält. Beim zwanzigsten Jahrhundert – das er mehr oder weniger in Gänze ablehnt – ist für ihn jedoch eindeutig eine Grenze erreicht, und er sieht sich selbst vorzugsweise als liebenswürdig-kauziger Gutsherr aus dem neunzehnten Jahrhundert. Parson verfügt sogar über eine durchaus ergebene Anhängerschaft – zu der die Leser des *Herald*, die ihn schlicht für im klinischen Sinne verrückt halten, logischerweise nicht gehören. In seinen Kolumnen zieht Parson gern Lehren fürs Leben aus der Natur. Und wenn er in seinem Obstgarten weilt, die Schwärmerei ihn überkommt und er zu vernehmen meint, wie die Birnen ihm moralische Anleitung angedeihen lassen – dann rette sich, wer kann!

Was er als ›widernatürliche‹ private und gesellschaftliche Übel identifiziert, reicht vom Wal-Mart Supermarkt über den Sozialstaat bis zu Gangsta Rap. Und frag Parson bloß nicht nach Cunnilingus.«

»Und welche Abseitigkeit verbirgt sich hinter den ›alten Gamaschen‹?«, fragte ich.

»Purer Ernst. Parson ist eine Weltberühmtheit unter den Liebhabern von Gamaschen«, sagte Janet.

»Die Leute kommen von überall her«, setzte Dale hinzu, »jahrein, jahraus, in Einer- und Zweiergrüppchen.«

»Die Auswahl seiner Hasskandidaten scheint mir nicht durchweg verfehlt«, sagte ich. »Wenn wir von gesellschaftlichen Übeln sprechen, steht Wal-Mart auf meiner Liste auch ziemlich weit oben.«

»Parson ist irgendwie schon eine ziemlich interessante Mischung«, sagte Janet. »Man weiß nie, ob Bescheidenheit oder bloß Ignoranz ihn die höchste Zierde dünkt.«

»Und er und June sind enge Freunde?«

»Seit der Mittelstufe. June und Dick und Parson und seine Frau, Evangeline, spielen jeden Freitagabend draußen bei den Bates Whist und gehören alle miteinander dem Museumsvorstand an.«

»Weiß man«, fragte ich, »ob Bates je durch Gewalttätigkeit aufgefallen ist?«

»Nicht körperlich«, sagte Janet. »Im Übrigen weiß ich, dass er dem möglichen Verkauf des *Herald* an InfoCom zwiespältig gegenübersteht. Er hält zu June und würde natürlich liebend gern das Ableben der liberalen Tradition des Blattes miterleben, andererseits verabscheut er jedwede unerbittliche, unmoralische große Geschäftemacherei. Insofern kann man sich schwerlich vorstellen, dass Parson sich an einem Komplott, mich oder Dan oder Mom zu beseitigen, beteiligen würde. Obwohl man sagen muss, dass Parson und Eric sich nicht ausstehen konnten.«

»Haben sie einander bekriegt?«

»Im Wesentlichen sind sie einander ausgewichen. Eric konnte die Art nicht ertragen, wie Parson beim Schreiben die Natur herangezogen hat, um seinen Vorurteilen Nachdruck zu verleihen, zu denen natürlich auch eine tobsüchtige Homophobie gehört, die er kaum zu zügeln vermag. Parson seinerseits platzte, glaube ich, fast vor Missgunst auf Erics Begabung und seine Erfolge als Autor. Dazu kam die

Tatsache, dass Eric und Eldon sich in der Öffentlichkeit ungezwungen als Paar bewegten. Er ist immerzu über sie hergezogen – dass sie gegen die Natur aufbegehren würden und die ganze Scheiße. Mit Dale und mir kann er sich eher abfinden. Erstens weil wir Frauen und daher nicht so ernst zu nehmen sind wie Männer. Und außerdem betrachtet er uns, glaube ich, als eine ›Boston-Ehe‹, auch so eine dieser absonderlichen Einrichtungen des neunzehnten Jahrhunderts, für die die liberalen Deisten im transzendentalistischen Kreis um Emerson und ihresgleichen eine Lücke in ihrem weitläufigen Weltbild vorgesehen hatten. Aber zwei Männer zusammen? Das ist der Horror, der reine Horror.«

Dale wollte gerade noch etwas hinzufügen, als der Seiteneingang des osborneschen Hauses erneut geöffnet wurde und eine korpulente Frau mittleren Alters in verwaschenen blauen Hosen und einer pfirsichfarbenen Bluse herauskam und, verstört wirkend, nach Janet rief.

»Elsie, hallo, wir kommen gleich rein. Wie geht's Mom?«

»Nicht gut. Das wirst du gleich merken, wenn du reinkommst. Es geht ihr gar nicht gut.«

»Was ist denn los?«, fragte Janet, die nun beunruhigt aussah.

»Ihr Verstand«, sagte Elsie und klopfte mit einem Finger an ihre Schläfe. Rasch folgten wir Janet ins große Haus.

7

Die Frau, die in einem von der Küche abgehenden Frühstückserker saß, sah zu uns auf und lächelte verunsichert, stand aber nicht auf. Ruth Osborne, die in ihren frühen Achtzigern war, sah noch immer hochgewachsen und handfest aus – ›stattlich‹ hätte man das in ihrer Jugend genannt – und hatte sonnengebräunte, rauhe Hände und ein längliches Gesicht mit großen, neugierigen Augen. Sie erinnerte an eine Bloomsbury-Gestalt, wie man sie von Gemälden her kennt. Sie hatte einen üppigen Wuschelkopf und trug ein unförmiges grünes Hemdkleid. Neben ihren nackten Füßen lag ein Paar ausgetragener Ledersandalen.

»Tag, Mom«, sagte Janet und küßte ihre Mutter auf die Wange. »Wie geht es dir? Dale und ich haben einen Freund mitgebracht.«

Mrs. Osborne sah Dale an, offenbar ohne sie zu erkennen, dann mich. Während sie mich betrachtete, lehnte Dale sich herab, küßte sie auf die Wange und sagte: »Tag, Ruth«, aber die alte Frau zuckte zusammen und machte einen peinlich berührten Eindruck.

»Ich bin Don Strachey«, sagte ich, und Mrs. Osborne streckte ihre Hand aus, und ich drückte sie. Ihre Haut war trocken, ihr Griff fest.

Anteilnahmslos sagte sie: »Ich freue mich immer, Freunde meiner Tochter kennen zu lernen.«

»Don ist aus Albany«, sagte Janet. »Er ist dort Privatdetektiv.«

Sie dachte einen Moment nach, lächelte zaghaft und sagte: »Ach, das ist gut.« Dann wandte sie sich ab und schaute aus dem Fenster. Wir folgten ihrem Blick und starrten alle in den Garten hinaus, wo die Sonne auf frisch gemähten Rasen hinabschien und Schatten hinter die Bäume warf.

»Mrs. Osborne, das hier ist Dale«, sagte Elsie. Janet hatte mir Elsie Fletcher auf dem Weg ins Haus als langjährige Haushälterin ihrer Mutter vorgestellt. »Dale kennen Sie doch, nicht? Das ist *Dale*.« Aber Mrs. Osborne reagierte nicht und starrte bloß weiter in den Garten hinaus.

»Ich bin das Großmaul«, sagte Dale. Dann sah sie mich an. »Ruth und ich gehen immer aufeinander los«, sagte sie, »was damit zusammenhängt, dass wir beide sehr ›direkt‹ sind, wie man das in Edensburg gern nennt. Wären wir nicht so oft einer Meinung, hätten wir einander vermutlich längst erwürgt.«

»Das glaube ich«, murmelte ich.

Ruth Osborne war jetzt irgendwo ganz anders, und auch als Janet nochmals »Mom!« sagte, erntete sie keinerlei Reaktion. »Wir kommen in ein paar Minuten wieder, Mom«, sagte Janet und bedeutete uns, ihr zu folgen.

Dale, Elsie und ich folgten Janet einen düsteren, breiten Flur entlang in ein Arbeitszimmer, dessen Wände voller Bücher waren. Janet schloss die Tür. Auf dem Lesetisch aus Eichenholz in der Mitte des Raums stapelten sich Bücher, ebenso auf dem dahinter stehenden alten Lederdrehstuhl. Es sah so aus, als sei vor ein paar Jahren damit begonnen worden, Tom Osbornes alte Bibliothek zu ordnen, das

Vorhaben dann aber abgebrochen worden. Das Ölgemälde eines Mannes in der typischen Aufmachung des vielseitig begabten Erfolgsmenschen der Jahrhundertwende über dem Kamin stellte vermutlich den Gründer des *Herald*, Daniel Lincoln Osborne, dar. Unterhalb des Gemäldes standen verblichene Familienfotografien auf dem Sims aufgereiht, die Tom, Ruth und die fünf Kinder in unterschiedlichen Altersstufen und verschiedenen Posen zeigten, die meisten davon mit Wildnis als Kulisse. Außerdem stand auf dem Sims eine bronzene Urne mit Deckel. Auf einem daran geklebten Papierstreifen befand sich ein Schriftzug: WILLIAM T. ›TOM‹ OSBORNE – 1911-1989.

»Wie lange ist sie schon so?«, fragte Janet Elsie.

»Seit gestern Morgen«, sagte Elsie, die verängstigt aussah. »Ich hätte dich heute angerufen, wenn sie sich nicht erholt hätte. June rief heute Morgen an und sagte, sie käme vorbei, aber ich hätte dich auf jeden Fall noch angerufen.« Elsie und Janet tauschten bedeutungsvolle Blicke.

»Und war sie auch so, als June gerade hier war?«, fragte Janet. Als Elsie nickte, sagte Janet: »O Gott.« An mich gewandt setzte sie hinzu: »Sie verliert schon seit einigen Jahren zunehmends ihr Kurzzeit-Gedächtnis und ab und zu auch mal die Orientierung – dann ist sie fünf oder zehn Minuten wie weggetreten. Aber etwas so lang Andauerndes ist noch nie vorgekommen.«

»Mrs. Osborne war immer eine Plappertasche«, sagte Elsie. »Ihr Witz war wie eine Peitsche und über ihre Ansichten ließ sie einen weiß Gott nie im Unklaren, davon kann ich ein Lied singen. Das, was Sie da draußen gesehen haben, ist nicht Ruth Osborne. Nicht im Entferntesten.«

»›Seid stets gewappnet‹, hat man uns als Kinder immer gesagt«, sagte Dale an mich gewandt. »Aber wie soll man sich dagegen wappnen?«

»Was wollte June überhaupt?«, fragte Janet.

»Wir sehen June oft wochenlang nicht«, sagte Elsie zu mir, offenkundig darauf bauend, ich werde mich ihrer Missbilligung einer Tochter, die ihre Mutter nicht oft genug besucht, anschließen. Zu Janet sagte sie: »June und Parson wollten über den Verkauf des *Herald* an diese Firma sprechen, die so klingt, wie wenn jemand niest.«

»Crewes InfoCom?«

»Ja genau, sie wollten, dass Mrs. Osborne für die stimmt.«

»Parson auch?«

»Ja, beide. Sie wollten, dass Mrs. Osborne mit ihnen hierher kommt, vermutlich um sie hinter verschlossener Tür bearbeiten zu können. Aber sie wollte keinen Fußbreit aus ihrem Frühstückserker weichen, also konnte ich viel von dem verstehen, was geredet wurde. Ich hatte den Maisauflauf im Ofen zuzubereiten, wisst ihr.«

Janet nahm den Ball auf und sagte: »Deinen Maisauflauf liebt Mom aber auch ganz besonders, Elsie.«

»O ja, mein Essen schmeckt ihr.«

»Also was hat Mom denn nun über InfoCom und ihr Stimmverhalten gesagt?«

»Na, gar nichts eben. Sie sagte guten Tag und wie geht's und dann, jedenfalls in meiner Gegenwart, kein Wort mehr. June fragte, während sie hier war, etliche Male ›Mom, was ist los?‹ oder ›Mom, hörst du mir zu?‹ Sie hat gemerkt, dass mit deiner Mutter etwas nicht stimmt, Janet. Sie hat gesehen, dass es diesmal mehr ist als bloß ein bisschen Vergesslichkeit.«

»Hat June sich dir gegenüber irgendwie dazu geäußert?«

»Nein, aber sie hat mir so einen Blick zugeworfen, als sie ging – so als hätte ich die ganze Zeit gewusst, dass der Verstand eurer Mutter nachlässt, und nun wäre June endlich auch dahintergekommen. Parson Bates war die Höflichkeit in Person, aber er war die ganze Zeit zugegen, also weiß er auch, was los ist. Darauf kannst du Gift nehmen.«

»Ich bin ihnen draußen noch begegnet«, sagte Janet, »aber keiner von beiden hat irgendeine Bemerkung fallen lassen, dass Mom heute irgendwie verändert war.«

»Die beiden haben was vor«, sagte Elsie in unheilverkündendem Ton, und niemand im Raum widersprach ihr. Janet sagte Elsie, sie würde mit Mrs. Osbornes Arzt Kontakt aufnehmen, der ein Jahr zuvor bei ihr Alzheimer im Anfangsstadium diagnostiziert hatte, und in Erfahrung bringen, ob zum gegenwärtigen Zeitpunkt etwas unternommen werden könne oder müsse. Dale hielt das für eine gute Idee, gab aber zu bedenken, dass ihrem medizinischen Kenntnisstand zufolge wenig für Mrs. Osborne getan werden könne, außer ihr praktische Unterstützung im Alltag, Geduld und Freundlichkeit angedeihen zu lassen. Zwar seien Medikamente in der Erprobung, aber bislang sei deren Wirksamkeit alles andere als erwiesen.

Wir wollten gerade das Arbeitszimmer verlassen, als die Tür sich plötzlich öffnete und Ruth Osborne dastand und uns anlächelte. »Ich habe mich gefragt, wo ihr alle seid«, sagte sie freundlich. »Offenbar habt ihr euch auf die Suche nach Lesestoff gemacht.«

»Mom, hallo!«

»Wir sind nicht zum Lesen hergekommen, Ruth«, sagte Dale, »wir wollten bloß dem Familienmuseum einen Besuch abstatten.«

»Nun, da seid ihr hier genau richtig. Ich bin Ruth Osborne«, sagte sie zu mir und reichte mir ihre Hand. Jetzt wirkte sie vollkommen bei sich.

»Don Strachey. Es ist mir eine Ehre, Sie kennen zu lernen.«

»Mein Mann konnte sich nie von einem Buch trennen, und mir geht es genauso. Reine Sammelleidenschaft, vermischt mit einer milden Form von Gier. Wozu sind Bücher gut, wenn sie nicht herumgereicht und gelesen werden? All diese Bücher werden hier gefangen gehalten – und wozu? Da hätten wir mal einen der sechs oder acht Bereiche, in denen es mir an Tugend mangelt.«

»Man geht doch immer davon aus«, sagte ich, »dass man sie noch einmal liest.«

»O nein, ich nicht. Darüber mache ich mir keinerlei Illusionen. Ich finde einfach nur Gefallen an dem Wissen, dass sie hier drin sind und Staub fangen. Die einzigen, die ich mir mitunter noch ansehe, sind die Bücher meines Sohnes. Eric war ein herausragender Autor. Haben Sie ihn gelesen?«

»Mein Partner und ich lesen einander Erics Sachen manchmal laut vor, wenn wir in den Bergen sind. Es ist, als hätte man einen Begleiter dabei, der einen sechsten Sinn dafür hat, einem die Wildnis zu erschließen, sie einem in die eigene Sprache zu übersetzen.«

»Ja, er war ausgesprochen begabt. Eric wurde jedoch im Mai ermordet.«

»Ich weiß. Mein Beileid.«

Elsie schlenderte zur Tür hinaus und warf uns, bevor sie ging, einen erstaunten Blick zu. Mrs. Osborne sagte: »Die Polizei sagt, dass es irgendein seltsamer Landstreicher war, aber ich habe da so meine Zweifel. Die Osbornes stellen schon lange eine fortschrittliche Kraft hier in der Gegend dar, und es würde mich gar nicht überraschen, wenn jemand sich entschlossen hätte, es mir oder meinem Mann heimzuzahlen, indem er Eric ermordet. Tom ist natürlich tot – sehen Sie, da auf dem Sims, das ist er –, aber Janet und mein Sohn Daniel und ich selbst, wir halten die fortschrittliche Tradition der Familie aufrecht, und einige der reaktionären Kräfte, mit denen wir es über die Jahre aufgenommen haben, sind skrupellos und nachtragend. Und ich habe auch noch eine andere Theorie, die noch hässlicher ist.«

»Mom«, sagte Janet, »Don ist übrigens Privatdetektiv. Er wird Erics Ermordung untersuchen. Außerdem wird er noch in einer anderen Sache Nachforschungen anstellen. Ich will dich nicht beunruhigen, weil ich schließlich auf mich selbst Acht geben kann, aber – also, die Sache ist die, dass jemand möglicherweise auch hinter mir her ist.«

Mrs. Osborne runzelte die Stirn und sagte: »Das überrascht micht gar nicht.«

»Tut es nicht?«

»Nein, nicht in Anbetracht der Tatsache, dass die Abstimmung über den Verkauf des *Herald* ins Haus steht. Wenn du oder Dan oder ich bis dahin weg vom Fenster wäre, würde die Mehrheit für Griscomb zugunsten von InfoCom kippen. Dabei geht es um Millionen von Dollar und nicht zuletzt natürlich um die Seele des Blattes. Blutige Morde wurden schon wegen weniger Geld begangen. Ich habe schon überlegt, ob ich dich warnen soll, Janet. Aber in meinem Alter zögert man, Leuten – selbst Familienangehörigen, oder vielmehr, *gerade* Familienangehörigen – zu erzählen, dass man glaubt, es mit einer Verschwörung zu tun zu haben. Die Leute neigen dazu, dann anzunehmen, man verlöre den Verstand.«

Janet wurde rot. »Oh, Mom, du weißt doch, dass du mit mir und Dale immer über alles reden kannst.«

»Gab es da irgendetwas Bestimmtes, Mrs. Osborne«, sagte ich, »das Ihre Vermutung eines Komplotts genährt hat?«

Janet warf mir einen kurzen Blick zu, der offenbar bedeuten sollte, dass sie es für wenig ratsam hielt, das Vorstellungsvermögen ihrer Mutter noch zusätzlich zu animieren. Aber Mrs. Osborne sagte unfroh: »Ja, das erste Mal kam mir der Gedanke, dass etwas im Argen sein könnte, etwa einen Monat nach Erics Tod, als Janets älterer Bruder Chester vorbeikam und versuchte, mich zu überreden, mein Stimmverhalten zugunsten eines Verkaufs des *Herald* an InfoCom zu ändern. Chester verlor völlig die Beherrschung – er war schon immer cholerisch, was er, wie ich leider zugeben muss, von den Watsons hat, also aus meiner Familie – und brüllte und heulte herum, dass die Familie bei einem Verkauf an Griscomb so viel Geld verlieren würde und dass womöglich noch jemand dran glauben würde, wenn es daran ginge, das zu verhindern.«

Wir starrten Mrs. Osborne an, die uns mit elender Mine ansah. »Noch jemand?«, fragte Dale.

»Das waren Chesters Worte. Dass ›noch jemand dran glauben würde‹.«

»Mom, warum zum Teufel hast du mir denn nichts davon erzählt?«

»Janet – ich weiß nicht, ob das jetzt irgendwie plausibel klingt, aber ich glaube, ich hab's einfach vergessen. Ich weiß genau, dass ich vorhatte, es dir gleich zu erzählen. Aber dann – so verrückt, wie das jetzt klingt, habe ich es, glaube ich, einfach vergessen.«

Das Telefon neben mir klingelte, aber niemand im Raum machte Anstalten abzuheben, und ich hörte, wie Elsie den Anruf in der Küche entgegennahm. »Mrs. Osborne«, sagte ich, »haben Sie Chester gefragt, was er mit seiner Drohung genau meinte?«

»Nein«, sagte sie, »ich war so wütend auf Chester, dass ich ihm bloß gesagt habe, er soll seine Papiere nehmen und verschwinden. Was er auch gemacht hat. Wütend war ich und auch ein wenig ängstlich. Für eine Mutter ist es furchtbar, sich so etwas eingestehen zu müssen, aber ich weiß aus schmerzhafter Erfahrung, dass Chester durchaus imstande ist, jemandem etwas anzutun.«

»Dachtest du, dass er dir droht?«, fragte Janet.

Mrs. Osborne zuckte mit den Achseln und sah zutiefst traurig aus. Elsie war neben ihr aufgetaucht und sagte jetzt an mich gerichtet: »Mr. Strachey?«

»Ja?«

»Da ist ein Mann für Sie am Telefon. Ich glaube, es ist wichtig.«

»Ein Mann namens Callahan?«

»Ja. Mr. Callahan. Er klang etwas gereizt.«

»Das liegt daran, dass er sich den Fuß gebrochen hat. Und vermutlich sind sie im Krankenhaus mit ihm fertig und beabsichtigen, ihn in einem Rollstuhl auf den Gehweg zu befördern und dort stehen zu lassen. Vielleicht könnte eine von euch hier warten«, sagte ich, »während die andere mich rüberfährt, um Timmy zu retten.«

»Sicher, sollen wir?«, sagte Dale. »Das Personal in der Notaufnahme wird ihn zwar nicht auf dem Gehweg aussetzen, sondern bloß irgendwo im Gang parken und wie einen Kadaver behandeln, der auf einem Lebendtransport ungehörigerweise verendet ist. Aber das dürfte ihm wohl auch eher gar nicht gefallen.«

»Und anschließend«, sagte ich, »würde ich gern Chester aufsuchen und ihm einige Fragen stellen. Ist er in der Stadt?«

»Ja, und inzwischen vermutlich draußen im Club«, sagte Mrs. Osborne, nachdem sie einen Blick auf die riesige Timex an ihrem Handgelenk geworfen hatte. »Aber es wäre keine gute Idee, ihn dort zu befragen. Vermutlich erwischen Sie ihn nach sieben zu Hause. Er und Pauline nehmen in der Regel um sieben ihre Aperitifs, sehen sich die Wirtschaftsnachrichten auf CNN an und essen dann um acht. Werden Sie June auch befragen, Mr. Strachey? Das ist meine andere Tochter. Die hat sich zwar in der Vergangenheit keine Gewalttaten zuschulden kommen lassen, anders als Chester, aber ist auf ihre ureigene Art ein ganz hintertriebenes Stück.«

Wir alle sahen sie an. »Ich werde mich sicher auch bald mit June unterhalten«, sagte ich.

»Gut. Nehmen Sie sich vor beiden in Acht.«

»Okay.«

»June habe ich seit Wochen nicht gesehen«, sagte Mrs. Osborne, »aber ich bin sicher, dass sie sich irgendwo rumtreibt, um mit von der Partie zu sein bei der Zerstörung der ehrwürdigen Institution, die das Lebenswerk ihres Großvaters war – und ihres Vaters. Das ist mein Mann, da rechts auf dem Kaminsims«, sagte sie, »in der Urne, die auch mal wieder ordentlich poliert gehört. Tom war ein bemerkenswerter Mann, und ich vermisse ihn so schmerzlich. Vielleicht bin ich verrückt – das kommt bei uns in der Familie vor –, aber ich komme immer mal wieder gerne her und sitze bei der Urne, vor allem abends. Und ob ihr es glaubt oder nicht, es hilft. Tom hat gewollt, dass seine Asche über den Bergen ausgestreut wird, und Eric und Janet waren schockiert, als ich ihnen verwehrt habe, dem nachzukommen. Aber mir bereitet Toms körnige Gegenwart dort oben nun einmal Wohlbehagen. Und er kann schwerlich etwas dagegen einzuwenden haben, also was soll's?

Eric hätte ich am liebsten natürlich auch da oben neben seinem Vater verstaut. Aber Eldon war sich sicher, dass Eric am liebsten draußen in den Wäldern wäre, wo es ihm immer am besten gefallen hat, also habe ich mich gefügt. Ach je, es ist schon alles schwierig und vertrackt. Mr. Strachey, ich kann Ihnen nur raten – überleben Sie nicht die Leute, die Sie lieben. Die Last ist einfach zu schwer. Den achten September will ich noch erleben, um für die Rettung des *Herald* stimmen zu können, aber danach – naja, man wird sehen.«

»Mom, was soll das denn heißen!«

Mrs. Osborne lachte kurz und beißend auf. »Ach, reg dich ab, Janet, ich zieh mir schon keinen Plastikbeutel über den Kopf, und von Waffenbesitz halte ich ja bekanntlich auch nichts. Ich rede bloß so daher.« In der beklommenen Stille, die nun einsetzte, konnte ich gerade noch den entfernten Klang einer laut werdenden Männerstimme hören, die aus dem Hörer des Telefons in der Küche am Ende des Flurs kam. Die einzelnen Worte konnte ich nicht ausmachen, wohl aber den pöbelnden Tonfall.

8

»Möglicherweise muss ich meine Haltung zur Todesstrafe noch einmal überdenken«, sagte Timmy. Er saß auf dem Beifahrersitz in Janets Wagen, in dem Dale uns zum Haus der Osbornes zurückfuhr. Ich saß hinter ihm und massierte seinen Hals. Er roch nach Seewasser und Schweiß und dem Gips an seinem Fuß.

»Wie war denn deine Haltung zur Todesstrafe bisher?«, fragte Dale.

»Dagegen natürlich. Sie kommt einer moralischen Bankrotterklärung des Staates gleich, der sie ausführt, hat keinerlei nachweisbare abschreckende Wirkung, und weil das Justizsystem nicht perfekt ist,

ist es unvermeidbar, dass auch unschuldige Menschen hingerichtet werden. Aber dieses Arschloch auf dem Jetski hätte mich umbringen können, und jetzt habe ich eine Sauwut.«

»Wenn er irgendwo festgeschnallt wäre«, sagte Dale, »und du wärst mit einem Tongolesischen Schweinespieß zugegen, würdest du ihm also damit die Gedärme aufschlitzen?«

Sich drehend konnte Timmy seinen Blick nicht weit genug nach hinten wenden, um mir direkt in die Augen zu sehen. Aber ich verstand ihn auch so: Was für einen Film hat diese Frau bloß laufen? Laut sagte er jedoch: »Ich meinte das rhetorisch.«

»Ach so. Ach so, ich verstehe«, sagte Dale munter.

Ich hatte Timmy von dem Besuch bei Dan und Arlene erzählt und von Dans speiender Reaktion auf unsere Mutmaßung, dass ein Osborne wegen des Verkaufs des *Herald* an einem Mordkomplott gegen einzelne oder mehrere andere Osbornes beteiligt – oder beteiligt gewesen – sein könnte. Außerdem hatte ich ihn über unsere aufreizende Begegnung mit June Puderbaugh und Parson Bates ins Bild gesetzt sowie über Ruth Osbornes dreißigstündigen Rückzug aus der Realität und ihre anschließende Wiederherstellung.

»Natürlich«, sagte Timmy, »tue ich mein Bestes, um mir eine rationale Perspektive auf diese ganze Angst einflößende Angelegenheit zu bewahren. Mir ist klar, dass ich versehentlich verletzt worden bin – ich bin einfach auf unglückliche Art in die Schusslinie geraten. Und so ein gebrochener Fuß ist gegen Mord natürlich eine lumpige Bagatelle. Und von dem her, was du in den letzten Stunden herausgefunden hast, Don, macht es ja wahrlich den Eindruck, als seien die Leute in diesem Rattennest, auf das du da gestoßen bist, zu Serienmorden fähig.«

»Willst du damit sagen, Timothy«, sagte Dale, »dass du die Osbornes für eine Familie von erbarmungslosen Raubtieren hältst? Das finde ich doch etwas arg verallgemeinernd.«

Ich sah, wie ihm das Blut vom Nacken in den Hals emporstieg, während er sie anfuhr: »Dale, es ist unübersehbar, dass du mich nicht ausstehen kannst. Dürfte ich wissen, warum?«

Indem ich etwas zur Seite ruckelte, konnte ich ihr Gesicht im Rückspiegel sehen. Ihre Augen wurden schmal und sie sagte: »Mir scheint, dass du dir das einbildest, Timothy.«

»Sag mal, denkst du, ich bin nicht ganz dicht, oder was? Dass du auf alles, was ich sage, mit Hohn und Sarkasmus reagierst und mit mir redest wie mit einem Trottel, bilde ich mir doch nicht ein. Ich bin nämlich kein Trottel. Also, worin genau besteht nun dein Problem?«

Einen geraumen Augenblick lang sah sie starr auf die Straße und schwieg. Dann sagte sie kühl: »Du erinnerst dich wirklich nicht an mich, oder Timothy?«

»Nein, Dale, ich wüsste nicht, dass wir einander je vorgestellt worden wären.«

»Nun, das solltest du aber.«

»Aha«, sagte er, »lass mich nachdenken. Wo könnte das gewesen sein? Also, haben wir irgendwann in den Siebzigern mal miteinander geschlafen? Warst du je ein Mann?«

Sie zog ein Gesicht, das ›also bitte‹ sagte.

»Wenn du annimmst«, sagte Timmy, »dass ich es war, der dich mit analem Herpes angesteckt hat, kannst du versichert sein, dass du dich irrst. Ich hab es nie gehabt.«

»Das kann ich bestätigen, Dale«, sagte ich.

Einen Moment lang sah es beinahe so aus, als müsste sie lächeln, doch sie wahrte die Fassung und sagte: »Ich will, dass du darüber nachdenkst, Timmy. Es war keine freundliche Begegnung. Wenn du dich anstrengst, fällt es dir bestimmt wieder ein.«

»Oh, wir machen ein Spiel draus. Dufte.«

»›Dufte‹«, sagte sie. »Das hört man heute kaum noch. Das gute alte ›dufte‹. Dass es heute meistens so sarkastisch benutzt wird wie eben von dir, unterstreicht noch seine urige Weltentrücktheit.«

Ich hatte die Halsmassage wieder aufgenommen und hielt nun kurz inne, um hinter dem rechten Ohr seinen Puls zu fühlen. Er war erhöht. Ich sagte: »Vielleicht, Dale, wäre es angesichts der Tatsache, dass wir in einer Angelegenheit von großer aktueller Bedeutung einiges an Zeit zusammen verbringen werden, das Beste, mit dieser Sache hier ins Reine zu kommen. Meinst du nicht auch?«

Sie sagte nichts und bog unterdessen von der Main Street in die Maple Street.

»Du und Janet und Timmy und ich, wir sind immerhin Geschäftspartner in dieser Untersuchung«, sagte ich. »Aus langjähriger Erfahrung kann ich dir sagen, dass die Aufklärung von Fällen stockt, wenn sich die Klienten kabbeln. Vom professionellen Standpunkt her kann ich nur raten, diese Angelegenheit jetzt ans Tageslicht und nach Möglichkeit ein für allemal hinter euch zu bringen.«

Dale bog in die osbornesche Auffahrt und parkte neben einem üppigen Gebilde aus grellblauen Ritterspornsträuchern, das alleine eine halbe Gartenschau hermachte. Sie drehte sich zu Timmy und sagte langsam und übetrieben deutlich: »April 1987.«

Er sah sie an, verwirrt und offensichtlich gereizt. »Ich habe nicht die leiseste Ahnung, was du meinst«, sagte er. »Vielleicht verwechselst du mich mit Ronald Reagan. Hattest du 1987 irgendeine Auseinandersetzung mit Ronald Reagan? Bei der Begegnung hätte ich liebend gern Mäuschen gespielt.«

»Du liegst gar nicht so weit daneben«, sagte Dale, stieg aus dem Wagen und schritt ins Haus.

9

Kurz nach neun bog ich in Chester Osbornes Auffahrt an der Summit Hill Road, einer waldigen Wohnstrasse auf einem ansehnlichen Hügel oberhalb Edensburgs, ein. Das Tageslicht hatte sich beinahe gänzlich aus dem trüben Himmel zurückgezogen, aber es war kaum kühler geworden und die August-Nachtluft war zäh wie Schwarze-Bohnen-Suppe. Ich war nun wieder in meinem Wagen unterwegs. Janet und Timmy waren nach Albany gefahren, um Skeeter zu besuchen und einige von meinen und Timmys Habseligkeiten zu holen, weil wir beschlossen hatten, vorerst alle in Ruth Osbornes Haus zu wohnen. So hofften wir, einander gegenseitig Schutz bieten zu können. Dale würde auch da sein, hatte aber zugesagt, Timmy gegenüber für die Dauer der Untersuchung auf ihr schnippisches Verhalten zu verzichten. Sie bestand jedoch darauf, dass ein Show-down zu einem späteren, besser geeigneten Zeitpunkt unverzichtbar sei. Timmy sagte mir, er sei nahezu überzeugt, dass Dale schlicht plemplem sei, gestand aber ein, dass irgendetwas an ihr ihm ganz allmählich bekannt vorzukommen schien.

Chester und Pauline Osborne lebten in einem zweigeschossigen, auf Tudor gemachten Haus, das auf einem künstlichen Vorsprung talseitig der Summit Hill Road errichtet worden war. Das Haus sah frisch verputzt und gestrichen aus und die Höhe der um das Grundstück herum angepflanzten Koniferen deutete darauf hin, dass es in den frühen Achtzigern errichtet worden sein mochte. Die Auffahrt war geteert und wurde von üppiger Festbeleuchtung erhellt. Die beiden Wagen, beide Marke Lexus, waren in der Auffahrt geparkt, der eine schimmerte schwarz, der andere flussentenfarben.

Als ich einige Zeit zuvor angerufen hatte, sagte Chester, er sei beunruhigt zu erfahren, dass Janet es für erforderlich gehalten habe, einen Privatdetektiv anzuheuern – June hatte nach unserer spätnachmittäglichen Begegnung ohne Frage auf der Stelle die Buschtrommel gerührt. Chester sagte, dass er gerne mehr über meine ›überflüssigen‹ Nachforschungen erfahren würde, ob ich nicht nach dem Essen auf einen Drink vorbeikommen wolle. Da ich mein eigenes Essen, ein paar Burritos, an einem Picknicktisch im Freien zu mir genommen hatte, wusste ich nicht recht, was nun der angemessene Drink sein mochte, hatte aber wohl auch Dringenderes mit Chester Osborne, dem für seine gewaltigen Ausbrüche bekannten, börsenmakelnden älteren Bruder, zu klären.

»Haben Sie also zu uns herausgefunden«, sagte Osborne in geschäftsmännischem Ton. »Sehr gut. Gut gemacht.«

»Ich bin einfach Ihrer Beschreibung gefolgt«, sagte ich. »Die war eindeutig.«

»Es gibt nichts Schlimmeres als uneindeutige Wegbeschreibungen«, sagte er mit einer Verbindlichkeit, die ahnen ließ, dass man komplexere Sachverhalte mit ihm besser nicht beriet. Osborne führte mich durch die Diele und sagte: »Wir gehen am besten ins Arbeitszimmer.«

Er war hochgewachsen, hielt den Rücken auf eine eher verspannt wirkende Art gerade und trug einen grauen Nadelstreifenanzug und einen Seidenschlips, auf dem winzige blaue Uhren mit Digitalanzeige abgebildet waren. Er hatte die mir nun schon vertrauten für die Osbornes typischen markanten Züge und gab sich auf eine Art selbstsicher, die an Janets beherrschtes Auftreten erinnerte. Aber in Osbornes kühlen, blauen, leicht blutunterlaufenen Augen flackerte etwas, das auf ein umtriebigeres Gemüt schließen ließ und ihn Dan ähnlicher machte. Ob ich in der Mischung auch noch auf Junes Irrsinn stoßen würde, ließ sich auf Anhieb nicht ausmachen.

»Machen Sie es sich bequem«, sagte Osborne und wies mir einen Ohrensessel mit gestreiftem Seidenbezug zu, der aussah, als sei er zu jedem denkbaren Zweck entworfen worden, außer es sich darin bequem zu machen. »Brandy?«

Meine berufliche Tätigkeit hatte mich wiederholt in Etablissements geführt, wo ›Brandy‹ der Name eines Transvestiten war, den ich zu befragen hatte, aber sicher nicht das Getränk bezeichnete, das man mir anbot. In dieser Hinsicht wenigstens stellte Chester Osbornes Arbeitszimmer eine willkommene Abwechslung dar. »Ja, gern«, sagte ich.

Das Arbeitszimmer war von Wand zu Wand mit grauem Teppich ausgelegt und in einem Stil möbliert, den man eher in den Büros einer Investmentbank antrifft: glänzende, förmliche Stühle mit Seiden- oder Lederbezügen, heftig lackierte Anrichten und Ablagen und Schreibtische, die allerdings nicht so gediegen aussahen, wie sie es vermutlich sollten. Ähnlich eingerichtet waren auch die Diele, durch die wir hindurchgegangen waren, und das Wohnzimmer, in das ich einen knappen Blick hatte werfen können – dort war über einer Sofalehne auch die Rückseite eines blonden Frauenkopfes zu sehen gewesen. Das Aquarell mit Bergsee und Kanu, das über Osbornes Schreibtisch hing, glich aufs Haar dem Aquarell mit Bergsee und Kanu, das in der Diele hing.

»Der sieht aber gut aus«, sagte ich, nachdem ich mein Glas, halb voll mit einer klaren bernsteinfarbenen Flüssigkeit, entgegengenommen hatte. »Den muss man sicher nicht durch Käseleinen filtern.«

Darauf reagierte Osborne nicht. Er starrte mich eine Weile an und sagte dann: »Ich habe vorhin mit meiner Schwester June gesprochen.«

»Das habe ich mir schon gedacht.«

»June sagte mir, sie sei Ihnen heute begegnet.«

»Ja. Heute Nachmittag, vor dem Haus Ihrer Mutter.« Ich nippte an dem Brandy. Hier hatte ich es nicht mit irgendeinen ›erlesenen‹ Schnickschnack zu tun – das war der echte Stoff.

»June ist mitunter ein wenig weich in der Birne«, sagte Osborne ernst. »Gehen Sie nicht davon aus, dass ich es auch bin.«

»Okay.«

Er warf einen abschätzenden Blick auf mich, der nicht wohlgesonnen wirkte. Dann sagte er: »Dieses Gerede über Mord gefält mir gar nicht. June sagt, dass Sie und Janet und Dale Kotlowicz Mutmaßungen über die Ermordung meines Bruders und über einen möglichen Anschlag auf Janet anstellen – irgendein Unsinn mit einem Jetski-Angriff. June kann die Dinge mitunter nicht so genau wiedergeben, aber sie hat mir berichtet, dass angedeutet wurde, diese Vorfälle hingen mit Meinungsverschiedenheiten innerhalb der Osborne-Familie über den Verkauf des *Herald* zusammen. Das gefällt mir gar nicht.«

»Es war eine Möglichkeit«, sagte ich, »die erörtert wurde.«

»Nun denn, mir gefällt das nicht. Das riecht mir zu sehr nach Verleumdung.« Osborne sah mit seinen blutunterlaufenen Augen auf mich herab. Er stand noch immer an der Bar, vielleicht einen guten Meter von mir entfernt, und hielt sich an seinem Glas fest, aus dem er bisher nicht getrunken hatte.

»Ob und wann von Verleumdung auszugehen ist«, sagte ich, »ist eine dieser Fragen, die ein Dutzend Anwaltskanzleien auf unbestimmte Zeit am Laufen halten kann. Ich bin mehr an Fakten interessiert, Chester. Die Polizei geht davon aus, dass Ihr Bruder von einem Landstreicher getötet wurde, und diese Möglichkeit werde ich in Kürze unter die Lupe nehmen. Es gibt aber einige Hinweise darauf, dass jemand versucht, Janet umzubringen, und angesichts der Tatsache, dass mehrere Millionen Dollar an der Abstimmung über den Verkauf des *Herald* hängen, käme kein umsichtiger Detektiv umhin, hier die Möglichkeit eines Zusammenhangs in Erwägung zu ziehen. Als erfahrenem Ermittler ist mir natürlich klar, wie wichtig es ist, sich nicht festzulegen und jede mögliche Spur zu verfolgen, wohin sie auch führen mag. Haben Sie denn eine Idee, Chester, warum jemand womöglich Janets Tod wünschen könnte?«

Er starrte zu mir herab und hielt sich weiter an seinem Brandy fest, ohne davon zu trinken. »Nein, habe ich nicht«, sagte er. »Da werden Sie schon Janet selbst fragen müssen. Oder Dale Kotlowicz.«

»Warum Dale?«

»Dale und Janet sind Lesben – Mann und Mann. Haben Sie das nicht gemerkt?«

»Doch, doch.«

»Die führen ihr eigenes Leben, über das ich sehr wenig weiß und nach Möglichkeit nicht nachzudenken versuche. Falls jemand tatsächlich versucht, eine von beiden umzubringen, würde ich mir das von der Seite her ansehen, unter dem lesbischen Aspekt. Was ich hingegen nicht tun würde, wenn ich Sie wäre, das ist, in den geschäftlichen Angelegenheiten der Osborne-Familie herumzuschnüffeln. Dabei werden Sie nichts in Erfahrung bringen, was Ihnen bei Ihren Nachforschungen nützt, Sie setzen sich lediglich dem Risiko aus, gewisse Leute gegen sich aufzubringen, die Sie besser nicht gegen sich aufbringen sollten.«

»Sie, zum Beispiel?«

»Mich zum Beispiel.«

Für gewalttätige Ausbrüche bekannt oder nicht – was war er doch für eine Schießbudenfigur. Ich sagte: »Was sind Sie, Chester, so eine Art Schmalspur-Schläger, der damit droht, mir mit einem Schlagring die Leber zu zertrümmern? Oder reden Sie so, weil Sie zu viele Wiederholungen alter Louis-Calhern-Filme auf dem Sender für Nostalgiker gesehen haben? In beiden Fällen bin ich nicht besonders beeindruckt.«

Er errötete und blickte mich mit so grimmigem Trotz an, dass ich einen Augenblick lang dachte, er würde mir seinen Drink ins Gesicht schütten. Doch er wahrte die Beherrschung – mir schien, er widmete überhaupt einen gehörigen Anteil seiner Energie im Leben darauf, sein emotionales und physisches Gleichgewicht zu wahren – und sagte, nachdem er einen Moment lang so aussah, als denke er betroffen nach: »Und ich bin von Ihnen nicht besonders beeindruckt, Strachey. Sie denken, Sie haben mich als so eine Art Kleinstadt- und Country Club-Paten identifiziert, aber der Eindruck, den Sie sich haben machen können, ist viel zu begrenzt, um Ihnen von Nutzen zu sein. Ich werde den Teufel tun, ihn zu korrigieren. Zum einen, weil Psychogesabbel nicht mein Ding ist. Zum anderen, weil es Sie einen Dreck angeht, wer oder was ich bin. Und drittens, und das ist jetzt ein entscheidender Punkt, ist es eine bodenlose Unverschämtheit von Ihnen, hier in mein Haus zu kommen und anzudeuten, ich könnte irgendjemanden umbringen, geschweige denn meinen eigenen Bruder oder meine eigene Schwester. Auf eine derartige Beschuldigung überhaupt einzugehen, wäre unter meiner Würde.

Also, ich habe Sie hergebeten, um mich über diese Untersuchung, die Sie angeblich durchführen, ins Bild zu setzen, das hatten Sie zugesagt, und daran sollten wir uns auch halten. Eines Tages werden Sie, obwohl ich da so meine Zweifel hege, möglicherweise über genügend Lebenserfahrung und Menschenkenntnis verfügen, um zu verstehen, was es heißt, Tom Osbornes Sohn zu sein. Bis dahin würde ich Ihnen jedoch raten, mit Ihren Mutmaßungen über mich ausgesprochen vorsichtig zu sein.«

Er stand noch immer da mit seinem Brandyglas und blickte auf mich herab. Das machte mich allmählich nervös und ich sagte: »Chester, ich glaube, Sie haben Recht, dass wir die Sache hier zusammen ganz falsch angegangen sind. Setzen Sie sich und lassen Sie mich den bisherigen Verlauf der Untersuchung für Sie zusammenfassen – die ja gerade erst begonnen hat, sodass es noch nicht viel zu berichten gibt. Insbesondere möchte ich nicht, dass Sie davon ausgehen, ich wäre hergekommen, um Ihnen irgendwie zu nahe zu treten. Ich wüsste auch nicht, dass ich irgendwie angedeutet hätte, Sie hätten jemals irgendwen umgebracht oder auch nur daran gedacht. Andererseits müsste Ihnen aber auch klar sein, dass Sie kaum auf meine Kooperation setzen oder meine Haltung zu den privaten oder geschäftlichen Angelegenheiten der Osborne-Familie positiv beeinflussen können, wenn Sie mir drohen. Beziehungsweise, dass Ihre Drohungen meine Neugierde nur zusätzlich anstacheln, um genauer zu sein.« Osborne hörte mir mit verbissener Konzentration zu, als würde ich Esperanto sprechen, während er sich abmühte, der Simultanübersetzung zu folgen. Dann schien er eine Entscheidung zu fällen und wurde entspannter. Er ließ sich in einem der Ohrensessel nieder und nahm einen kräftigen Schluck von seinem Brandy.

»Sie gefallen mir nicht«, sagte er, »und was Sie vorhaben, gefällt mir auch nicht, Strachey. Aber ich weiß auch, dass es keinen Sinn hat, Ihnen die Zusammenarbeit zu verweigern. Wir würden uns nur gegenseitig aufreiben. Ich habe mehr davon, wenn ich mit Ihnen in Kontakt bleibe und Sie im Auge behalte. Vor diesem Hintergrund habe ich mir erlaubt, für morgen um neun Uhr dreißig einen Termin mit Stu Torkildson für Sie zu vereinbaren. Sie müssten sich zum *Herald* bemühen, und ich wäre dann auch zugegen.«

»Ich werde hinkommen.«

»Stu wird Vermutungen jeglicher Art, die Sie bezüglich einer Verbindung zwischen Erics Tod und dem Verkauf des *Herald* oder zwischen der Veräußerung des Blattes und dieser absurden Geschichte mit dem Jetski haben mögen, ausräumen können. In dieser Hinsicht muss Ihr Eindruck zurecht gerückt werden, und Stu ist dafür der richtige Mann.«

»Wie soll er das leisten?«, fragte ich.

Osborne wurde ärgerlich. »Wie soll er was leisten?«

»Wie soll er die Möglichkeit eines Zusammenhangs zwischen dem Verkauf der Zeitung und diesen anderen Vorkommnissen ausschließen können, es sei denn, er weiß, wer Eric getötet hat und warum, und wer versucht hat, Janet mit einem Jetski umzunieten und warum?«

Osborne schnaubte kurz auf und sah mich an, als sei ich ein erbarmungswürdiges Dummerchen. »Sie sind Stu Torkildson noch nie begegnet, oder?« sagte er.

»Bisher nicht, nein.«

»Stu ist ein überzeugender Mann.«

»Das ist mir schon zu Ohren gekommen. Aber dass er allgegenwärtig und allwissend ist, hatte ich noch nicht gehört. Soweit es das Projekt mit dem Urlauberparadies *Schmucke Fichte* anbelangt, mangelte es ihm ja wohl eindeutig an Hellsicht. Nach der Pleite – die ja immerhin eines der herausragenderen Kapitel in der Geschichte des amerikanischen Journalismus beschließt – überrascht es mich, dass Sie das Urteil dieses Mannes überhaupt noch ernst nehmen können.«

Dies tat Osborne mit einer knappen Bewegung seines Brandyglases ab. »Der drohende finanzielle Verlust wäre empfindlich, aber alles andere, mein Freund, ist Geschichte. Es hat keinen Sinn, deswegen rührselig zu werden. Als ein Medium der Nachrichtenverbreitung sind Zeitungen so gut wie tot. Die Hälfte der Bevölkerung besitzt eigene Computer und davon hängt die Hälfte am Netz. In dreißig Jahren werden Zeitungen verschwunden sein und Bücher und Zeitschriften werden dem altehrwürdigen Journalismus auf dem Fuße in den Abgrund der Bedeutungslosigkeit folgen. Mitte des nächsten Jahrhunderts wird man das Bedrucken von Papier für absonderlich halten, ähnlich wie wir heute auf Gaslampen und Schallplatten sehen. Die Tage des *Herald* sind gezählt, das hat mit der Investition in *Schmucke Fichte* nichts zu tun. Das einzig Gescheite, was die Familie jetzt tun kann, ist, an den Meistbietenden zu verkaufen, das Geld zu nehmen und es in etwas Zukunftweisendem anzulegen. Wenn Janet, Dan und Mutter über etwas Geschäftssinn verfügen würden, würden sie das einsehen. Aber die sind der Vergangenheit verhaftet. Sie hängen an dem Begriff ›fortschrittlich‹ und verbinden damit noch etwas. Dabei sind sie alles andere als fortschrittlich, das können Sie mir glauben. Strachey, die einzige mögliche Gewalttat im Zusammenhang mit dem Verkauf des *Edensburg Herald* droht dem potentiellen Erlös von acht Millionen Dollar, die im Klo runtergespült werden sollen. Und wenn Sie Unheil verhindern wollen, mein Freund, ist es das, was Sie zu unterbinden suchen sollten.«

Er starrte mich mit seinen kühlen, blutunterlaufenen Augen abwartend an. »Im Juni«, sagte ich, »einen Monat nach Erics Tod, haben Sie, Chester, zu Ihrer Mutter gesagt, wenn es zu verhindern gälte, dass der *Herald* an Harry Griscomb verkauft wird – also an den zwar verantwortungsbewussteren Zeitungskonzern, der aber das niedrigere Angebot unterbreitet hat –, dann würde im Zweifelsfall, und das sind jetzt Ihre Worte, Chester – ›noch jemand dran glauben‹. Was meinten Sie damit?«

Ohne mehr als den Bruchteil einer Sekunde zu zögern sagte er eisig: »So etwas habe ich nie gesagt.«

»Ihre Mutter sagt das Gegenteil.«

Das Brandyglas bebte leicht, als er heftig den Kopf schüttelte. »Nein.«

»Sie machten den Eindruck, als wüssten Sie, dass Erics Tod mit dem Verkauf der Zeitung zusammenhing und womöglich noch jemand sterben würde, wenn das einen Verkauf an InfoCom statt an Griscomb sicherstellen könnte. Ihre Mutter hat mir gesagt, dass Ihre Äußerung unmissverständlich eine Drohung darstellte.«

Seine Augen blitzten kurz auf, aber er führte seinen Kampf um Selbstbeherrschung mit Beharrlichkeit und, soweit es mich betraf, auch mit Erfolg weiter. »Dann war meiner Mutter nicht ganz klar, was sie da sagt«, sagte er. »Sie redet eh die halbe Zeit bloß Unsinn daher. Wenn Sie heute bei ihr waren, wissen Sie ja, dass meine Mutter psychisch krank ist. Sie ist sehr ernsthaft an Alzheimer erkrankt.

Womöglich muss sie sogar schon bald in eine Einrichtung eingewiesen werden.«

Was waren denn das für Töne? »Eingewiesen?«

»Ja«, sagte er. »Mutter ist unzurechnungsfähig. Ich weiß das, und wenn Sie heute eine nennenswerte Zeitspanne mit ihr zugebracht haben, wissen Sie es auch. Es ist tragisch, mit ansehen zu müssen, wie das einer Frau widerfährt, die sich stets etwas auf ihren Intellekt zugute halten konnte. June hat mir erzählt, wie herzzerreißend es heute Nachmittag war, Mutter so vorzufinden, wie ein Zombie dasitzend und in den Garten starrend. Was Mutter jetzt braucht, ist professionelle Pflege. Da führt einfach kein Weg mehr dran vorbei.«

»Das ist Ihre Auffassung«, sagte ich. »Haben Sie darüber mit Janet oder Dan gesprochen? Oder mit Ihrer Mutter?«

»Noch nicht«, sagte Chester sachlich. »Aber June und ich haben es diskutiert, und ich habe mit Franklin Whately, Mutters Arzt, telefoniert. Es war unverantwortlich von Frank, mich nicht eher über Mutters Zustand ins Bild zu setzen, aber heute Abend hat er mich auf den neuesten Stand gebracht. Es ist demnach noch nicht zu spät, Mutter unter angemessenen Bedingungen für jemanden in ihrem medizinischen Zustand unterzubringen.«

»Sie haben also einen Arzt angerufen, als Sie von dem vermeintlich schlechten Zustand ihrer Mutter gehört haben – der übrigens nicht andeutungsweise so beunruhigend ist, wie Sie ihn darzustellen versuchen, Chester. Haben Sie zufällig auch mit einem Anwalt gesprochen?«

Er hatte kein einziges Mal gelächelt, seitdem ich das Haus betreten hatte. Jetzt schrammte er haarscharf daran vorbei, sich so etwas wie Belustigung anmerken zu lassen. Seine Gesichtszüge waren merklich entspannt, als er sagte: »Wie meinen sie das, ob ich einen Anwalt angerufen habe? Es wäre hochgradig unverantwortlich von mir gewesen, es nicht zu tun.«

10

»Am liebsten«, sagte Janet, »würde ich Mom bis zum Tag der Abstimmung irgendwo verschwinden lassen, aber dann würden Chester und June vermutlich ein juristisches Kunststückchen vom Stapel lassen, um sie in ihrer Abwesenheit für unzurechnungsfähig oder irgend so einen Mist erklären und daher von der Wahrnehmung ihres Stimmrechts im Vorstand ausschließen zu lassen.«

»Es wirkt schon arg wie eine Falle«, sagte Dale. »Als würden Chester und June es geradezu darauf anlegen, dass wir versuchen, Ruth zu verstecken. Warum sonst hätte Chester die Karten heute Abend vor Don so offen auf den Tisch legen sollen? Anstatt uns alle zu überrumpeln und eines Tages hier aufzutauchen, wenn Ruth mit Elsie allein ist, und mit einem Fetzen Papier zu winken, ihr Fesseln anzulegen und sie irgendwohin zu verschleppen, bis die Abstimmung gelaufen ist.«

Es war kurz nach Mitternacht, und wir saßen zu viert bei Bier auf der Veranda an der Rückseite des osborneschen Hauses, die, von der Klimaanlage in Ruth Osbornes Schlafzimmerfenster über uns abgesehen, in völliger Stille lag. Bei Kerzenlicht lungerten drei von uns auf Stühlen, während Timmy malerisch auf einer Chaiselongue hingestreckt lag und sein eingegipster Fuß im flackernden Licht schimmerte.

»Andererseits«, sagte Timmy, »könnte es natürlich auch sein, dass alle Vorstandsmitglieder, die vorhaben, für den Verkauf des *Herald* an Griscomb statt an InfoCom zu stimmen, jetzt in Sicherheit sind und es zu keinen weiteren Anschlägen mehr kommen wird. Selbst wenn weder Chester noch June an einem Mordkomplott beteiligt sind, würde es doch die Runde machen, dass sie jetzt eine Methode entdeckt haben, wie sie Mrs. Osborne auf legale Weise kaltstellen können, sodass jeder, der geplant haben könnte, Janet, Dan oder Mrs. Osborne umzubringen, sinnvollerweise zunächst einmal abwarten würde.«

»Au ja«, sagte Dale. »Wir könnten es doch einfach mal drauf ankommen lassen. Schließlich haben wir außer einem weiteren Menschenleben auch gar nichts zu verlieren.«

Während Timmy irgendetwas Unentschlüsselbares murmelte, sagte ich: »Ich dachte, wir hätten eine Vereinbarung getroffen, Dale.«

»Ach, Gottchen.«

»Ich glaube«, sagte Janet, »was Dale meinte, war, dass wir angesichts der Tatsache, dass es hier sowohl um die Zukunft des *Herald* als auch um Menschenleben geht, zwar auf den bestmöglichen Fall setzen, zugleich aber auch für den schlimmstmöglichen vorbereitet sein sollten.«

»Das ist eine ausgesprochen großzügige Auslegung von Dales Bemerkungen«, sagte Timmy. Ich starrte ihn in dem schummerigen Licht an. Er nahm meinen Blick auf und fügte hinzu: »Aber ich denke, dass ihr beide mit eurer Einschätzung völlig richtig liegt und wir uns weiter vorsehen sollten.«

»Was ich morgen als Erstes machen werde«, sagte Janet, »ist mit Slim Finn reden. Er war der Anwalt von Vater und ist der von Mutter. Ich bin sicher, dass Chester jemand anderes für sich im Dreck wühlen läßt – vermutlich seinen Golfpartner Morton Bond. Slim wird wissen, wie man so eine medizinische Anhörung in einer Vormundschaftssache um die fünf Wochen bis zur Vorstandstagung hinauszögern kann oder – falls das nicht geht – dafür sorgt, dass die Anhörung an einem Tag stattfindet, an dem Mom völlig beinander ist. Solange wird wohl eine von uns zu jeder Zeit hier bei ihr bleiben müssen. Nach Möglichkeit am besten zwei von uns.«

Wir sahen einander alle gegenseitig an, wohl wissend, welche zwei von uns im Laufe der vor uns liegenden Wochen am meisten Zeit würden erübrigen können, um ein Auge auf Ruth Osborne zu haben. »Das ist«, sagte ich, »eine Aufgabe von auschlaggebender Bedeutung«, doch Timmy und Dale warfen mir beide einen beleidigten Blick zu, der besagte: Kein Grund, uns wie Kleinkinder zu behandeln.

»Außerdem werde ich Moms Arzt, Frank Whately, herbitten«, sagte Janet, »um den aktuellen Stand der Erkrankung begutachten und die bestmögliche kurzfristige Prognose erstellen zu lassen. Gott, es macht mich wahnsinnig, dass Mom sich dieser furchtbaren Geschichte gerade jetzt stellen muss – und ich mich mit ihr –, wo auch diese andere grässliche Scheiße mit der Zeitung läuft und mit Erics Ermordung und den Angriffen mit dem Jetski und mit Eldon im Krankenhaus. Es ist einfach – es ist zum Teufel noch mal, einfach viel zu viel auf einmal.«

Darin waren wir zwar alle einig, trotzdem saßen wir hilflos da und murmelten allgemeine, unnütze, mitfühlende Phrasen. Es war Janet, die schließlich sagte: »Wenigstens ist Eldon dabei, sich von seiner Lungenentzündung zu erholen, und bei Sinnen ist er auch wieder, seit er von dem Medikament runter ist. Das sind doch jedenfalls mal gute Nachrichten.«

»Er war ein bisschen erledigt, als wir heute Abend bei ihm waren«, sagte Timmy. »Und konnte sich wohl an nichts von dem erinnern, was er gestern Abend gesagt hat. Ich meine, an nichts von dem unschönen Zeug – was nach der Highschool vorgefallen ist. Aber auf jeden Fall hat er nicht mehr wüst dreingeschaut und wirr geredet. Er wußte natürlich, wer ich bin, und konnte sich erinnern, dass ich gestern schon da war.«

»Natürlich«, sagte ich.

»Hat einer von euch Eldon gefragt«, sagte Dale, »ob er 'ne Idee hat, warum Dan sein Essen wieder hoch gekommen ist, als er hörte, dass es zwischen dem Verkauf des *Herald* und Erics Ermordung einen Zusammenhang geben könnte?«

»Warum sollte Skeeter dazu was sagen können?«, fragte Timmy.

»Weil er und Eric miteinander geschlafen haben. Vermutlich haben sie in wichtigen Angelegenheiten auch mal miteinander geredet.«

»Dan hat Erics Tod völlig umgehauen«, sagte Janet. »Ich meine, wir waren alle sehr mitgenommen, und sind es noch – manchmal wache ich nachts heulend auf, weil ich von ihm geträumt habe. Aber Dan war derjenige, den es damals völlig fertig gemacht hat. Und offensichtlich hat er sich immer noch nicht davon erholt.«

»Waren Dan und Eric einander besonders nahe?«, fragte ich.

»Auf eine kaputte, vertrackte Art ja«, sagte Janet. »Sie haben um Dads Anerkennung konkurriert, seit sie Kleinkinder waren. Naja, das war pure Zeitverschwendung – Dad war nie jemand, der Wärme oder Nähe sonderlich zu zeigen vermochte. Sein Engagement und seine Gefühle waren für das redaktionelle Profil des *Herald* reserviert. Aber Dan und Eric haben Dad geliebt und sind beide seinetwegen Journalisten geworden. Das hat sie verbunden. Aber dann sind sie, weil sie vom Temperament her so verschieden waren – Dan mit seiner launischen Heftigkeit kommt mehr nach den Watsons –, oft aneinander geraten. Dan brach die Auseinandersetzungen vom Zaun, und Eric, der immer stärker und selbstsicherer war, hat sie stets beendet. Ich bin in einem hektischen, komplizierten Haushalt groß geworden, das könnt ihr mir glauben. Aber so sind ja wohl die meisten Großfamilien. Und Kleinfamilien.«

»Janet, wenn du sagst«, sagte ich, »dass Dan und Eric aneinander gerieten, meinst du, auch körperlich?«

»Noch als Jugendliche, ja. Es hat immer für große Erheiterung in ganz Edensburg gesorgt, dass aus diesem Haus voller Pazifisten ungefähr einmal die Woche wildes Gekrache und Geknalle und Geschrei drang, als fände drinnen Mord und Totschlag statt.« Sie besann sich und fügte, als alle betreten schwiegen, hinzu: »Bitte – denkt gar nicht erst drüber nach. Dan nicht.« Es blieb beklommen still. »Es ergäbe einfach keinen Sinn«, sagte Janet. »Einfach keinen Sinn. Und mich würde es schier zerreißen.«

Erst blieb es wieder ruhig. Dann sagte Timmy: »Es ergäbe keinen Sinn, Janet, es sei denn, Erics Tod und die Angriffe mit dem Jetski stehen in keinerlei Zusammenhang miteinander. Und Erics Ermordung und der Verkauf des *Herald* hätten nichts miteinander zu tun.«

Alle starrten mich an, als sei es in meiner Eigenschaft als Detektiv nun an mir, eine Eingebung beizusteuern, die die Luft etwas reinigen und die Spannung senken könnte. Ich hatte aber keine.

11

Timmy blieb, erschöpft wie er war, am Donnerstagmorgen einfach liegen. Wir hatten die Nacht in Junes ehemaligem Zimmer auf einem Rüschenhimmelbett zugebracht. Janet machte sich in Richtung *Herald* auf, Dale schloss sich Elsie an, um ein Auge auf Ruth Osborne zu behalten, und ich verließ das Anwesen an der Maple Street um 7:45 Uhr auf der Suche nach Captain Bill Stankie. Ich fuhr zum Stadtrand hinaus und traf Stankie in seinem Büro in der Kaserne der Staatspolizei an, einem jener charakterlosen Backsteinkisten, die in unserem Zeitalter der nahezu hysterischen Vergötterung des ›schlanken Staats‹ so typisch für die Bautätigkeit der öffentlichen Hand geworden sind. Stankie schien der Mangel an Säulen und Kuppeln, die das Offizielle seines Amtes hätten unterstreichen können, nicht zu stören. Von gedrungener Gestalt, hatte er ein rötliches Gesicht und wirkte in seinen Hemdsärmeln und grünen Hosenträgern auf angenehme Art schlampig. Beschaulich blickte er mich von hinter seinem Metallschreibtisch aus an. Ich stellte mich vor und erklärte ihm, dass ich von Janet Osborne beauftragt war, jede mögliche Verbindung zwischen der Ermordung ihres Bruders und dem, was offenbar zwei Anschläge auf ihr Leben waren, zu untersuchen. Den Verkauf des *Herald*, dessen aktuelle Ausgabe, aufgeblättert an der Sportseite, zuoberst auf Stankies Schreibtisch neben seinem Kaffeebecher lag, ließ ich vorerst beiseite.

»Ich bezweifle, dass es da irgendeine Verbindung gibt, aber ich höre mir gerne an, was Sie bisher herausgefunden haben«, sagte Stankie. »Setzen Sie sich doch.«

Ich setzte mich und erklärte Stankie, dass ich gerade erst mit dem Fall begonnen und bisher noch nicht viel in der Hand hatte. Deswegen sei ich zu ihm gekommen. Ich bat ihn, mich über die Untersuchung des Mordes an Eric Osborne ins Bild zu setzen sowie über alles, was er über die Nachforschungen des Sheriffsbüros wegen der beiden Jetski-Anschäge wusste.

»War das Ihr Freund, den es da gestern erwischt hat?«, fragte Stankie. »Meine Frau arbeitet als Schwester in der Notaufnahme. Sie hat mir erzählt, da sei ein schwules Paar aufgekreuzt, und der eine davon habe einen gebrochenen Fuß von einem Vorfall mit einem Jetski draußen bei den Osbornes gehabt.«

»Woher wusste sie, dass wir ein Paar sind?«

»So was weiß Sue immer. Unser dritter Sohn, Hank, ist schwul, und er und sein Partner Ray arbeiten beide als Polizeibeamte in Cincinnati, Ohio – Rays Heimatstadt. Wir kriegen sie nicht halb so oft zu sehen, wie uns lieb wäre. Einmal im Jahr fahren wir hin, aber Hank und Ray sind durch die schwulenpolitische Arbeit, die sie in ihrer Freizeit machen, ziemlich ausgelastet. Cincinnati ist eine ziemlich konservative Stadt. Was ja auch okay ist, im Großen und Ganzen. Ich bin selbst konservativ.«

»Außer in einer Hinsicht, wie mir scheint.«

»O nein«, sagte Stankie mit einem Schulterzucken. »Wenn Sie damit die Rechte von Schwulen meinen, das ist für mich ein völlig konservatives Anliegen. Wenn die Regierung anständige, gesetzestreue Leute in Ruhe lässt, ist das konservativ. Dass Leute eine faire Behandlung bekommen, ist konservativ. Nein, da sehe ich gar keinen Widerspruch. Widersprüchlich sind die Newt Gingrichs dieser Welt.« Er hielt kurz inne und fügte dann hinzu: »Nicht, dass ich das immer so gesehen hätte, das muss ich zugeben. Ich musste in der Angelegenheit auch erst aufgeklärt werden.«

»Das ist meist so. Obwohl sich viele Männer in Ihrem Alter als unaufklärbar erweisen.«

»Ich hatte ja keine Wahl«, sagte Stankie sanft. »Es ging darum, mich dem zu stellen, oder einen Sohn zu verlieren. Also habe ich mich gestellt. Und ich hab da auch nicht lange geschwankt.«

»Dann hatten Sie auch keine Schwierigkeiten damit, dass Eric Osborne schwul war und Janet lesbisch ist?«

»Später dann nicht mehr«, sagte er, und ich bohrte nicht weiter nach.

»Und als Eric ermordet wurde«, sagte ich, »haben Sie sich auch nicht gleich seinen schwulen Liebhaber als dringend tatverdächtig vorgenommen, wie viele Untersuchungsbeamte das womöglich getan hätten.«

»Nein, ich kannte Erich und Eldon gut genug, um zu wissen, dass deren Ehe so gut war wie meine. Sie sollten aber keine voreiligen Schlüsse über Untersuchungsbeamte ziehen, die ein Tötungsdelikt aufzuklären haben und dabei den Ehepartner oder Liebhaber sorgsam unter die Lupe nehmen. Ob hetero oder schwul, wenn die eine Hälfte einer sexuellen Beziehung ermordet wurde, ist es nur zu oft tatsächlich die andere gewesen. Das lässt sich statistisch nachweisen. Aber wie auch immer«, sagte Stankie und sah dabei etwas betreten aus, »Eldon McCaslin hat ein Alibi. Als Eric getötet wurde, war Eldon mit zwei anderen Forstaufsehern auf einem Spezialauftrag in der Nähe von Watertown. Dass wir das überprüft haben, war natürlich eine reine Routinemassnahme.«

»Natürlich.«

»Im Übrigen liefen dann am zweiten Tag der Untersuchung auch schon die Informationen über diesen Gordon Grubb bei uns ein. Janet hat Ihnen von ihm erzählt, nehme ich an?«

»Sie sagte mir, dass es ihn gibt und dass Sie ihn für den Mörder halten.«

Stankie zögerte allenfalls eine Sekunde, bevor er sagte: »Ja, er ist mein Kandidat.«

»Warum?«

Stankie zog einen Ordner aus einem Stapel auf seinem Schreibtisch und entnahm daraus einen Steckbrief mit angeheftetem Foto, auf dem ein siebenunddreißigjähriger Mann mit toten Augen, ranzigem Bart und einer schartigen Narbe auf der linken Wange zu sehen war. »Er ist einer von sechzehn Leuten, von denen wir wissen, dass sie am Tag des Mordes auf der Strecke waren oder gewesen sein könnten, die Eric an jenem Morgen abgelaufen ist. Die anderen fünfzehn sind rechtschaffene Bürger, die ihren eigenen – mit unseren Erkenntnissen durchaus übereinstimmenden – Angaben zufolge in keinerlei Verbindung mit Eric standen. Grubb stand zwar auch in keiner uns bekannten Verbindung zu Eric. Aber wie Sie sehen können, ist er früher bereits zweimal verhaftet und in einem Fall auch verurteilt worden, und zwar weil er am Saranac Lake Camper überfallen und ermordet hat.

Ein Gemischtwarenhändler oben an der Stelle, wo der Wanderweg die Landstrasse 418 kreuzt, hat früher in Saranac gelebt, und der hatte Grubb erkannt, als er ein oder zwei Tage zuvor in seinen Laden gekommen war. Später haben andere Leute, die in der Woche auf der Strecke waren, Grubbs Verbrecherfoto aus der Kartei gepickt und angegeben, sie hätten ihn gesehen, und er habe wegen seines Aussehens beunruhigend gewirkt. Eine Woche später ist Grubb in Tioga County, Pennsylvania, aufgetaucht, wo er drei Camper im Schlaf mit äußerster Brutalität überfallen, ausgeraubt und anschließend in eine Schlucht gestürzt haben soll. Zwei von den dreien sind bei dem Überfall ums Leben gekommen – alle wiesen zahlreiche Stichwunden von einem Jagdmesser auf. Aber einer hat überlebt, und der hat Grubb, der im Nachbarbezirk zuvor wegen Einbruchs in eine Ferienwohnung verhaftet worden war, identifiziert. Ich bin hingefahren und habe Grubb befragt, aber inzwischen hatte ihn schon ein Anwalt in der Mache gehabt. Er weigerte sich standhaft, irgendetwas auszusagen, außer dass er zum Zelten hier in der Gegend gewesen sei – wann das war, wusste er angeblich nicht mehr. Ist er also unser Mann in der Mordsache Eric Osborne? Ich würde sagen, ja.«

Er beobachtete mich aufmerksam, als ich sagte: »Habe ich mich womöglich verhört, oder sagten Sie, Grubb sei ein oder zwei Tage *vor* dem Mord eindeutig in der Nähe des Tatorts gesehen worden, wohingegen er am Tag, an dem Eric getötet wurde, dort gewesen sein *könnte*?«

»Das habe ich so gesagt.«

»Also, ich weiß nicht, Captain.«

»Ich hätte natürlich auch lieber was in der Hand, um nachweisen zu können, dass er am Tag des Verbrechens dort war. Aber es gibt auch nichts, was beweist, dass er an dem Tag nicht da war. Grubb selbst ist jedenfalls entweder nicht imstande oder nicht willens zu belegen, dass er zu der Zeit woanders war.«

»Aber wurde Eric nicht zu Tode geprügelt?«, fragte ich. »Grubb zieht es offenbar vor, Leute mit Messern zu traktieren. Wie war das denn bei den Überfällen am Saranac Lake? Hat er da ein Messer oder einen Knüppel benutzt?«

»Er hat Leute mit Messern bedroht und einen mit einem Felsstein geschlagen.«

»Oh.«

»Auf Eric Osborne wurde von hinten mit einem schweren, stumpfen Gegenstand, der keinerlei Rückstände hinterlassen hat, eingeschlagen, auf den Kopf, dreißig oder einunddreißig Mal. Ein Holzscheit oder Ast oder ähnlicher, borkiger Gegenstand aus der Natur scheidet also aus. Der Griff eines Golfschlägers käme in Frage. Der Gegenstand muss in etwa die Ausmaße gehabt haben. Es hat den Anschein, als hätte der Täter hinter einem Felsvorsprung gewartet und wäre dann, als Eric vorbei kam, vorgeprescht, um drauflos zu prügeln. Eric hat vermutlich gar nicht mehr begriffen, was ihm geschah.«

»Wer immer es war«, sagte ich, »wollte offenbar ganz sicher sein, dass Eric tot ist.«

»Allerdings. Da hat jemand ungestüm auf brutalste Art hingelangt.«

»Und zwar jemand, der allem Anschein nach die Mordwaffe auf

den Wanderweg mitgebracht hatte. Wie weit war der Tatort von der Straße entfernt?«

»Keine anderthalb Kilometer«, sagte Stankie. »Die Waffe wurde nie gefunden, aber Grubb könnte sie in seiner Zeltausrüstung verstaut, sich dann zur 418 aufgemacht und dort per Anhalter eine Mitfahrt organisiert haben. So hat er sich im Allgemeinen fortbewegt. Bisher haben wir den Fahrer, der ihn von hier aus mitgenommen hat, allerdings noch nicht ausfindig machen können.«

»Wurde Osborne beraubt?«

»Anscheinend nicht. Es gab jedenfalls nichts, was in seiner Brieftasche sichtlich gefehlt hätte. Aber wir wissen natürlich auch nicht genau, was Eric bei sich trug.«

»Womit wir einen weiteren Grund hätten, der Grubb entlastet. Der raubt die Leute, denen er etwas antut, im Allgemeinen aus. Captain, Sie wissen von sechzehn Leuten, die ungefähr zur Tatzeit auf dem Wanderweg unterwegs waren. Aber wer sagt Ihnen, dass sich da nicht noch andere Gestalten rumgetrieben haben? Insbesondere angesichts des Umstands, dass der Mord sich so dicht bei der Landstraße 418 zugetragen hat.«

Er zuckte mit den Schultern. »Niemand.«

»Wer wusste, dass Eric an dem Tag unterwegs sein würde und welche Strecke er abzulaufen beabsichtigte? Gibt es da jemanden?«

An seinem Ordner herumfummelnd, sagte Stankie: »Ja, sogar haufenweise.«

»Aha.«

»Montagmorgens ist Eric immer zu Hobbs Pond rauf, um dort einige Stunden lang eine Biberfamilie zu beobachten, über die er in seiner Donnerstagskolumne im *Herald* berichtet hat. Die Serie lief seit Ende März. Der *Herald* hat eine tägliche verkaufte Auflage von zweiundzwanzigtausend Stück, also – naja, das können Sie sich ja selbst ausrechnen, was das heißt, Mr. Strachey. Das eröffnet andere mögliche Ansätze – das ist mir auch klar. Aber mögliche Ansätze sind mögliche Ansätze, und Beweise sind Beweise, und die Beweislage weist immer noch am ehesten auf Gordon Grubb – als brutaler Killer schon bekannt und wahrscheinlich ein Psychopath. Aber wir haben den Fall noch nicht offiziell abgeschlossen, und ich lasse mich gerne überraschen.«

Stankie musterte mich und harrte anscheinend einer Erwiderung. Ich wusste nicht recht, was er genau von mir erwartete. Als ich fragte: »Was haben Sie denn vom Büro des Sheriffs über die beiden Anschläge mit dem Jetski gehört?«, schien Stankie beinahe enttäuscht.

»Der Jetskityp«, sagte er, »ist gestern entwischt, aber Sheriff Stone liegt die ungefähre Beschreibung eines Kleintransporters vor, den jemand kurz nach dem Angriff am Nordende des Sees gesehen hat. Dieser Typ hatte ein Jetksi geladen und raste in Richtung Osten davon. Die haben aber kein Kennzeichen, bloß 'ne allgemeine Beschreibung des Fahrzeugs, ob dabei also viel rumkommt, scheint mir zweifelhaft. Der Sheriff hat mir versichert, er werde Janets Grundstück die nächste Zeit im Auge behalten, aber er hat ihr geraten, sich vorerst vom See fern zu halten, und sie hat zugesagt, auf Nummer sicher zu gehen.«

»Sie und Dale Kotlowicz wohnen fürs Erste im Stadthaus der Osborne-Familie, und ich habe mich ihnen angeschlossen.«

»Gut«, sagte Stankie und sah mich erneut an, als erwartete er von mir eine entscheidende Frage, die zu stellen ich bisher versäumt hatte, oder dass ich ein Thema anschnitt, das er von sich aus nicht ansprechen wollte.

»Die Osbornes«, sagte ich, »sind ja schon eine bemerkenswerte Familie. Ich bin zuvor noch nie jemandem aus der Familie begegnet.«

»Das sind sie wirklich, was?« Nun war er auf der Hut.

»Drei Generationen amerikanischer Erfolgsmenschen.«

»Wohl eher zweieinhalb«, sagte Stankie. »Und die vierte kann man mehr oder weniger abschreiben.«

»Aus der vierten Generation kenne ich bisher überhaupt noch niemanden.«

»Da haben Sie auch keine besonders guten Aussichten.«

»Warum das?«

Er sah mich mit Ingrimm an. »Dick und June Puderbaugh haben zwei Jungen, Titus – genannt Tidy – und Frederick, besser bekannt als Tacker. Tacker ist vor vier Jahren weggezogen, wahrlich kein Verlust für Edensburg. Ein antriebsloser, begriffsstutziger Knabe, der selten fehlte, wenn es Ärger gab – einer seiner besten Freunde sitzt gerade in Ossining, weil er auf einem Schulgelände Koks verdealt hat. Als ich das letzte Mal von Tacker gehört habe, hat er sich auf Fidschi oder irgend so 'nem Südseedomizil als Strandgammler betätigt. Tidy, der ältere Sohn, lebt hier und praktiziert theoretisch als Anwalt, aber sollte er je einen Klienten gehabt haben, wüsste ich jedenfalls nicht, wer das sein könnte. Tidy verbringt sieben Nachmittage in der Woche zusammen mit drei anderen sorgsam manikürten, unausgelasteten Knaben mit fetten Treuhandvermögen in einem Hinterzimmer, das zum Grillroom des Edensburger Country Clubs gehört, wo sie an einem eigens für sie reservierten Tisch eine nimmer endende Bridgepartie austragen. Tidy bekommen Sie nur zu Gesicht, wenn Sie sich gewaltsamen Zutritt zu seiner Kartenrunde verschaffen oder ihn beim Betreten oder Verlassen seiner Eigentumswohnung in der Erfreuliche Wiese-Anlage überfallen. Tidy wohnt dort draußen in einem Apartment, das an die Eigentumswohnung von Ann Marie Consolati angrenzt. Ihr gehört in der Stadt ein Salon für Bodywaxing und elektrolytische Haarentfernung. Ich weiß aus einer zuverlässigen befreundeten Quelle im Baugewerbe, dass es zwischen Tidys und Ann Maries Kleiderschränken eine Geheimtür gibt – obwohl Tidy seit sechs Jahren mit Debbie Stockton, der Bootsausstatter-Erbin, verlobt ist. Außerdem kann ich Ihnen berichten – ohne in diesem Fall die Quelle meiner Erkenntnis nennen zu können –, dass Tidy Puderbaughs ganzen Körper vom Hals abwärts kein einziges Haar ziert.«

Stankie errötete etwas, als er dieses ungewöhnlich schlüpfrige Detail preisgab, und lächelte drollig betreten. Dann wurde er augenblicklich wieder ernst und sagte: »Tacker mag ein trauriger Versager sein und Tidy nutzlos und etwas lächerlich, aber es ist Chester und Pauline Osbornes Sohn Craig, den man nicht auf die leichte Schulter nehmen darf. Craig Osborne ist ausgesprochen intelligent, hintertrieben, wie man nur sein kann, und völlig skrupellos. Er sitzt zur Zeit in Attica ein ›Freiheitsentzug-nicht-unter-fünfundzwanzig-Jahren‹-Urteil wegen Mordes an einem Wächter bei einem Diamantenraub letztes Jahr ab. Craig hatte davor schon, seit er zwölf war, ohne Ende Verfahren wegen Raub und Körperverletzung und was sonst noch. Craig Osborne ist jetzt ein einunddreißigjähriger Mann, der völlig gewissenlos ist und dem, wenn Sie mich fragen, mehr oder weniger alles zuzutrauen ist.«

Stankie hielt inne und sah mich schon wieder an, als sei es nun an mir – diesmal aufgrund seiner Ausführungen über Tacker, Tidy und Craig –, den entscheidenden Punkt anzusprechen. »Craig«, sagte ich, »kann Eric aber ja nun beim besten Willen nicht umgebracht haben, oder?«

Stankie schüttelte den Kopf, ohne seinen Blick von mir abzuwenden. »Wohl kaum«, sagte er.

»Wann ist er in Strafhaft gekommen?«

»Zehnter Dezember, und er war schon seit letztem Juni in Gewahrsam, nachdem er in einer Schießerei bei dem Juwelenraub in Tarrytown verletzt worden war.«

»Warum erzählen Sie mir das alles?«, fragte ich schließlich.

Stankie lehnte sich vor und sagte leise: »Eric Osborne war ein feiner junger Kerl.«

»Das sagen mir alle.«

»Wenn Grubb ihn nicht umgebracht hat, will ich, dass derjenige, der es war, festgesetzt wird.«

»Gut.«

»Ein Spitzel in Attica«, sagte er, »hat berichtet, dass Craig Osborne über Erics Tod geredet und behauptet hat, es gäbe darüber mehr zu sagen, als die Untersuchungsbeamten ahnten.« Stankie rührte sich nicht, schien nun aber zwei Dinge zugleich im Blick zu haben: Mich und die Tür hinter mir, die in sein Vorzimmer führte und bloß angelehnt war. »Das ist mir über gewisse Kanäle zu Ohren gekommen«, sagte Stankie, »und ich habe darum gebeten, dass der Spitzel auf weitere Einzelheiten drängt. Er hat aber dem Direktor da draußen gegenüber angegeben, es sei nicht mehr aus Osborne herauszubekommen gewesen.«

»Wie ärgerlich«, sagte ich. »Aber vielleicht war es sowieso bloß dummes Gerede, das wichtigtuerische Geprahle eines Soziopathen.«

»Das könnte natürlich sein. Aber Craig hat noch was anderes zu dem Spitzel gesagt, was Sie vielleicht nachdenklich stimmt. Bei mir war das jedenfalls der Fall. Das eine Mal, als er über Erics Ermordung gequatscht hat, machte er auch einen Witz über seine eigene Verurteilung und darüber, dass der ›Hang, Leute zu beseitigen‹, bei den Osbornes ›sowieso in der Familie liegen‹ würde. Das waren seine genauen Worte: ›Der Hang, Leute zu beseitigen, liegt bei den Osbornes sowieso in der Familie‹.«

»Ich habe schon davon gehört, dass es bei einigen Watsons und Osbornes eine gewisse Neigung zur Gewalttätigkeit gibt. Aber tatsächlich durch Angehörige der Osborne-Familie getötet worden ist – außer diesem Wächter bei dem Schmuckraub – Janets Angaben zufolge noch nie jemand.«

»Mir ist auch kein anderer Fall bekannt«, sagte Stankie. »Bei Chester, Craigs Vater, gibt es noch ein paar Eintragungen wegen Körperverletzung – beziehungsweise gab, bevor sie gelöscht wurden.«

»Davon habe ich auch schon gehört. Ich habe Chester sogar schon kennen gelernt. Ein wenig sympathischer Typ.«

»Bei den Osbornes läuft im Moment eine innerfamiliäre Auseinandersetzung«, sagte Stankie sachlich. »Es geht um die Besitzrechte am *Herald*. Acht Millionen Dollar stehen dabei auf dem Spiel, und, natürlich, der Ruf des Blattes. Darüber wissen Sie auch Bescheid, nehme ich an.«

»In der Tat.«

»Und die Hintergründe der bevorstehenden Abstimmung im Vorstand, einschließlich der Tatsache, dass es durch Erics Tod eine Stimme weniger für den Verkauf des *Herald* an einen ernst zu nehmenden Zeitungskonzern gibt, durch den die Familie jedoch um acht Millionen Dollar ärmer dastünde, sind Ihnen sicher auch vertraut.«

»Was für ein Zufall, dass Sie das ansprechen, Captain. Das entspricht genau der Sichtweise auf diese ganze Angelegenheit – Erics Ermordung und die beiden Angriffe mit dem Jetski –, die einer Reihe von Leuten, die unmittelbar in die Situation verwickelt sind, zunehmend plausibler erscheint«, sagte ich. »Stehen Craig und sein Vater einander nahe?«

»Dem Anschein nach nicht«, sagte Stankie. »Chester hat Craig sogar enterbt, vor Langem schon. Ich kann Ihnen aber im Vertrauen berichten, Mr. Strachey, dass Chester Osborne Craig in den letzten fünf Monaten zweimal in Attica besucht hat. Einmal Mitte Mai, kurz vor Erics Tod, und dann noch mal am vierzehnten Juni.«

»Wie interessant. Gibt es sonst noch etwas, wovon Sie mir im Vertrauen berichten möchten, Captain?«

»Nein. Bloß, dass ich in dieser Richtung keine weiteren Nachforschungen anstellen kann. Ich kann Craig nicht befragen, ohne den Spitzel auffliegen zu lassen, den der Direktor da draußen für zu nützlich hält, um ihn zu verlegen. Chester kann ich nicht befragen, weil ich keinerlei Beweise habe, die irgendjemanden außer Gordon Grubb mit Erics Ermordung in Verbindung bringen. Chester würde mich sofort der üblen Nachrede gegen ihn und die Puderbaughs beschuldigen und einen dieser sogenannten Staranwälte mit der Drohung zum Polizeipräsidenten in Albany schicken, mich wegen Verleumdung zu verklagen.« Und wieder schwieg er erwartungsvoll.

»Und was erwarten Sie nun von mir?«, fragte ich. »Dass ich die Arbeit der Staatspolizei von New York erledige?«

»Ja, so ungefähr hatte ich mir das vorgestellt«, sagte er. »Ich kann Ihnen dabei natürlich nicht behilflich sein und möchte schon gar nicht mit Ihrer Arbeit in Verbindung gebracht werden. Jedenfalls nicht, bis Sie dieses arrogante Arschloch Chester Osborne festgenagelt haben. Dann kümmere ich mich darum, dass er richtig fest einbetoniert wird.«

»Demnach kennen Sie Chester ganz gut?«

»Wir sind zusammen zur Schule gegangen«, sagte Stankie, »und haben in derselben Hockeymannschaft gespielt, drei Spielzeiten lang – das heißt, bis zu dem Tag, wo ich Chester zum dritten Mal an einem Nachmittag den Ball abnahm. Er drehte sich einfach um und rammte mir mit solcher Wucht den Schläger ins Gesicht, dass er mir alle Zähne ausschlug.«

Stankie öffnete den Mund und wartete mit einem kompletten Satz dritter Zähne, oben und unten, auf.

12

Stu Torkildson und Chester Osborne ließen mich in Torkildsons Vorzimmer zehn Minuten warten und gaben mir so Gelegenheit, die aktuelle Ausgabe des *Herald* durchzusehen. Ich betrachtete die sorgsame Mischung, für die der Herald so angesehen war – nationale und internationale, auf den Nachrichtendiensten der *New York Times* und der *Washington Post–L.A. Times* basierende Meldungen, sauber geschriebene und sorgsam redigierte Lokalberichte über Themen, die für die Menschen hier wichtig waren, Leitartikel und

Diskussionsseiten, die so ernsthaft wie lebendig waren. Ich hatte einen Tag erwischt, an dem auch die Kolumne von Parson Bates, ›Unser Eden‹, erschien. Darin griff Bates die ›multikulturalistischen‹ *Tex-Mex*-Angebote an, die in den vorangegangenen Monaten zunehmend auf den Karten der örtlichen Restaurants aufgetaucht waren. Er schrieb, dass er nicht verstehen könne, warum Leute Speisen zu sich nahmen, die dazu führten, dass ihnen der Schweiß in den Nacken lief. Dass man sich nun öffentlich den Schweiß in den Nacken laufen ließ, wurde dann als ein weiteres Symptom des allgemeinen Sittenverfalls im Lande verkauft. Als ich in Stu Torkildsons Büro geleitet wurde, sah ich Chester Osborne in seiner Aufmachung als Makler. Er starrte mich missmutig an und erhob sich nicht, aber Torkildson kam mir entgegen und funkelte bei meinem Anblick vor Wohlwollen.

»Da haben wir ja den Detektiv des Jahres«, sagte er, drückte meine Hand und grinste, als sei ich ein lang verloren geglaubtes Mitglied seiner Studentenverbindung am Dartmouth College.

»Diese Einschätzung wird in Edensburg nicht von allen geteilt«, sagte ich und warf Chester einen kurzen Blick zu. »Aber ich danke Ihnen für Ihr Vertrauensvotum, Mr. Torkildson.«

»Nennen Sie mich Stu«, sagte er.

»Don.«

Und der da drüben schmollte, war Chester.

»Kaffee?« fragte Torkildson.

»Schwarz«, erwiderte ich.

Er rief nicht, wie viele Männer in seiner Position das vermutlich getan hätten, nach seiner Sekretärin, sondern hantierte selbst mit einer Kanne und einem Becher mit aufgedruckten *Herald*-Logo. Torkildson mochte um die sechzig sein und hatte begonnen, um die Taille herum allmählich etwas auseinander zu gehen, strahlte aber in seinem sorgsam geschnittenen dunklen Anzug und blauem Hemd mit der getupften Fliege noch immer Festigkeit aus. Seine schwarzen Halbschuhe glänzten so makellos wie sein Schädel, der haarlos, gewachst und poliert war wie der eines Rappers. Er war der Traum jedes Phrenologen – was nicht heißen soll, dass ich versucht war, ihn um eine Verneigung zu bitten, damit ich die Wölbungen seines Hauptes genauer betrachten konnte. Sein Gesicht war breit und angenehm und so unbehaart wie sein Schädel, und er hatte eine warme, beständige Art, einen anzublicken, von der ich nicht wusste, ob sie darauf schließen ließ, dass er wirklich ohne Argwohn war, oder lediglich zum eingespielten Erscheinungsbild des gerissensten Mannes von Edensburg gehörte. Dieses Rätsel sollte sich jedoch rasch aufklären.

»Ich habe mit Bedauern vom gestrigen Missgeschick Ihres Freundes Timothy gehört«, sagte Torkildson. Er ließ sich in dem einen leeren Sessel beim Kaffeetisch nieder – in dem anderen saß Chester –, und ich war damit auf die niedrige Couch verwiesen. »Ich bin froh, dass es sich um keine schwerwiegende Verletzung handelt, aber der Vorfall muss für Sie beide ja gleichwohl beängstigend gewesen sein.«

»Allerdings. Es machte doch stark den Eindruck, als habe sich der Kerl auf dem Jetski alle Mühe gegeben, jemanden zu erwischen – und zwar allem Anschein nach Janet, denn das Gleiche hat sich letzte Woche, als sie allein im Wasser war, schon einmal zugetragen.«

»Janet hatte schon immer eine allzu rege Phantasie«, sagte Chester säuerlich.

Torkildson warf mir einen verschwörerischen Beachten-Sie-ihn-gar-nicht-Blick zu und sagte: »Chester ist der Skeptiker unter den Osbornes.« Eine Haltung, der er bekanntlich auch schon mal mit einem Hockeyschläger Nachdruck verliehen hatte.

»Die Polizei«, sagte ich, »nimmt den Vorfall den Umständen entsprechend durchaus ernst. Schließlich haben wir es entweder mit allergröbster Fahrlässigkeit oder versuchtem Mord zu tun – gravierende Tatbestände, so oder so.«

»Sie sprechen mir aus der Seele«, sagte Torkildson, während Osborne schnaubend den Kopf schüttelte. »Ich habe Janet gesehen, als sie heute Morgen zur Arbeit kam«, fuhr Torkildson fort, »und obwohl sie ja nun wahrlich gut was einzustecken weiß, haben die Vorgänge gestern sie sichtlich mitgenommen. Ich kenne Janet seit über dreißig Jahren und kann beurteilen, wann der Frau etwas wirklich an die Nieren geht. Ich hab mit ihr geredet und konnte ihr wenigstens etwas Mut zusprechen.«

»Hat Janet mit Ihnen über ihre Mutmaßungen gesprochen?«, fragte ich. »Dass Erics Ermordung und die Anschläge mit dem Jetski miteinander und mit dem Machtkampf um den *Herald* zu tun haben könnten?«

Während Osborne in seinem Sessel zusammensackte und übellaunig dreinsah, sagte Torkildson im Plauderton: »Nein, Janet und ich haben nur kurz miteinander gesprochen, aber Chester hat mich über diesen Aspekt der Angelegenheit ins Bild gesetzt. Für Edensburger Verhältnisse ist das ganz schön blutrünstiger Stoff, müssen Sie wissen.« Er grinste und stieß dann gespielte Laute aus, als schaudere ihn vor Entsetzen. »Das klingt mir, um ganz ehrlich zu sein, eher nach einem billigen Thriller aus der Flughafenbuchhandlung als nach dem richtigen Leben.«

»Nein«, sagte ich, »ich finde, es klingt durchaus nach dem richtigen Leben – zu viele Erben kämpfen mit zu unterschiedlichen Wertvorstellungen im Rücken um einen wertvollen Familienbesitz und haben deshalb die verschiedensten Gründe, an dem Besitz entweder festzuhalten oder sich von ihm auf die eine oder andere Art zu trennen. Und manche von ihnen sind mehr oder weniger zu allem entschlossen, wenn es darum geht, eine Variante gegen die anderen durchzusetzen. Und dann und wann kann eine derartige Entschlossenheit auch mal mörderische Eigenschaften annehmen. Das kommt vor. Die Geschichte ist davon so voll wie die Zeitungen. Ich könnte wetten, dass selbst der *Herald* mitunter darüber berichtet, wie Angehörige einer Familie wegen Geldes andere Familienmitglieder beseitigen.«

Osborne starrte mich wütenden Blickes an. »Sie machen sich strafbar. Wenn Sie einen derartigen Dreck außerhalb dieses Raumes von sich geben, Strachey, dann sehe ich Sie vor *Gericht* wieder!«

Torkildson schien an Chesters Ausbrüche derart gewöhnt zu sein, dass ihn das gar nicht aus der Ruhe brachte. »Chettie«, sagte er, »ich verstehe ja, dass dir das nahegeht – an deiner Stelle ginge es mir bestimmt genau so. Aber du musst Don auch verstehen, der hier als Außenseiter auf eine Situation stößt, wo er mit den Gepflogenheiten nicht vertraut ist, und eben so seine eigene Herangehensweise hat. Und dann sind die Leute, mit denen er zuerst spricht, Leute, die einen tragischen Verlust erlitten haben und denen obendrein wegen irgend so eines Idioten auf dem See, dem man auf Lebenszeit verbieten sollte, sich motorisierten Vorrichtungen jeglicher Art auch nur zu nähern, der Arsch auf Grundeis geht. Mit derartig einseitigen Eindrücken als Ausgangspunkt liegt es natürlich nahe, die gegenwärtige Situation beim *Herald* im Zusammenhang mit diesen anderen heiklen Sachverhalten für einen legitimen Untersuchungsgegenstand zu halten. Also ist es nur zu verständlich, dass Don dieser Spur nachgeht. Während es andererseits aber ebenso unbestreitbar nicht den geringsten Beweis dafür gibt, dass zwischen diesen Gewaltakten und den Meinungsverschiedenheiten innerhalb der Osborne-Familie über die Zukunft des *Herald* eine Verbindung besteht. Es ist eine Menge vorgefallen, was gefühlsmäßig sehr beanspruchend war, und das hat gewisse Ängste genährt, aber ein Profi wie unser Don hier, Chettie, würde sich niemals von Emotionen und Ängsten auf Abwege locken lassen.« Torkildson sah mir in die Augen und fuhr dann lächelnd fort: »Für einen Profi wie Sie gibt es nichts als Fakten, die nackten Fakten und noch mal Fakten. Hab ich Recht, Don?«

Ich kam mir vor, als würde ich dem Geblubber des Sumpfes von Okefenokee lauschen. Ich fragte mich, warum Torkilsdon sich nie erfolgreich um ein Bundesamt beworben hatte. Ich wusste auch auf Torkildsons miasmischen Strom knackiger Plattitüden nichts zu erwidern. Wäre ich auf Chesters rätselhafte und mehrdeutige Drohung seiner Mutter gegenüber zu sprechen gekommen – dass ›womöglich noch jemand dran glauben würde‹, um den Verkauf des *Herald* an Griscomb zu verhindern –, hätte Chester lediglich lautstark bestritten, diese Äußerung je getan zu haben. Und was ich von Captain Stankie über die beiden Knastbesuche von Chester bei dem Sohn, den er nach allgemeinem Dafürhalten enterbt hatte – und der einem anderen Gefangenen in Attica gegenüber angedeutet hatte, dass ein Angehöriger der Osborne-Familie in Erics Ermordung verwickelt war –, war vertraulich. Hätte ich davon angefangen, hätte ich sowohl Stankies Vertrauen missbraucht als auch Gott weiß was für eine hysterische Reaktion von Chester Osborne heraufbeschworen, an der mir an diesem Punkt nicht gelegen sein konnte.

»Stu«, sagte ich also zu Torkildson, »Sie haben noch einmal sehr überzeugend dargelegt, wie wichtig Unvoreingenommenheit ist, und unvoreingenommen ist genau, was ich zu sein beabsichtige. Aber sagen Sie mir doch bitte, fällt Ihnen, von der Auseinandersetzung um den *Herald* einmal abgesehen, irgendein anderer Grund ein, warum jemand versuchen sollte, Janet umzubringen? Dafür, dass die Anschläge mit dem Jetski kein Versehen waren, gibt es nachdrückliche Anhaltspunkte. Der Typ hat sie bei zwei verschiedenen Gelegenheiten angegriffen. Beim ersten Mal – letzte Woche – ist er mehrere Male auf sie los und heute, wie ich mit eigenen Augen mitansehen musste, zweimal. Warum sollte jemand das Ihrer Meinung nach tun?«

Osborne ruckelte in seinem Sessel herum und murmelte was von: »Eifersüchtige Lesben, wenn Sie mich fragen.«

»Ich habe mich gefragt, was Stu dazu denkt«, sagte ich. »Er kennt Janet sehr gut – arbeitet tagtäglich mit ihr zusammen.«

Torkildson verzog das Gesicht. »Wissen Sie, um Janets Privatleben habe ich mich, wie sich von selbst verstehen dürfte, nie groß gekümmert. Und beim *Herald* sind der geschäftliche und der redaktionelle Bereich getrennt, sodass mitunter ganze Tage vergehen, an denen wir einander gar nicht sehen. Aber ich habe den Eindruck, dass Janet und Dale einander als Paar treu ergeben sind. Von daher erscheint es eher unwahrscheinlich, dass die Angriffe – und ich nehme Ihnen ab, dass es sich bei diesen Vorfällen Ihres Erachtens darum handelt – das Werk irgendeiner liebeskranken Lesbierin waren. Was gäbe es da noch? Ein verstimmter ehemaliger Mitarbeiter? Davon hat der *Herald* vermutlich auch ein paar – welches Unternehmen hätte das nicht. Danach sollten Sie Janet am Besten selbst fragen. Oder Bob Comongore, den Direktor unserer Personalabteilung. Oder womöglich ein entrüsteter Leser?« Torkildson schmunzelte und fuhr fort. »Dass wir davon ein paar haben, steht fest. Aber in der Regel verspritzt der durchschnittliche erboste Leser sein Gift im Rahmen eines unwirschen Leserbriefs statt zuzubeißen. Es wäre jedenfalls der erste Mordversuch durch einen wütenden Leser, der mir zu Ohren kommt.«

»Und wie denken Sie über Erics Ermordung?«, fragte ich.

»Das hat uns schier das Herz gebrochen«, sagte Torkildson ohne jedes Zögern. »Eric Osborne war der feinste Mensch, den zu kennen ich je die Ehre hatte.«

»Warum bringt er denn das jetzt auf?«, nörgelte Chester dazwischen. »Siehst du, was ich meine? Lass uns die ganze Angelegenheit einem guten Anwalt übergeben, bevor dieser Kerl Amok läuft.«

»Wie sind Sie denn jetzt auf Eric gekommen, Don?«, fragte Torkildson kühl. »In dem Fall kann es keinen Zusammenhang mit der

Lage beim *Herald* gegeben haben. Eric wurde den Angaben der Staatspolizei zufolge von einem Serienmörder umgebracht, der anschließend in Pennsylvania noch weitere Leute in freier Wildbahn überfallen hat. Wollen Sie andeuten, dass es auch nur den Hauch einer Wahrscheinlichkeit gibt, dass dieser Gordon Grubb im Auftrag einer der Parteien im Konflikt um die Zukunft des *Herald* gehandelt hat?«

»Nein«, sagte ich, »das wäre in der Tat arg an den Haaren herbeigezogen. Aber die Beweislage gegen Grubb ist dünn und beruht auf Indizien. Tatsächlich in der Nähe des Tatortes gesehen wurde er zuletzt volle zwei Tage, bevor Eric getötet wurde. Die Polizei sagt, dass Grubb alles bestreitet und der Fall weiterhin offen ist. Ich habe heute Morgen mit dem Untersuchungsbeamten, Bill Stankie, gesprochen, und obwohl ihm gegen Grubb die meisten Verdachtsmomente vorliegen, ist das auch schon alles. Sofern sich neue Anhaltspunkte ernsthafter Natur ergeben, würde Stankie sie bereitwillig aufgreifen, egal in welche Richtung sie die Untersuchung führen.« Ich hatte Chester Osborne genau beobachtet, als ich Stankie erwähnte; er verkrampfte das Gesicht, und sein Mund formte sich zu einem kleinen, harten Knopf.

»Da haben wir es doch, Don«, sagte Torkildson. »Der Fall gegen Grubb beruht, juristisch gesehen, auf Indizien, was für die meisten Anklagen wegen Mordes gilt, die zu einer Verurteilung führen. Aber die Polizei hat Grubb im Verdacht, weil es keine andere Spur gibt, ob auf Indizien beruhend oder nicht, die irgendjemand anderes mit dem Verbrechen in Verbindung bringen würde. Ich würde nicht unbedingt sagen, dass der Gedanke an einen Zusammenhang zwischen Erics Ermordung und der Situation beim *Herald* nichts als eine paranoide Phantasie ist – oder, wie Chester offenbar meint, eine böswillige und juristisch ahndungswürdige Anschuldigung. Aber ein ausgesprochen weitreichendes Vorstellungsvermögen erfordert die Überlegung schon, wenn man bedenkt, dass sich die Annahme einer derart ungeheuerlichen kriminellen Verbindung auf kein einziges Beweismittel stützen kann.

Im Journalismus überprüfen wir die Fakten, wie Ihnen bekannt sein dürfte, Don, mit außerordentlicher Sorgfalt, bevor wir sie in die Welt hinausposaunen. Beim *Herald* kommen Belange von vergleichbarer Tragweite – wir reden hier schließlich über eine Verschwörung in mörderischer Absicht, was im Staate New York mit dem Tode bestraft werden kann – grundsätzlich nur durch, wenn sie sich auf Informationen aus mindestens drei voneinander unabhängigen Quellen stützen. Wohingegen Sie in der Gegend herumlaufen und die Theorie in Umlauf bringen, dass Angehörige der Osborne-Familie in ein Mordkomplott verwickelt sind, ohne – korrigieren Sie mich bitte, wenn ich mich jetzt irre – ohne sich bei Ihren Mutmaßungen auch nur auf eine einzige zuverlässige Quelle stützen zu können. Das ist schwach, sehr schwach, und damit kämen Sie selbst bei Blättern, deren Standards ganz gewaltig niedriger sind als die des *Herald*, nicht durch. Das kann ich Ihnen ohne Umschweife so sagen, ohne mit dem geringsten Widerspruch vom Pulitzervorstand rechnen zu müssen. Sie haben sich da mit Blick auf die moralischen Implikationen Ihrer Mutmaßungen auf ausgesprochen dünnes Eis begeben, Don, und was Sie sich jetzt meiner Meinung nach mal fragen sollten, ist: Welche fürchterlichen Auswirkungen könnten sich für die Osbornes, für den *Herald* oder für mich selbst ergeben?

Wissen Sie, Don, bei der Entscheidung über die Zukunft des *Herald* steht furchtbar viel auf dem Spiel. In der Hinsicht haben Sie mit dem Geld völlig Recht. Und wie Ihnen bekannt sein dürfte, befürworte ich einen Verkauf des Blattes an Crewes-InfoCom. Harry Griscomb ist ein feiner Laden, aber so wie die Kosten im Zeitungsbereich im Moment am Explodieren sind, wird Griscomb sich nicht lange halten. Also, warum sollten die Osbornes aus dieser Misere nicht wenigstens mit ein paar Dollar auf dem Familienkonto herauskommen? Nachdem sie ein Jahrhundert lang hart gearbeitet und ein hohes Maß an gesellschaftlichem Verantwortungebewusstsein bewiesen haben, hätten sie das, finde ich, durchaus verdient. Aber InfoCom und Griscomb sind beide, wie man vielleicht erwähnen sollte, sehr sensibel, wenn es um ihr Ansehen in der Öffentlichkeit geht – Griscomb wahrscheinlich eher noch mehr als InfoCom –, und würden natürlich sofort sehr störrisch reagieren, wenn Ihnen zu Ohren käme, dass ein Geschäft, um dessen Abschluss sie sich bemühen, ein Mordkomplott mit einschließt – oder derartiges zumindest gemunkelt wird. Bislang ist keines der Angebote bindend, und ich würde offen gestanden ungern eines Morgens feststellen müssen, dass die Angebote alle zurückgezogen worden sind und man bei Griscomb und InfoCom meine Anrufe nicht mehr entgegen nimmt. Dann wäre das traurige Ende vom Lied, dass die Schuldner sich den *Herald* im September unter den Nagel reißen und an den Meistbietenden – wahrscheinlich InfoCom – veräußern. Das Blatt wäre futsch, und der Familie bliebe kein Pfennig.

Wollen Sie das wirklich, Don? Will Janet das? Ich kann nur sagen: Reden Sie mit ihr. Erklären Sie ihr die Lage. Vielleicht sieht Janet dann ein, dass es sowohl für den *Herald* als auch für die Osbornes als Ganzes jetzt am besten ist, wenn Sie Ihre wohlgemeinten, aber möglicherweise nachhaltig schädlichen Nachforschungen einstellen, Ihre Sachen packen und sich wieder nach Albany begeben. Wenn Janet sich um ihre Sicherheit oder die ihrer Mutter oder von Dan sorgt, können wir eine gute private Sicherheitsfirma beauftragen, um ihre Befürchtungen zu zerstreuen, bis der Vorstand des *Herald* sich am achten September trifft. Aber auf dieses Mordkomplott-Szenario im Oliver-Stone-Stil, das da im Moment vor sich hin köchelt und nur darauf wartet, zu allseitigem Schaden in die Luft zu fliegen, würde ich an Ihrer Stelle ganz schnell einen Deckel tun. Das ist vielleicht nicht, was Sie von mir hören wollen, Don. Das ist mir schon klar. Aber es ist der beste Rat, den ich Ihnen geben kann, und ich wäre ein A-loch, wenn ich es nicht ohne Umschweife täte. Das ist eben meine Art. Dafür werde ich bezahlt. So habe ich es in Edensburg zu etwas gebracht, und Janet wird Ihnen, glaube ich, bestätigen können, dass es sich immer lohnt, auf mich zu hören, heute noch wie damals, als Tom Osborne seine Pulitzerpreise gewann und der *Herald* das Neidobjekt des amerikanischen Journalismus war. Haben Sie mich verstanden, Don? Haben Sie begriffen, worum es mir geht? Sehen Sie die außerordentlich hohen Risiken, die die Lage für so viele anständige Leute birgt, und für Sie selbst?«

Die Sumpflandschaft hörte auf zu blubbern. Torkildson sah mich an und grinste salbungsvoll. Chester kam sich sichtlich gerissen vor, als hätten sie mich schon verpackt und verschnürt und bräuchten mich bloß noch in die überregionale Post zu stecken, um mich aus der Stadt zu befördern. Warum, überlegte ich, hatte Torkildson sich so wortreich über eine Verschwörung zur Begehung von Morden geäußert? Ich hatte mit keinem Sterbenswörtchen von einem Komplott gesprochen, an dem mehr als eine Person beteiligt wäre. Ich hatte daran gedacht, es aber nicht erwähnt. Ich sprach meine Gedanken nicht laut aus. »Wenn Ihre Ratschläge so weise und umsichtig sind«, sagte ich stattdessen zu Torkildson, »wie erklären Sie sich dann, dass die Empfehlungen, die Sie 1988 gegeben haben, den *Herald* in die hässliche Lage befördert haben, in der er sich jetzt befindet? Sie sind der letzte Mensch auf Erden, den ich um Rat wegen des *Herald* oder in sonst irgendeiner Angelegenheit angehen würde – außer vielleicht, wenn ich mir eine Fliege kaufen wollte. Aber trotzdem danke.«

Chester durchzuckte es vor Wut. Aber Torkildson starrte mich noch immer nachdenklich an, als ich mich von ihnen verabschiedete – zweifellos bis zum nächsten Mal.

13

Bevor ich das *Herald*-Gebäude verließ, schaute ich noch in Janets Büro vorbei und berichtete ihr im Telegrammstil von meiner Begegnung mit Chester und Stu Torkildson. Sie fragte, ob Torkildson mir einen Souvenirteller aus *Schmucke Fichte* verkauft oder meine Taschen ausgeräumt habe. Ich streckte beide Hände aus und sagte: »Kein Teller.« Meinen Geldbeutel hatte ich auch noch.

»Hat Chester irgendwas wegen Moms Einweisung von sich gegeben?«, fragte Janet.

»Davon war nicht die Rede. Chester war schon bei Torkildson, als ich ankam, also könnte Torkildson ihm geraten haben, den Mund zu halten. Oder Chesters Drohungen gestern Abend waren nichts als heiße Luft. Oder Chesters Drohungen waren Bestandteil eines vorgefassten Plans, um dich und deine Mutter so zu verschrecken, dass ihr irgendetwas tut, das dann als Vorwand dienen und vor Gericht gegen euch verwendet werden könnte. Torkildson könnte darüber genau Bescheid wissen, will aber nicht damit in Verbindung gebracht werden. Dann hätte er den Überraschten gespielt, wenn ich davon angefangen hätte. Aber sie haben es nicht aufgebracht, und ich wollte jede Diskussion darüber vermeiden, solange wir deinen Anwalt nicht dazu befragt haben.«

»Ich habe vor einer Viertelstunde mit Slim Finn gesprochen«, sagte Janet und sah besorgt aus. »Er sagt, solange Mom für sich selbst und andere keinerlei Gefahr darstellt, kann sie überhaupt niemand gegen ihren oder meinen Willen verschleppen. Sie könnten aber versuchen, einen Richter davon zu überzeugen, dass sie außerstande ist, ihre juristischen Aufgaben als Direktorin der *Herald Corporation* auszuüben. Der Richter könnte dann eine Verfügung erlassen, die Moms Stimmrecht aussetzt oder sogar ihre Entfernung aus dem Vorstand erzwingt. Das Ergebnis wäre natürlich, dass Tidy in den Vorstand käme und für InfoCom stimmen würde. Das Blatt wäre dann erledigt.«

»Könnte Finn eine gerichtliche Verfügung nicht bis zum achten September verzögern? Es muss doch irgendeinen obskuren Buchstaben des Gesetzes geben, den er der anderen Seite vor die Füße kotzen kann, sodass die sich den nächsten Monat daran abarbeiten. Es gibt ja Leute, die behaupten, dafür seien Anwälte da.«

»Möglicherweise ließe sich das schon irgendwie hindrehen«, sagte Janet. »Bei dieser Vorstandsabstimmung steht so viel auf dem Spiel, sagt Slim, dass ein Richter gezwungen sein könnte, umgehend zu handeln. Oder aber die Abstimmung über den Verkauf der Zeitung müsste verschoben werden, und dann würde sich die Bank, die die Hypothek deckt, vermutlich weigern, weiter abzuwarten, und den *Herald* einfach pfänden lassen. Und das will von den Beteiligten überhaupt niemand.«

»Wer«, fragte ich, »hätte als Nächstes Anspruch auf einen Sitz im Vorstand, wenn einer frei würde – der deiner Mutter, deiner oder Dans –, und Tidy aus irgendeinem Grund nicht antreten könnte? Womit ich weder anbieten will, ihn einen Kopf kürzer zu machen, noch ihn nach Kirgisien zu verschleppen. Ich will bloß wissen, wie die weitere Erbfolge aussieht. Womöglich gibt es irgendwo weiter hinten ja noch eine Pro-Griscomb-Stimme, die man jetzt schon mal in die richtige Position manövrieren könnte, um einen Ersatzplan für Notfälle zu haben.«

Janet schüttelte den Kopf. »Nach Tidy kommt Chesters Sohn Craig, aber der sitzt im Knast, und der Gesellschaftervertrag besagt, dass Vorstandsmitglieder zugegen sein müssen, um ihre Stimme wahrnehmen zu können. Was eigentlich schade ist, denn Craig hasst

Chester so sehr, dass er vermutlich für Griscomb stimmen würde, bloß um es seinem Vater heimzuzahlen.«

»Um ihm was heimzuzahlen?«

Janet zögerte. Sie wirkte beinahe nervös, was gar nicht zu ihr passte. »Chester hast du ja kennen gelernt«, begann sie und starrte mich traurig an.

»Das habe ich. Er ist sicher kein Traum-Elternteil.«

»Die Dinge liegen viel schlimmer«, sagte sie.

»Oh.«

»Ich glaube, er hat Craig geschlagen.«

»Meinst du?«

»Eric, Dan und ich haben es immer vermutet. Aber wir hatten nie das Gefühl, über genügend Beweise zu verfügen, um Chester damit zu konfrontieren oder jemanden von außerhalb mit einer Untersuchung zu betrauen. Die Verletzungen waren nie schwer – es gab keine Knochenbrüche oder inneren Verletzungen, soweit wir das beurteilen konnten. Aber der Knabe hatte mehr Blutergüsse als jedes andere Kind, das mir je untergekommen ist, und er hat sich wie ein misshandeltes Kind benommen: Unkommunikativ, zurückgezogen, teilnahmslos. Ein weiteres Indiz war natürlich die Art, wie Craig sich schließlich entwickelt hat. Von der Pubertät an war er ein Lügner, Dieb und Schläger – und zwar einer, der nichts von Fairness hielt, so hieß es jedenfalls in einschlägigen Kreisen. In der Rückschau scheint es klar zu sein, dass jemand aus der Familie hätte einschreiten müssen und dass wir Craig dann vielleicht davor hätten bewahren können, sein Leben zu ruinieren. Vor fünfundzwanzig Jahren war man in punkto Kindesmisshandlung natürlich noch nicht so sensibel wie heute, und es wurde juristisch und gesellschaftlich auch nicht so ernst genommen. Damals ließ man es einem Elternteil durchaus durchgehen, wenn es ein eigenes Kind auf eine Art und Weise behandelte, für die man einem fremden Kind gegenüber wegen Körperverletzung verurteilt und auf Jahre hinaus in den Knast gekommen wäre. Aber vermutet haben wir schon, dass da was im Argen ist, und heute wünsche ich mir, wir hätten versucht, was dagegen zu unternehmen.«

»Leute, die ihre Kinder körperlich misshandeln«, sagte ich, »wurden in der Regel selbst misshandelt. Trifft das bei Chester zu?«

Janet errötete und antwortete dann: »Hm, also. Nein.«

»Bist du sicher?«

Es schüttelte sie etwas. »Ich bin sicher. Obwohl der Gedanke beunruhigend ist. Weder Mom noch Dad waren besonders liebevoll oder besonders großzügig, wenn es darum ging, uns Anerkennung spüren zu lassen. Bei keinem von uns. Und Dad war Chester gegenüber besonders streng – ja, sogar kalt. Chettie war der älteste, und als sich herausstellte, dass er am Journalismus nicht interessiert war – Habgier war seit seinem dritten Lebensjahr zu seinem Hauptanliegen im Leben geworden –, hatte Dad für Chester keinerlei Verwendung mehr. Ich glaube, es ist nicht übertrieben zu sagen, dass er ihn nicht mochte. Und er ließ es sich anmerken. Dad hat Chester entweder ignoriert – so war es meistens –, oder ihm wegen irgendwelcher Kleinigkeiten den Kopf abgerissen. Aber körperliche Misshandlung? Nein. Kann man das, was ich eben beschrieben habe, psychische Misshandlung nennen? Vielleicht. Obwohl der Gesetzgeber, wenn es so sein sollte, es nicht zum Straftatbestand erklären sollte, ohne zuvor etliche Milliarden Dollar in den Bau zusätzlicher Gefängniszellen zu investieren. Soweit ich das beurteilen kann, entspricht es jedenfalls als Form elterlichen Umgangs weitestgehend der Norm in diesem Land. Und der gegenwärtige Kongress hat sicher keinerlei Absicht, das zu verbieten. Im Katalog der *famliy values*, die die religiöse Rechte so hochhält, steht emotionale Misshandlung sicher ziemlich weit oben auf der Liste, falls deren eigenen Lebensläufe ein Anhaltspunkt sind.«

»Deine Gesamteinschätzung des amerikanischen Familienlebens«, meinte ich, »scheint mir unangemessen düster, Janet. Du und Eric, ihr seid doch beide wohlgeraten. Das muss doch auch irgendwo aus der Osborne-Familie herrühren.«

Sie lächelte wehmütig. »Ja, vermutlich. Es heißt, dass ein jedes Kind aus ein- und derselben Familie eine völlig unterschiedliche Wahrnehmung hat. Erics und meine Eigenarten – und unsere Interessen – entsprachen denen von Mom und Dad viel eher als die von Chester oder June. Selbst dass wir beide andersrum sind, schien sich ohne weiteres in die osbornesche Tradition des widerständigen, kantigen Individualismus zu fügen. Andererseits hat June, obwohl sie aus ihrem Fimmel für gesellschaftliches Ansehen durchaus Kapital geschlagen hat, dafür niemals Anerkennung erfahren. Und als dann Chesters Hang zu gewalttätigen Ausbrüchen deutlich wurde, hat das sein Ansehen und seine Chancen in der Familie natürlich auch nicht eben verbessert.«

»Du hältst es also für möglich, dass das, was Chester als psychische Misshandlung erfahren hat, für ihn so traumatisierend war, dass er es in seiner eigenen Familie als körperliche Misshandlung weitergereicht hat?«

»Ich fürchte schon«, entgegnete sie.

Ich fragte Janet, ob ich sie am Vortag richtig verstanden hätte, dass Chester Craig enterbt hätte – und dass demnach die Entfremdung zwischen den beiden vermutlich so weit gehe, dass sie keinerlei Kontakt mehr miteinander hätten.

»Das ist mein Eindruck«, erwiderte sie. »Jedenfalls ist es der Eindruck, den Chester erweckt, wenn jemand es wagt – was selten genug vorkommt –, Craig in seiner Gegenwart zu erwähnen.«

»Warum«, fragte ich, »könnte Chester Craig dann in den letzten zwölf Wochen zweimal in Attica besucht haben?«

Sie starrte mich mit aufgerissenen Augen an. »Das hat er? Chester hat Craig im Knast besucht?«

Ich nickte. »Für meinen Informanten, ein guter Mann, der seinen Job nicht verlieren will, ist es im Übrigen entscheidend, dass das unter uns bleibt.«

»Ja, gut.«

Ich konnte geradezu hören, wie die Rädchen in ihrem Kopf surrten. Um den Zuträger des Knastleiters in Attica zu schützen, erzählte ich nichts von der Aussage – die ja auf Hörensagen beruhte und ohnehin unzuverlässig sein konnte –, die Craig dem Spitzel gegenüber gemacht hatte, dass es nämlich über Eric Osbornes Tod mehr zu sagen gäbe, als die Untersuchungsbeamten wussten, und dass zumindest ein Familienmitglied außer Craig schon mal jemanden ermordet hatte. Ich sagte aber: »Mit seiner Akte und seinen Verbindungen im Milieu – und dann noch diesen unerklärlichen Besuchen seines plötzlich gar nicht mehr so entfremdeten Vaters – macht es womöglich doch Sinn, wenn wir Craig etwas genauer unter die Lupe nehmen. Ich fahre, glaube ich, mal rüber und befrage ihn selbst auch dazu.«

Sie wirkte noch immer völlig geplättet. »Also – ich weiß wirklich nicht, was ich davon halten soll.«

»Wenn Tidy also seinen Sitz im Vorstand des *Herald* nicht antreten könnte«, sagte ich, »und Craig auch ausfällt, weil er im Knast sitzt, wer käme denn dann als Nächstes dran? Irgendjemand, der dem Würgeband nützen könnte?«

»Dann wäre Tidys Bruder Tacker Puderbaugh an der Reihe. Aber den können wir total vernachlässigen, Don. Tacker interessiert sich nicht im geringsten für den *Herald*. Er hat eh genügend Geld aus dem Treuhandfonds, den er von Großmutter Watson geerbt hat, um sich über Wasser zu halten – mehr als eine Badehose und ausreichend Surfbrett-Politur benötigt er offenbar sowieso nicht. Außerdem befand sich Tacker zehntausend Meilen von Edensburg entfernt, als ich zuletzt von ihm hörte. Er war 1990 für ein Semester an der Universität von Hawaii und ist dann südwestwärts davon gesurft und gleitet offenbar immer noch über die Wellen.«

»Hast du seine aktuelle Anschrift?«

»Ich könnte sie besorgen – am besten von Tidy, denke ich mal. Wenn ich June frage, wird sie bloß argwöhnisch.«

»Es wäre, glaube ich, gut, genau zu wissen, dass Tacker sich am anderen Ende der Welt befindet und in die Auseinandersetzung hier nicht verwickelt ist. Wenn er finanzielle Interessen im Zusammenhang mit der Zukunft des *Herald* hat, wären die zwar indirekt – über June –, aber dennoch gewichtig genug. Wer hätte nach Tidy und Takker als Nächstes Anspruch auf einen Sitz im Vorstand?«

»Soweit es die Familie anbelangt, wäre es das dann. Wir waren allen keine besonders getreuen Anhänger der Heiligen Schrift und die Osbornes haben es versäumt, sich in einem Maße zu vermehren, das dem Weltdurchschnitt entspräche. Im Gesellschaftervertrag heißt es, dass der bestehende Vorstand, wenn keine direkten Nachfahren von Daniel Lincoln Osborne mehr imstande oder willens sind, in den Vorstand des *Herald* nachzurücken, einen vakant werdenden Platz nach eigenem Gutdünken mit jemandem, der oder die nicht zur Familie gehört, auffüllen kann. So, wie der Vorstand jetzt zusammengesetzt ist, würde er natürlich jemanden aussuchen, der für Griscomb ist. Aber das ist ja alles reine Theorie, oder? Tidy ist, soweit ich weiß, kerngesund, und im Grillroom des Country Clubs wird ihn wohl auch so schnell kein Unheil widerfahren. Und selbst wenn Tidy es fertigbringen sollte, sich mittels eines Zahnstochers eine Stichwunde zuzuziehen, dürfte die sich kaum als tödlich erweisen.«

Als ich das Büro zwanzig Minuten zuvor betreten hatte, hatte Janet ihren Anrufbeantworter angeschaltet. Die Anzeige blinkte mittlerweile seit mehreren Minuten, und eine winzige Frau mit einem koboldartigen Haarschnitt, die ich im Redaktionssaal schon gesehen hatte, steckte nun ihren Kopf zur Tür hinein und sagte: »Entschuldige bitte die Störung, aber Dale bittet darum, dass du bei deiner Mutter zu Hause anrufst. Ich soll dir sagen, dass es deiner Mutter gut geht, aber es ist trotzdem ein Notfall.«

»Was für ein Notfall? Ist June mit einem Anwalt da aufgekreuzt?«

»Davon hat sie nichts gesagt. Es hat irgendwas mit Dan zu tun. Ihn hat's heute Morgen fast erwischt, sagt Dale.«

»O Scheiße, das schlägt dem Fass doch den Boden aus«, entfuhr es Janet. Mit einer Hand griff sie nach ihrem Telefon und mit der anderen nach ihrer Handtasche.

14

»Es war *genau* wie bei Karen Silkwood«, sagte Arlene Thurber und nahm den Joint entgegen, den Dan ihr reichte, zog kräftig daran und wollte ihn weiterreichen. Wir saßen zu sechst auf der osborneschen Veranda. Nacheinander schüttelten Timmy, Dale, Janet und ich die Köpfe und lehnten dankend ab. Elsie, die Haushälterin, half Ruth Osborne oben beim Ausräumen irgendeines Wandschranks; das war wohl auch besser so.

»Das war *sooo* abgefahren«, fuhr Arlene fort und sprach auf eine Art, die zwar schneller als Zeitlupe, aber dennoch seltsam verlangsamt klang. »Ich meine, gerade gestern sag ich erst, was das alles für eine irrsinnige Scheiße ist, die sich da abspielt – ich meine, mit Erics Ermordung und dem Angriff mit dem Jetski – also, dass diese ganze Scheiße doch *haargenau* so läuft wie bei Karen Silkwood. Gestern sag ich's noch, und dann – heiliger Bimbam! – was passiert? Jemand versucht, mich und Dan von der Straße abzudrängen und plattzumachen, genau so, wie Kerr-McGhee das mit Karen Silkwood gemacht hat! Ist so ein beschissener Irrsinn denn zu fassen?«

»Wir können uns da schon was drunter vorstellen«, sagte Dale.

Arlene hatte gerade erzählt, wie sie und Dan am frühen Vormittag auf einer Landstraße unterwegs gewesen waren. An einer Stelle, wo die Straße an einem waldigen Abhang entlangführte, war ein großer Transporter hinter ihnen angerast gekommen und wiederholt hinten auf Dans Range Rover aufgefahren. Es war offensichtlich, sagte Arlene, dass der Transporter es darauf anlegte, sie nach rechts abzudrängen, auf die steile Böschung zu. Beständig in Gefahr, die Kontrolle über den Wagen zu verlieren, hatte Dan das Fahrzeug fast einen Kilometer auf der Fahrbahn gehalten, bevor er auf die Gegenspur geriet, doch noch ins Schleudern kam und nach links in einen Graben geschliddert war. Der Wagen war schließlich mit der Schnauze im Nassen neben einem Abwasserkanal zum Stehen gekommen. Dan und Arlene waren angeschnallt und unverletzt geblieben, aber der Range Rover hatte schwer gelitten, wahrscheinlich Totalschaden, meinte Dan. Der Transporter war auf der Landstraße davongerast. Nach zehn Minuten war ein Mann auf dem Heimweg von einem frühmorgendlichen Forellenfischerei-Ausflug vorbeigekommen und hatte Dan und Arlene zu einer Tankstelle an der Hauptstraße gefahren, wo sie die Polizei riefen. Zwei Beamte waren bald darauf erschienen und waren mit ihnen zum Unfallort zurückgefahren, hatten sie dort befragt und dann in die Stadt gebracht. Ein Abschleppwagen kam, um das Wrack des Range Rovers zu holen.

»Habt ihr unsere Überlegungen über einen möglichen Zusammenhang zwischen Erics Ermordung und den Jetski-Angriffen und jetzt dieser Sache hier den Bullen gegenüber erwähnt?«, fragte ich.

»Das habe *ich* allerdings getan«, antwortete Arlene. Man konnte ihrer Stimme angestaute Wut anhören. Dan saß zusammengesunken in einem Korbstuhl, den Kopf zurückgelehnt und die Augen zugepresst. »Dan meinte, wir sollten uns nicht so dicke tun«, fuhr Arlene fort. »Mit Rücksicht darauf, wo wir gerade herkamen, als sich der Angriff ereignete. Aber ich dachte: Nein, das brauchen wir ja gar nicht zu erwähnen, und können deswegen trotzdem diese andere Riesenscheiße auspacken. Ich meine, wie sollen die Bullen uns denn sonst helfen, wenn wir unsere Überlegungen und Eindrücke nicht mit ihnen teilen?« Arlene stieß Dan an, der die Augen öffnete und ihr den glimmenden Joint abnahm. Timmy blickte leicht missbilligend drein, hielt seine Lippen aber fest verschlossen. Dale musste das bemerkt haben, denn sie nahm kurz darauf doch noch einen Zug und blies den Rauch demonstrativ in Timmys Richtung.

»Also«, begann Janet, »wo kamt ihr denn her, als der Angriff geschah? Ihr wart doch hoffentlich nicht Ferienwohnungen ausrauben?«

»Sei nicht albern«, sagte Dan verärgert.

»Ich frage bloß, weil Arlene meinte, ihr hättet es der Polizei nicht sagen können. Es ist also überhaupt nicht abwegig, dass ihr heute Morgen in irgendwas Illegales verwickelt wart, Dan.«

»Wir waren bei unserem Lieferanten«, sagte Arlene und verzog munter die Augenbrauen, um auf den Joint zu deuten. »Wir hatten etliche Gramm feinsten Stoff unter dem Rücksitz verstaut. Wenn die Bullen den gefunden hätten, hätten die uns wahscheinlich wie – wie Kriminelle oder so was behandelt. Naja, egal, wir haben die ganze Ladung in einem Baumstamm in der Nähe vom Unfallort verstaut. Wir müssen den Stoff holen, bevor sich irgendein Tier daran zu schaffen macht.«

»Konntet ihr einen Blick auf den Transporter und den Fahrer werfen?«, fragte ich. »Mir ist natürlich klar, dass ihr euch auf die Straße konzentrieren musstet und darauf, nicht von ihr abzukommen.«

»Allerdings«, sagte Dan sarkastisch. »Ans genaue Mitschreiben haben wir irgendwie nicht gedacht.«

»Der Transporter war rot«, erinnerte sich Arlene. »Das weiß ich noch. Dans Augen haben natürlich an der Straße geklebt, aber ich hab ein paar Mal nach hinten geguckt. Er hatte einen schwarzen Kühlergrill. Den Fahrer konnte ich nicht erkennen, weil der Transporter so dicht an uns dran war und unsere Heckscheibe zu niedrig, um zu ihm hoch sehen zu können. Und als wir dann von der Straße abgekommen sind, sind wir wild durch die Gegend gebrettert, und bis wir dann mal angehalten hatten, war der schon verschwunden. Aber dass er groß war und rot, daran erinnere ich mich.«

»Wie der Transporter, den jemand gestern mit einem Jetski beladen am See davonrasen sah«, sagte Janet, und wir nickten alle besorgt, während wir die entstandene Situation überdachten.

»Wer wusste, dass ihr heute Morgen auf der Straße sein würdet, Arlene?«, fragte Dale.

»Bloß Leber«, sagte Arlene.

Als sie dem offenbar nichts hinzuzufügen hatte, fragte Timmy: »Euer Marihuana-Lieferant heißt Leber?«

»Leber Livingston. Sein richtiger Name ist Samuel. Er hat uns erzählt, dass seiner Familie mal eine Eisenbahnlinie oder ein Kanal oder so was gehört hat, aber jetzt, sagt er, verkaufen sie alle Dope.«

»Hat er den Spitznamen abgekriegt, weil er zu leben versteht, oder hängt das irgendwie mit dem inneren Organ zusammen?«, wollte Dale wissen.

Arlene zog ein ›Was weiß ich‹-Gesicht, aber Dan sagte: »Ich hab mal gehört, dass der Spitzname von seiner Lieblingsspeise herrührt. Auf jeden Fall bezweifle ich, dass es Leber gefallen würde, dass wir hier herumsitzen und ihn in Verbindung mit einem Mordversuch an Arlene und mir diskutieren. Das hat er nicht verdient, also sollten wir ihn da raushalten.« Arlene zündete den Joint wieder an, während Dan ihn mit einer Pinzette hielt, die er aus der Tasche seines Arbeitshemdes gezogen hatte.

»Wollen Sie damit sagen, Dan«, fragte ich, »dass Leber, wenn ihn jemand gefragt hätte, wann ihr das nächste Mal auf der einsamen Straße zu ihm unterwegs seid, darüber jede Auskunft verweigert hätte?«

»Genau das will ich damit sagen. Ja.«

»Es gibt für Sie also nur Gründe, ihm zu vertrauen, und keine, es nicht zu tun?«

»Leber Livingston und ich«, sagte Dan feierlich, »sind seit über zwanzig Jahren Freunde. Ach was, Freunde – Brüder. Wir haben zusammen auf Kuba Zuckerrohr geerntet. Wir waren zusammen in den Bergen Nicaraguas. Wir sind *Compañeros*. Beantwortet das Ihre Frage?«

»Dass Sie Leber vertrauen, verstehe ich«, erwiderte ich. »Aber Sie werden zugeben müssen, dass der Mann ein heikles Gewerbe betreibt. Ob nun zu Recht oder zu Unrecht, Lebers Geschäft ist im Staate New York strafbar. Leute, die sich so betätigen, wie er es tut, machen sich Feinde. Selbst wenn man davon ausgeht, dass er euch nie und nimmer verraten würde, kann es nicht sein, dass ein anderer

Dealer versucht, in Lebers Terrain einzudringen, indem er dessen Kunden verschreckt?«

»Das wäre ja arschig!«, platzte Arlene heraus. Dan schien den Gedanken einige Sekunden lang in Erwägung zu ziehen, als hielte er das zwar für eine interessante Anregung, könnte sich aber doch nicht recht dazu entschließen, ihr zuzustimmen.

Schließlich sagte er: »Nein, das glaube ich nicht. Leber betreibt ein mickriges Geschäft, hauptsächlich Kleckerkram, winzige Mengen. Er nimmt gerade genug ein, um über die Runden zu kommen – für sich selbst und Patsy und ihren alten Hund da draußen –, und versteht sich vordringlich als einen guten Bürger, der eine Dienstleistung anbietet. Wer sollte sich darüber hermachen wollen?«

Ich bemerkte Timmys Blick – vermutlich fragten wir uns beide, wie Lebers Hund wohl hieß –, sah dann Dan an und meinte: »Angesichts dessen, was Ihnen und Janet kürzlich widerfahren ist – und Eric im Mai –, glaube ich auch nicht, dass der Vorfall heute was mit Leber zu tun hat. Es sieht viel eher nach einem Komplott aus, um das Abstimmungsergebnis im Vorstand des *Herald* am achten September zu manipulieren. Aber um ganz sicher zu gehen, Dan, möchte ich Sie bitten, sich mit Leber in Verbindung zu setzen, ihm von eurer kleinen Begegnung der besonderen Art heute zu berichten und ihn zu fragen, ob noch welche seiner Kunden ähnliche Erfahrungen gemacht haben. Und fragen Sie ihn auch, ob er sonst von irgendwem gehört hat, dem auf der Strecke etwas Ähnliches passiert ist.«

Dan rümpfte die Nase. »Na gut, rufe ich ihn also an. Warum nicht? Jetzt, wo Sie mit Janet die Geschicke der Osborne-Familie bestimmen, tu ich besser, was man mir sagt.«

Janet schlug mit einer Hand auf den Korbstuhl neben ihr und bellte: »Verdammt noch mal, Dan, das ist *so* ungerecht –«

Dale ahmte mit einer Hand das Stopsignal eines Verkehrspolizisten nach und sagte: »Moment mal, Moment mal, Moment mal.«

Janet schloß den Mund und kochte vor sich hin, während Dale erklärte, dass wir alle an dieser Sache beteiligt wären und dass unser aller Interessen und Ziele im Endeffekt doch dieselben seien: Am Leben zu bleiben und den *Herald* zu retten. Zwischen ihr und Timmy, erläuterte sie, sei es einst zu einem ›hässlichen und für die amerikanische Gesellschaft nachhaltig abträglichen Zusammenstoß‹

gekommen, und wenn sie trotz der ›moralischen Kluft‹ zwischen ihnen miteinander auskommen würden, könnten die anderen sich doch wohl auch irgendwie zusammenraufen.

»Warum habt ihr euch denn zerstritten?«, fragte Arlene Dale und Timmy. »Ich bin ganz überrascht. Ihr machte beide so einen netten Eindruck.«

»Gute Frage, Arlene«, meinte Timmy.

»Das erzähl ich dir ein andermal, Arlene«, sagte Dale. »Jetzt müssen wir uns auf das konzentrieren, was dir und Dan heute passiert ist, und darauf, wie wir sicherstellen können, dass keinem von uns künftig Ähnliches widerfährt. Meinst du nicht auch, Don?«

Doch, sagte ich, und alle nickten, wenn auch nicht alle mit der gleichen Entschiedenheit.

Dale sah Dan und Arlene an, die gerade einen letzten Versuch unternahmen, ihren Joint noch mal anzufachen, und sagte: »Ihr solltet euch, glaube ich, überlegen, mit uns hier im Haus zu bleiben, bis diese Sache gelaufen ist und wir sicher sein können, dass keiner von uns mehr was zu befürchten hat. Von wem auch immer, der sich da draußen ans Beseitigen von Osbornes gemacht hat. Platz genug ist ja, wir können die Bullen bitten, das Anwesen im Auge zu behalten, und wenn hier jemand auftaucht und auf dem Grundstück was abziehen will – na, dann hat Don, wie Janet mir berichtet, eine Knarre, die Timmy gestern aus Albany mitgebracht hat.« Arlene schrie auf. Alle anderen zuckten heftig zusammen.

Als sie sich wieder gefasst hatten, sagte ich: »Es ist eine reine Vorsichtsmaßnahme. Ich haben den Schusswaffen-Sicherheitskurs der NRA mitgemacht – und war in der Armee. Es gibt also keinen Grund zur Sorge.«

»Ich habe einige Zeit mit Leuten zugebracht«, meinte Dan, »die sich in einer Lage befanden, wo es erforderlich war, eine Waffe zu tragen, und ich sehe ein, dass dieser Fall mitunter bedauerlicherweise gegeben sein kann. Wenn Sie, Strachey, sich also bewaffnen und dieses Haus in eine Festung verwandeln möchten, können Sie und Janet das halten, wie ihr wollt. Aber dass jemand so blöd sein könnte, einem Osborne direkt hier in Edensburg nachzustellen, kann ich mir nicht vorstellen. Arlene und ich sind in unserer Wohnung sicher genug. Und so sehr ich einsehe, warum es wichtig ist, ein Auge auf

Mom zu haben, glaube ich, dass ihr ansonsten Gefahr lauft, ganz empfindlich überzureagieren. Aber das ist natürlich nur meine bescheidene Meinung.«

Arlene wirkte fast unbeholfen, als sie ihm widersprach. »Wie schön für dich, Dan. Mir geht, offen gestanden, der Arsch auf Grundeis. Ich denke, wir sollten alle zusammen hier bleiben, wo wir aufeinander aufpassen und uns über unsere Überlegungen und Ängste austauschen können. Und, hey, eigentlich könnte das doch auch ganz spaßig werden. Wir könnten uns einen riesigen Kübel dicke Maissuppe zusammenbrauen. Brownies gibt's auch. Komm schon, Dan. Sei nicht so ein Klotz.«

Dan starrte Arlene direkt ins Gesicht und sagte kühl: »Ich bleibe hier keine Nacht. Wir haben alle wahrlich Wichtigeres zu tun, als hier irgendwelche Maisgerichte zuzubereiten.«

Arlene blickte ihn verächtlich an und schnappte: »Arschloch!« Dann zuckte sie die Schultern und setzte hinzu: »Egal, ich bleibe.«

»Das ist dein Bier«, sagte Dan säuerlich, machte aber auch keine Anstalten, sich ohne Arlene davon zu machen.

Solange ich sie noch alle beieinander hatte – und um den wirren Haufen etwas gezielter aufs große Ganze einzuschießen –, fasste ich nun meine Nachforschungen, soweit sie in den vorangegangenen sechsunddreißig Stunden gediehen waren, zusammen. Ich berichtete von meiner Begegnung mit June und Parson Bates; von meiner Unterhaltung mit Ruth Osborne und Chesters Warnung, dass ›noch jemand dran glauben würde‹, um den Verkauf des *Herald* an Griscomb zu unterbinden; von meinem Besuch bei Chester, wo er gedroht hatte, mich wegen übler Nachrede zu verklagen und Ruth Osborne entmündigen und aus dem Vorstand des *Herald* entfernen zu lassen; von meinem Treffen mit Bill Stankie, das neue Zweifel an der vermeintlichen Verstrickung von Gordon Grubb in Erics Ermordung aufgeworfen und zugleich ergeben hatte, dass Chester Craig zweimal im Knast besucht hatte (die Bemerkungen über den Mord an Eric, die Craig dem Spitzel gegenüber gemacht hatte, ließ ich wiederum aus); und von meiner Begegnung mit Chester und Stu Torkildson, wo Torkildson sich immerzu auf Mutmaßungen meinerseits bezogen hatte, es gebe ein Mordkomplott, obwohl ich diesen Verdacht gar nicht ausgesprochen hatte, weder Torkildson noch

Chester Osborne gegenüber. Während ich meine Erkenntnisse darlegte, hörten alle auf der Veranda gespannt zu, sogar Dan. An einigen Stellen kam es mir vor, als finge er an, heftig und ungleichmäßig zu atmen – insbesondere als ich Chesters Knastbesuche bei Craig erwähnte. Und als ich am Ende meiner Ausführungen angelangt war, stand Dan rasch auf und stürzte in Richtung des Klos davon, das sich von der Veranda aus etwa auf halber Strecke den Flur entlang befand.

Ich wollte Arlene gerade fragen, warum Dan immer zu kotzen begann, wenn von einer gewaltsamen Verschwörung in der Osborne-Familie die Rede war, als es klingelte und wenige Sekunden später June mit einem Hilfssheriff im Schlepptau das Haus betrat.

15

»Wie konnten wir da nur hineingeraten?«, klagte Timmy missmutig.

»Lass mich überlegen«, sagte ich.

Er lag auf dem Himmelbett in Junes altem Zimmer ausgestreckt, während ich am Schreibtisch meine Notizen vervollständigte. In zehn Minuten sollte es Mittagessen geben. June war eine Stunde zuvor wieder abgezogen, nachdem ihrer Mutter die Vorladung zu einer gerichtlichen Anhörung am daraufolgenden Montag, in vier Tagen also, überstellt worden war. June und Chester hatten zu Protokoll gegeben, dass Ruth Osborne geistig außerstande sei, ihren Aufgaben als Mitglied im Vorstand der *Herald Corporation* weiter gerecht zu werden, und Mrs. Osborne würde nun unter Beweis stellen müssen, dass sie zurechnungsfähig war. Als sie die Papiere entgegennahm, hatte Mrs. Osborne ihre Tochter angesehen und freundlich gefragt: »Hast du heute dein Stützkorsett angelegt, June?«

»Meinem Fuß ist heiß«, jammerte Timmy, »und es juckt.«

»Das tut mir Leid.«

»Ich will ja nicht jammern. Mir ist klar, dass es Leute in diesem Haus gibt, die gewaltigere Probleme haben als einen gebrochenen Fuß.«

»Nur zu, jammere ruhig. Ich würde es auch tun.«

»Würdest du eben nicht. Außerdem nörgeln hier im Haus schon genügend Leute rum. Was für ein Schlappschwanz dieser Dan Osborne doch ist. Und Janet verhält sich auch immer völlig rational, außer – außer wenn sie mit Dan in einem Raum ist. Dann benehmen sie sich beide wie die Zwölfjährigen.«

»Das kann Dan, glaube ich, aus jedem rauskitzeln«, sagte ich. »Mich interessiert aber nicht so sehr seine Aufgeblasenheit, sondern vor allem sein empfindlicher Magen. Jedes Mal, wenn die Rede auf ein mögliches osbornesches Mordkomplott kommt, reihert Dan los.«

»Das ist mir auch aufgefallen. Aber du denkst doch nicht, dass Dan Eric umgebracht hat, oder? Warum sollte er?«

»Eben. Warum sollte er?«

»Mir fällt dazu weder im Zusammenhang mit dem Verkauf des *Herald* was ein«, sagte Timmy, »noch wüsste ich irgendeinen anderen Grund.«

»Janet zufolge wurde im osborneschen Haushalt, als sie und ihre Brüder aufgewachsen sind, mit Zuneigung überdurchschnittlich gegeizt. Der Mangel an Zuneigung ist teilweise in einen Zustand emotionaler Kriegsführung untereinander gemündet, und emotionale Kriegsführung kann mitunter auch zu körperlicher Gewaltausübung führen. Aber Brudermord ist etwas Extremes und sehr Seltenes, das ist mir schon klar. Also, nein. Bislang habe ich keinen Grund, Dan zu verdächtigen. Aber die Frage, wo er sich am Tag von Erics Ermordung aufgehalten hat, werde ich mir schon noch mal etwas genauer vornehmen. Und ich würde zu gern wissen, warum er jedes Mal kotzen muss, wenn vom Tod seines Bruders die Rede ist. Ob ihn der Schock und der furchtbare Verlust jedes Mal von Neuem treffen? Ist er besonders zart besaitet? Oder hat er etwas zu verbergen?«

»Warum fragst du ihn nicht einfach?«

»Das habe ich auch schon überlegt, Timothy. Dazu müsste ich ihn mal allein erwischen. Und dann müsste mir eine ausreichend einfühlsame Formulierung für meine Fragestellung einfallen. Ich kann ihn ja nicht einfach fragen: ›Warum kotzen Sie sich jedes Mal die Seele aus dem Leib, wenn die Rede darauf kommt, wie Ihr Bruder totgeprügelt wurde, Dan?‹«

»Ich seh da kein Problem. Vornehme Umschreibungen fürs Kotzen sind was für Kindergärtner, und vornehme Umschreibungen für

Mord sind was für Staatsoberhäupter. Ich rate dir, ihn einfach zu fragen. Dan ist erwachsen.«

»Er ist erwachsen, aber er ist auch ein Erwachsener, der sich benimmt, als würde ihn irgendeine Schuldverstrickung von innen auffressen. Wenn ich Dan darauf anspreche, will ich nicht, dass er sich noch fester zumacht als ohnehin schon, und ich will auch nicht, dass er ausrastet.«

»Dass er hier festhängt, stinkt ihm ganz gewaltig, sagt er, aber Anstalten, sich zu entfernen, macht er auch keine. Ich frage mich, ob er es vielleicht *darauf anlegt*, dass du etwas Wichtiges rausbekommst, was bislang nur ihm bekannt ist. Vielleicht versucht er krampfhaft, den Mut zu entwickeln, um dir etwas Bestimmtes mitzuteilen – und immer, wenn er kurz davor ist, muss er kotzen.«

»Kann sein.«

»Obwohl, vielleicht schwebt Dan auch einfach in einer derartigen Todesangst, dass er deswegen immerzu reihern muss. Wenn jemand versucht, deinen Wagen von der Straße abzudrängen und einen Abhang hinunter zu stürzen, kann das den Magen schon in einige Unruhe versetzen. Mich macht das ja alles schon ganz nervös, und ich bin noch nicht mal im Vorstand des *Herald*. Nun sitzen wir hier wie General Gordon in Khartoum, während die Rotten des Mahdi just jenseits der Stadtmauer die Schlinge zuziehen und sich darauf vorbereiten, uns den Todesstoß zu geben. Es *ist* beängstigend.«

»Jetzt geht deine Phantasie mit dir durch, Timothy. Aber ich verstehe, was du meinst.«

»Und dann wäre da noch Dale«, sagte er und warf seine Arme in einer Geste der Verzweiflung nach hinten. Die Bommeln an Junes schneeweißer Tagesdecke erbebten.

»Bist du nicht froh, dass sie auf unserer Seite ist?«, fragte ich.

»Allerdings. Der Gedanke, dass sie auf der anderen Seite des Nils in Omdurman ihre Klingen schärfen könnte, ist tödlich.«

»Mir gefällt sie«, sagte ich, »und ich glaube, du würdest sie auch mögen, Timothy, wenn sie dich nicht irgendwie mit Jesse Helms oder irgend so jemandem verwechseln und entsprechend behandeln würde. Ihre spitze und direkte Art würde dir gut gefallen, wenn du nicht die Zielscheibe wärst. Und Heuchler kann Dale offensichtlich kilometerweit gegen den Wind riechen.«

Er zuckte zusammen. »Ja, Heuchler wie mich zum Beispiel.«

»Naja, du bist ja anscheinend was viel Schlimmeres als bloß ein Heuchler. Gestern meintest du doch, sie finge ganz allmählich an, dir irgendwie bekannt vorzukommen. Weißt du immer noch nicht, woher?«

»Nee. Diese Kombination mit dem Wuschelkopf und diesem Gesicht darunter – irgendwo hab ich die schon mal gesehen, dessen werde ich immer gewisser. Aber egal, wie sehr ich mich abmühe, ich komm nicht drauf, wo.«

»In der Friedenstruppe? War sie vielleicht in deiner Indieneinheit?«

»Nein, das wüsste ich. Außerdem ist sie dafür zehn Jahre zu jung.«

»Und du warst nicht 1969 in irgendeinen erbitterten Streit um die Vorzüge unterschiedlicher in Andhra Pradesh gängiger Methoden des Geflügelschlachtens verwickelt oder so?«

»Kommt mir vor, als sei es viel kürzer her, dass ich Dale begegnet bin. Ich glaube, es hatte mit der Arbeit zu tun – irgendwas in der Kammer. Es wird mir sicher bald einfallen. Was es auch immer ist, es muss sich um ein Missverständnis handeln. Ich kann mir nicht vorstellen, dass Dale und ich uns in irgendeiner wichtigen Frage auf entgegengesetzten Seiten befunden haben sollten. Ich meine, wüsstest du was?«

»Mir kommt's auch eher unwahrscheinlich vor. Aber sie hat gestern immerhin von einer ›moralischen Kluft‹ zwischen euch gesprochen. Und es soll sich um einen ›hässlichen und für die amerikanische Gesellschaft nachhaltig abträglichen Zusammenstoß‹ zwischen euch gehandelt haben, sagt sie. Was es auch gewesen sein mag, für Dale war es offensichtlich keine Lappalie.«

Von sichtlichem Unbehagen gepackt, ruckelte Timmy erneut auf dem Bett herum. Ich ging zu ihm hinüber und legte mich neben ihn in Junes Bett. Ich führte meinen Mund dicht an sein Ohr und flüsterte: »Dale ist offensichtlich davon überzeugt – und eine Frau, die so gescheit ist wie sie, muss dafür ihre Gründe haben –, dass du in Wirklichkeit der Watergate-Veteran G. Gordon Liddy bist, Timothy. Wenn es nichts Furchtbares sein kann, was du irgendwann mal angestellt hat, das sie zu dieser Verwechslung veranlasst, muss es wohl dein beeindruckendes Erscheinungsbild sein. Sie schreckt das ab. Mich aber nicht. Mich erregt das. Komm her, Gordo. Brutzele über meiner Flamme.«

Er lächelte zaghaft, und das war für ihn dann auch der Gipfel der Gefühle. Anfangs hatte Dale Timmy verunsichert, dann verärgert. Jetzt spukte sie in seinem Kopf herum und machte ihn ruhelos. Ich hatte mich kaum aus der Ruhe bringen lassen, als Skeeter allen Raum bei ihm eingenommen hatte, also war es nun erst recht an mir, Geduld und Verständnis aufzubringen, während Dale ihn besetzt hielt. Zum Glück hatte ich selbst reichlich Stoff zum Nachdenken – eine im Staat New York prominente Familie, deren Angehörige einander offenbar aus ideologischen und/oder finanziellen Gründen ans Leben wollten.

16

Es blieben nun weniger als sechsundneunzig Stunden bis zur gerichtlichen Anhörung am Montag. Damit gerieten wir ernstlich unter Druck. Ruth Osbornes Geisteszustand war unberechenbar. Wir wussten, sie konnte dort auftauchen und in der Lage sein, gewandt darzulegen, dass sie gut genug beieinander war, um zur Not einen Raumflug der NASA zu befehligen, aber es war auch möglich, dass sie den Richter eine halbe Stunde lang geistesabwesend anstarrte und dann eine Bemerkung über die Ähnlichkeit zwischen einem Leberfleck an seinem Hals und einem bestimmten Himmelskörper, sagen wir, dem Sigma Octantis, fallen ließ. Nach einem angespannten Mittagessen, bei dem niemand außer Arlene viel zu sagen gehabt hatte – sie hatte uns die Bedeutung eines jeden ihrer tibetanischen Zehringe erläutert, nicht ohne zuvor einen sandalierten Fuß auf die Tischkante zu hieven, versteht sich –, versuchte ich Dan zu einem privaten Gespräch zur Seite zu nehmen. Aber er sagte, dass er und Arlene sofort weg müssten, um sich mit der Autoversicherung zu verständigen und einen ›fahrbaren Untersatz‹ für die Zeit zu mieten, bis sie sich einen neuen Wagen kaufen können. Außerdem müssten sie, sagte er, zum Unfallort hinausfahren und ihren dort verstauten Stoff bergen. Dan stimmte aber nun doch zu, die Nacht im Haus zu verbringen. Als ich aber sagte, dann würde ich gern später mit ihm unter vier Augen sprechen, wurde er bloß wieder fahl und stammelte: Ja gut, vielleicht, wenn es sich ergibt, mal sehen.

Janet und Bill Stankie hatten beide mit dem Chef der Polizeibehörde von Edensburg gesprochen, und der hatte zugestimmt, die Maple Street tagsüber in regelmäßigen Abständen von einem Streifenwagen abfahren und das Haus zwischen Sonnenunter- und Sonnenaufgang überwachen zu lassen. Er bot auch an, Dan und Arlene bei ihren Erledigungen begleiten zu lassen, was die aber dankend ablehnten.

Nach dem Mittagessen ging ich in Tom Osbornes Arbeitszimmer und räumte mir auf seinem Lesetisch eine Fläche frei, groß genug, um für ein Stündchen am Telefon arbeiten zu können. Janet hatte von Tidy eine Anschrift ihres Bruders Tacker in Papeete ergattert. Eine Detektei in Los Angeles, mit der ich einige Male zusammengearbeitet hatte, verfügte, wie ich wusste, über Kontakte im Südpazifik und erklärte sich bereit, Tacker Puderbaugh gegen eine Gebühr ausfindig zu machen und seinen genauen Aufenthaltsort jetzt und am fünfzehnten Mai zu ermitteln.

Dann rief ich einen weiteren Bekannten an, einen Wirtschaftsjournalisten der *New York Times*, mit dem ich in den frühen Siebzigern mal eine irgendwo zwischen achtundvierzig und zweiundsiebzig Stunden währende, hektische Affäre gehabt hatte und seitdem befreundet war. Er erzählte mir, dass Crewes-InfoCom zwar als verbissen und erbarmungslos bekannt sei, von einem gewaltsamen Vorgehen ihrerseits sei ihm aber noch nie etwas zu Ohren gekommen. Ihre Einschüchterungstaktiken, bei Übernahmen wie als Arbeitgeber, bewegten sich seines Wissens im Rahmen des gesetzlich Erlaubten. Aber er würde sich mal umhören und mich dann zurückrufen. Harry Griscomb, die gute Kette, war im Medienbereich für anspruchsvollen Journalismus und ›unattraktive‹ Gewinnspannen bekannt, erfuhr ich weiter. Und ›unattraktiv‹ hieß, fragte ich, in etwa was? »Zehn Prozent statt zwanzig oder dreißig«, lautete die Antwort.

Dann machte ich einige telefonische Vorstöße in die Strafvollzugsbehörde des Staates New York. Nach einem etwa vierzigminütigen Tanz durch die Vorhölle computergesteuerter Telekommunikation – ›Drücken Sie einundvierzig, um vom Fegefeuer zur Ewigen Verdammnis zu gelangen‹ – war ich bei der zuständigen Dienststelle im

Staatsknast von Attica angelangt und konnte einen Besuchstermin bei Craig Osborne für zehn Uhr am nächsten Morgen vereinbaren.

Dan und Arlene machten sich zu ihrem Untersatz-Unterfangen auf, und Janet fuhr zum *Herald* zurück. Da Timmy und Dale sich um Ruth Osborne kümmerten und ein Streifenwagen die Nachbarschaft abfuhr, konnte ich mich den restlichen Nachmittag über in Edensburg herumtreiben. Die Stadt wirkte, wenn sie auch nicht dem optimistischen Idyll entsprach, das die Naturalisten des letzten Jahrhunderts vom kleinstädtischen Amerika zu zeichnen pflegten, noch immer verhältnismäßig wohlhabend und lebendig für das unsichere Zeitalter, in das sie hineingewachsen war. Das Kanu-Unternehmen, das sich (zumindest bislang noch) in örtlichen Händen befand und seit über einem Jahrhundert das wirtschaftliche Rückgrat von Edensburg darstellte, hatte seine Produktionsstätte nicht in die Gefilde billigster Löhne bei maximalen Stunden, ob Ciudad Juárez oder Kuala Lumpur, verlegt. Dem Unternehmen ging es sogar, wie Janet mir erzählt hatte, verhältnismäßig gut, nachdem es sein Angebot erweitert hatte und nun auch Fiberglasfertigbauteile für Jetskis, ORV und die Stoßstangen von Pritschenwagen herstellten. Der Tourismus brachte Arbeit in die Gegend, wenn auch auf den Sommer und die Skisaison begrenzt. Selbst der *Herald* wäre durchaus obenauf, wäre da nicht Stu Torkildsons Debakel mit *Schmucke Fichte* gewesen.

In Edensburgs Main Street gab es kaum Ladenflächen, die nicht ausgelastet waren. Das vierstöckige Kaufhaus war in kleinere Gewerbeeinheiten zerlegt worden – darunter ein humoristischer Buchladen, *Betty Lou's Hairport* und eine New Age-ig wirkende Bude namens *Crystals 'n' Constellation* – und der *J.J. Newberry* schien dem ›Einkaufsparadies‹ am Stadtrand zum Trotz weiterhin zu florieren. Die Schlacht darum, Wal-Mart aus dem Bezirk fern zu halten, wurde Janet zufolge beharrlich und erbittert weitergeführt. Das *Gem* auf der Main Street hatte jetzt drei Leinwände, war aber wenigstens nicht geschlossen worden. Die Titel der Filme, die gerade liefen, beinhalteten in einem Fall ›tödlich‹, in einem weiteren ›verhängnisvoll‹, und der verbleibende Titel endete mit ›des Todes‹.

Ich hatte einen Stadtplan und ein Telefonbuch von Edensburg bei mir und daher keinerlei Schwierigkeiten, den Heizölhandel von Dick

Puderbaugh ausfindig zu machen. Ich hatte gehofft, er wäre vielleicht bereit, sich ganz allgemein über die Streitigkeiten innerhalb der Osborne-Familie betreffs der Zukunft des *Herald* mit mir zu unterhalten, und dabei würde ich womöglich die eine oder andere nützliche Kleinigkeit über die Familienverhältnisse und insbesondere über den Hang gewisser Osbornes zur Gewalt aufschnappen können. Doch kaum hatte ich mich vorgestellt, ließ mich Dick Puderbaugh, ein bleichgesichtiger kleiner Mann mit einer Verzierung auf der linken Brust seines Polohemdes, die wie ein Nagetierbiss aussah, schon seine Feindseligkeit spüren. Er schnaubte, wie ehrenrührig Janets ›Bezichtigung‹, zwischen Erics Ermordung und den osborneschen Befürwortern eines Verkaufs an InfoCom gäbe es eine Verbindung, für ihn und June sei. Es sei eine ›verdammte Schande‹, dass Leute wie er und seine Frau es sich gefallen lassen müssten, dass Leute wie ich ihr ›Recht auf Privatsphäre‹ verletzten. Puderbaugh wurde nahezu hysterisch und vermochte sich kaum mehr zusammenhängend auszudrücken, also sagte ich nur: »Schönen Tag auch, Dick«, und machte mich wieder davon.

Janets Anweisungen folgend, fuhr ich die sechs Kilometer zu Parson Bates' Gamaschenmuseum und Birnenplantage hinaus. Vielleicht konnte ich mit ihm etwas über den Riss in der Osborne-Familie plaudern. Bates befand sich gerade auf einem Baum, als ich ankam. Er saß auf einem Ast vielleicht zweieinhalb Meter über der Erde. Ich ging ein paar Schritte einen Hügel hinauf in seine Richtung. Als er mich erkannte, verfinsterte sich sein Gesicht. So wie Bates da auf dem Baum hockte, wirkte er wie jemand, bei dem es keineswegs überraschen würde, wenn er einem als Nächstes erzählt, er sei gerade mit Außerirdischen unterwegs gewesen.

Stattdessen brüllte er zu mir herunter: »Ich glaube, ich wittere einen Schnüffler – oder darf ich vielleicht so frei sein, noch mal anzusetzen und es wie folgt zu formulieren: Ich glaube, ich wittere ein Stinktier.« Das leicht irrsinnige Flackern in seinen Augen verband sich mit seinem beherzt höhnischem Grinsen auf eine Art, die man vor der Psychiatriereform der späten Sechziger und frühen Siebziger außerhalb der geschlossenen Anstalten weit seltener zu sehen bekommen hatte. Er war der Typ, zu dem es passen würde, im Herzen Manhattans in der U-Bahn verhaftet zu werden, weil er seine Nase in die Ausschnitte junger Krankenschwestern steckte und dabei die Melodie von ›Heartaches‹ pfiff, doch hier in Edensburg ging er großräumig als ehrbarer Bürger durch. So viel zu der Vorstellung, die ländlich-›natürliche‹ Umgebung würde zu einem unverstellteren Urteilsvermögen verhelfen.

»Guten Tag, Mr. Bates!«, rief ich zu ihm hinauf. »Ich dachte, ich komme mal vorbei, um zu sehen, ob Sie mir etwas von Ihrer Zeit opfern. Ich würde gerne so viele Standpunkte wie möglich zu dem Konflikt über die Zukunft des *Herald* hören, und ich weiß, dass Sie dem Blatt und der Osborne-Familie seit langer Zeit eng verbunden sind.« Das schien mir als Aufhänger unverfänglich genug, doch Bates machte keine Anstalten, sich von dem Baum herabzubegeben, um mir auf gleicher Höhe gegenübertreten zu können.

»Die Zukunft des *Edensburg Herald* geht Sie nichts an«, sagte er und sah abschätzig auf mich herab. »Das ist eine Angelegenheit, die ausschließlich die Osborne-Familie betrifft. Nicht, dass Familienleben etwas wäre, wovon Sie, den mir vorliegenden zuverlässigen Informationen zufolge, viel verstünden.«

»Ach, wissen Sie, ich komme auch aus einer Familie, Mr. Bates. Und ich habe andere beobachten können. Man sieht sie ja überall. Aber auch die Osbornes, wie alle Familien, bestehen aus Einzelpersonen. Und von denen ist eine ermordet worden, und auf andere wurden Anschläge verübt. Wussten Sie, dass heute Morgen jemand versucht hat, Dan Osbornes Wagen von der Landstraße abzudrängen?« Ein kurzer Blick auf den geparkten Wagen von Bates, einen Hillman Minx, genügte, um ihn als Verdächtigen auszuschließen.

»Ja«, sagte Bates unwirsch, »mir ist bekannt, dass Dan heute Morgen seinen Wagen in einen Graben gesetzt hat. Was die genauen Umstände des Missgeschicks anbelangt – sagen wir einfach, dass seine Schwester June mir Dans Darstellung des Vorfalls übermittelt hat. Es ist aber Junes Auffassung, wie auch meine, dass Zweifel angeraten sind. Zum einen: Dan Osborne ist Marihuana-abhängig. Er und Arlene befinden sich die meiste Zeit im Rausch. Sicherheit im Straßenverkehr ist für beide ohne Zweifel ein Fremdwort. Zum anderen: Dan Osborne kann ausgesprochene Härte und Gewissenlosigkeit walten lassen, wenn er etwas durchsetzen will. In seiner Jugend – und ich meine jetzt seine tatsächliche Jugend, nicht seine spätere

Verweigerungshaltung dem Erwachsenwerden gegenüber – kam heraus, dass er einen Sprengsatz im Büro einer Antikriegs-Gruppe deponiert hatte, in der Hoffnung, dadurch den Eindruck erwecken zu können, dass das FBI die Friedensbewegung verfolgt. Schlussfolgerung: Dan Osborne ist geistig und moralisch mit Vorsicht zu genießen. Ich würde es doch für angeraten halten, zunächst den Abschluss einer eingehenden polizeilichen Untersuchung abzuwarten, bevor ich schlussfolgere, dass es sich bei dem Vorfall heute Morgen um einen Anschlag auf Dans Leben gehandelt hat. Dass er das bloß vorschützt, ist ungleich wahrscheinlicher.«

»Mir ist der Vorgang sowohl von Dan als auch von Arlene dargestellt worden«, sagte ich, »und egal was man von ihren moralischen oder sonstigen Angewohnheiten halten mag, ihre Version der Geschehnisse am heutigen Morgen klang absolut wahrhaftig.«

Von Bates kam ein erneutes Schnauben. »Und ich bin davon weiterhin nicht überzeugt. Sie kennen die beiden nicht. Dieses ganze Mordgerede ist Unsinn. Eric, der arme, wurde den Erkenntnissen der Polizei zufolge von einem durchgedrehten Serienkiller umgebracht. Und was Janets Auffassung angeht, dass sie von jemandem auf einem Jetski belästigt worden sein will, so hat sie da meines Erachtens bloß das Verhalten eines tölpeligen und schlecht erzogenen Jünglings missinterpretiert – von der Sorte gibt es heutzutage ja wahrlich mehr als genug – und darüber den Kopf verloren. Sie wissen ja, wie Frauen sein können.«

Ein Anruf bei einer alten Freundin, die bei den Lesbian Avengers in Albany aktiv war, hätte dem trägen Nachmittag von Bates inmitten seiner Birnenernte eine jähe Wendung geben können, gegen die mein Besuch ihm wie ein Freudenfest erschienen wäre, aber ich hatte Wichtigeres zu tun. »Ich war bei einem der Angriffe mit dem Jetski dabei, Mr. Bates«, sagte ich. »Mein Lebensgefährte, Timothy Callahan, wurde dabei verletzt. Der Aufprall des Jetskis hat ihm den Fuß gebrochen. Alle, die bei dem Vorfall zugegen waren – und wir waren zu viert –, sind sich einig, dass es sich um einen Mordversuch gehandelt hat.«

»Mir scheint das überaus zweifelhaft. Meiner Meinung nach haben Sie und Ihre Gesinnungsgenossen bloß gesehen, was Sie sehen wollten, weil es Ihren Vorurteilen entsprach.«

Es muss das mit den ›Vorurteilen‹ gewesen sein, jedenfalls platzte mir unvermittelt der Kragen. »Sie sind ein totaler Idiot, Bates.«

»Und Sie«, schoss er zurück, »befinden sich auf meinem Privatgrundstück und sind hier unerwünscht!«

Ich bückte mich, riss ein Löwenzahnblatt aus seiner Wiese aus und steckte es mir in den Mund. Kauend sah ich zu ihm hoch.

»Weiche von mir! Weiche von mir!«, stammelte Bates mit hochrotem Gesicht.

Ich ging.

Wenn dir einer der unbedeutenderen Kotzbrocken dieser Erde über den Weg läuft, hatte Timmys Tante Moira sich und anderen immer geraten, gibt's nur eins: Lass deine Wut raus, dann wird's besser. Timmy hatte es immer wahnsinnig gemacht, wenn Tante Moira damit aufwartete – nicht, weil es nicht oft der richtige Rat war, sondern weil er wusste, dass sie den gleichen Rat auch Mahatma Gandhi gegeben hätte. Parson Bates stellte meines Wissens keins der ernstlich folgenschweren Übel dieses Jahrhunderts dar, also hatte Tante Moiras weise Empfehlung von der Größenordnung her ziemlich gut gepasst, und es fiel nicht schwer, ihr Folge zu leisten.

Im Country Club von Edensburg zeigte Tidy Puderbaugh sich kein bisschen glücklicher mich zu sehen, als es sein Vater im Heizölkontor und Parson Bates in seinem Baum gewesen waren. Er war ein birnenförmiger, vorzeitig erschlaffter, aber makellos gepflegter Mann um die dreißig und trug eine Ripskrawatte und ein blaues Jackett. Er befand sich mitten in einem Bridgespiel mit drei ähnlich aufgemachten jungen Männern. Im Gegensatz zu seinem Vater und Parson Bates brachte ihn mein unangemeldetes Erscheinen jedoch nicht aus der Ruhe. Höflich sagte er: »Der Anwalt meiner Mutter hat mir geraten, mit Ihnen über nichts zu sprechen, das den *Herald* betrifft. Das hätte ich mir selbst als Anwalt auch geraten.« Das schien Tidy für eine geistreiche Bemerkung zu halten; er grinste verschmitzt seine Bridgepartner an, die verschmitzt zurückgrinsten.

»Die Auseinandersetzung um den *Herald*«, sagte ich, »ist nur zufällig Gegenstand meiner Untersuchung. Meine Nachforschungen gelten einem Mord und zwei oder drei Mordversuchen. Die tatsächlichen oder beabsichtigten Opfer waren alle Angehörige

Ihrer Familie. Können wir uns nach dem Spiel vielleicht kurz darüber unterhalten, Herr Anwalt?«

Den vier Bridgespielern behagte das sichtlich nicht, aber keiner von ihnen ging direkt auf mich ein. Ihre Blicke blieben fest auf ihre Karten geheftet. Tidy schien von allen der ungerührteste. Bei allen Absonderlichkeiten, die dieser Zweig des Osborne-Clans zu bieten haben mochte, die Neigung, sich leicht ablenken zu lassen oder zu verzetteln, gehörte offenbar nicht dazu.

»Nach diesem Spiel«, sagte Tidy, »habe ich ein weiteres Spiel angesetzt. Wenn Sie bei mir im Büro anrufen und mit Lillian sprechen, gibt die Ihnen einen Termin für nächste oder übernächste Woche, drüben im Büro.« Er wühlte in einer seiner Jackettaschen und wartete mit einer Visitenkarte auf, die er mir hinhielt. Ich nahm die Karte und steckte sie ein, obwohl mir eher danach war, sie zu zerkauen und dann zu verschlucken.

»Wenn es eine gewaltsame Verschwörung gibt«, sagte ich, »die darauf zielt, gewisse Osbornes, die gegen den Verkauf an InfoCom sind, aus dem Vorstand des *Herald* zu entfernen, könnte es in ein oder zwei Woche zu spät sein. Ich hatte gehofft, von eventuellen Erkenntnissen und Hintergrundwissen Ihrerseits, das für meine Untersuchung, wie indirekt auch immer, von Nutzen sein könnte, etwas eher profitieren zu können.«

Tidy zuckte leicht mit den Schultern. »Ich würde mir nicht so viele Sorgen um irgendwelche Mordkomplotte machen, Mr. Strachey. Die Geschichte, die Sie und meine Tante im Moment in Edensburg verbreiten, ist mir schon zu Ohren gekommen. Aber das einzige, was Sie erreichen werden, wenn Sie diese Scheiße in Umlauf bringen, ist, dass Sie meine Familie in Verlegenheit bringen.«

»Ich gebe mir die größte Mühe, deutlich mehr als das zu erreichen. Aber nur wenige Mitglieder Ihrer Familie lassen mir dabei nennenswerte Unterstützung angedeihen.«

Tidy starrte, statt mich anzusehen, weiterhin demonstrativ auf seine Karten und entgegnete: »Es würde mich überraschen, wenn sich das in absehbarer Zukunft ändert.«

Ich wartete ab, doch als er mich weiter ignorierte, beugte ich mich leicht über seine Schulter und sagte: »Wie schade, dass Sie Bridge spielen und nicht ›Herz ist Trumpf‹.« Dann ging ich. Ein unproduktiver Nachmittag lag hinter mir. Die Anti-Griscomb-Pro-InfoCom-Osbornes und ihre Verbündeten hatten gemauert, was das Zeug hielt. Ich beschloss, mich auf den Weg zurück in die Maple Street zu machen und Timmy und Dale und – falls sie dort sein sollten – Janet, Dan und Arlene von meinen vergeblichen Bemühungen zu berichten.

Doch als ich an der Abzweigung Richtung Summit Road vorbeikam, bog ich, einer Eingebung folgend, nach links ab und steuerte den langen Anstieg zu Chester und Pauline Osbornes Haus hinauf. Wie ich gehofft hatte, stand nur einer der beiden glänzenden Lexusse in der Auffahrt geparkt, und zwar der flussentenfarbene. Ich stellte meinen staubigen Mitsubishi daneben ab, ging hinüber zum Haupteingang des großen Hauses und klopfte. Der bronzene Klopfer machte ganz gehörigen Krach, dennoch verging eine halbe Minute, und niemand rührte sich. Ich klopfte noch einmal und wollte gerade aufgeben, als die Tür plötzlich geöffnet wurde und eine Frau vor mir stand, von der ich annahm, das ich ihren blonden Hinterkopf bei meinem Besuch am Vorabend kurzzeitig erspäht hatte.

»Ja, bitte?«

Auch sie freute sich, wie alle anderen, die ich an diesem Nachmittag aufgesucht hatte, nicht über mein Erscheinen. Die Anspannung in ihrem schmalen, sonnengebräunten Gesicht verdankte sich zum Teil ganz offensichtlich schönheitschirurgischenen Eingriffen, aber das vermochte schwerlich die Furcht in ihren haselnussbraunen Augen zu erklären.

»Hallo, wie geht's Ihnen? Ich bin Don Strachey. Sind Sie Mrs. Osborne?«

Sie trug Tenniskleidung. Aber der Gegenstand in ihrer Hand, den sie auf mich gerichtet hielt, war kein Tennisschläger, sondern ein 38er Revolver. Mit dünner, gepresster Stimme sagte sie: »Ich bin Pauline Osborne. Sind Sie der Detektiv?«

»Vielleicht ja, vielleicht nein. Was würden Sie denn gern hören?«

Sie lächelte nicht einmal. Ohne sich zu rühren, starrte sie mich eine ganze Weile an und versuchte offenbar, sich über irgendetwas schlüssig zu werden. Mir war unklar, ob das mich betraf – sollte sie mich erschießen? Mir vertrauen? Mich hineinbitten? – oder irgendwas oder irgendwen ganz anderes. Ihr Blick zeigte eine Mischung aus Unentschlossenheit und Schmerz sowie – obwohl mein Verhalten keine Spur einschüchternd war – Angst.

Schließlich sagte sie: »Sie sind der Detektiv. Ich habe Ihren Wagen gesehen, als Sie gestern Abend bei meinem Mann waren.«

»Das klingt ja«, sagte ich, »als hätten Sie sich selbst ein bisschen als Detektivin betätigt, Mrs. Osborne.« Sie verzog missmutig das Gesicht, und ich fügte rasch hinzu: »Jedenfalls bin ich in der Tat der Privatdetektiv aus Albany, von dem Sie gehört haben werden. Ich bin von Janet beauftragt, Erics Tod und Anschläge auf zwei andere Osbornes, nämlich Janet und Dan, zu untersuchen.«

»Dan auch?«, fragte sie, und ihre Augen weiteten sich.

»Heute Morgen hat jemand versucht, seinen Wagen von der Straße abzudrängen. Arlene Thurber war bei ihm, und sie wären um ein Haar einen Abhang hinuntergestürzt. Die Polizei ermittelt auch in der Sache. Es überrascht mich, dass sie noch nicht bei Ihnen waren.« Sie erstarrte. Ich fuhr fort: »Würde es Ihnen etwas ausmachen, Ihre Waffe auf etwas anderes zu richten? Ich bin ganz harmlos, und wenn Sie mich versehentlich über Ihr schönes Auto in Stücke schießen, könnte das Ihr geplantes Tennisspiel ernstlich in Frage stellen.«

Sie sah zum ersten Mal auf die 38er hinab, schüttelte sich, nahm sie runter und sah mich dann wieder an. Und plötzlich schrie Pauline Osborne aus Leibeskräften los. Ihr Gesicht wand und verknautschte sich vor Zorn, und ich konnte nur hoffen, dass keine ihrer schönheitschirurgischen Errungenschaften dabei zu Schaden kam. Dann knallte sie mir die Tür ins Gesicht. Drinnen schrie sie noch einmal, und wenige Sekunden später ein drittes Mal. Ich lauschte auf einen Schuss und erwog, die Tür einzutreten. Aber ich wartete ab, und nach fünf oder zehn Minuten stieg ich in meinen Wagen und fuhr davon. Es war kein Schuss gefallen, ich hatte nichts gehört als gelegentliches Kreischen irgendwo im Innern von Chester und Pauline Osbornes Haus. Als ich schon einen knappen Kilometer den Hügel hinunter war, war mir, als hörte ich noch einen Schrei, aber den hatte ich mir wohl bloß eingebildet.

17

Am Freitagmorgen machte ich mich auf die dreistündige Fahrt nach Attica. Erst ließ ich eine Weile das Radio laufen, doch die Berichte waren so gnadenlos trostlos – Wirbelstürme, Bosnien, Newt Gingrichs neueste Umtriebe –, dass ich mir lieber eine Betty Carter-Kassette aussuchte. Einige ihrer Botschaften waren ebenfalls trostlos, aber dank einer musikalischen Finesse, die sich durchaus mit, sagen wir, der technischen Kühnheit eines Leonardo da Vinci messen konnte, verwandelte sie gute wie schlechte Nachrichten in die akustische Entsprechung der menschlichen Fähigkeit zu fliegen. Ich kam gut voran und hätte die einsamen Stunden, die ich nun bei erhabenen Klängen unter dem weiten, wolkenlosen Augusthimmel entlangglitt, durchaus genossen, hätten nicht die Ereignisse des Vortages an mir genagt.

Die Art, wie Pauline Osborne mich an ihrer Haustür mit einer Pistole begrüßt hatte, um dann ebenso plötzlich wie grundlos – allem Anschein nach aus Zorn und Frustration – wild loszukreischen, war das eine. Ich hatte die Szene einige Stunden danach Janet, Dale, Timmy, Dan und Arlene beschrieben. Niemand von ihnen vermochte zu sagen, was davon zu halten war. Janet meinte, dass Pauline schon länger mit sporadischen Angstzuständen und Depressionen zu kämpfen habe und sich dabei vermutlich etwas zu nachhaltig auf Alkohol verließ, um vom Einkaufsbummel des einen Tages zu dem des nächsten durchzukommen. Den Eindruck, dass sie gleich durchdrehen würde, habe sie aber noch nie gemacht – noch hatte sie dem Wissen der Anwesenden zufolge je zuvor mit einer Handfeuerwaffe herumgefuchtelt. Was mochte es also mit diesem Vorfall auf sich haben?

Die andere beunruhigende Enthüllung des Vortages betraf Craig Osborne. Ich hatte Janet um Ausschnitte oder Archivmaterial vom *Herald* über den Juwelenraub gebeten, der Craig in den Knast gebracht hatte. Sie hatte die Papiere mit nach Hause gebracht, wo ich sie mir durchgelesen und mit den Angehörigen unserer bunten, etwas zappeligen Hausgemeinschaft diskutiert hatte. Ein Beamter der Edensburger Polizei wachte unterdessen in seinem auf der anderen Seite der Maple Street geparkten Streifenwagen über uns.

Osborne, erfuhr ich, war im vorangegangenen November wegen eines Raubüberfalls auf ein Luxushotel in Tarrytown, Westchester County, New York, angeklagt und verurteilt worden. Ein zweiter bewaffneter Räuber, von dem sich herausgestellt hatte, dass er als Teilzeitkraft für das Hotel gearbeitet hatte, war bei dem Überfall, der sich mitten in der Nacht zugetragen hatte, von einem Mann des Hotel-Sicherheitsdienstes angeschossen und tödlich getroffen worden. Craig war zunächst mit der Beute entwischt – einer Kiste hochwertiger geschliffener Diamanten und anderer Edelsteine. Die Juwelen waren über Nacht im Keller des Hotels verstaut gewesen und gehörten einer wohlhabenden Familie aus Kuweit, die wegen einer Hochzeit am darauffolgenden Tag im nahegelegenen Briarcliff Manor in der Gegend waren und sich in dem Hotel einquartiert hatten.

Craig hatte den Mann von der Sicherheit bei seiner Flucht erschossen. Das war der eine Grund für sein hohes Strafmaß: Lebenslänglich, nicht unter fünfundzwanzig Jahre. Der andere Grund dafür, dass der Richter das Höchststrafmaß gegen Osborne verhängt hatte, war folgender: Als Craig drei Tage nach dem Raub gefangen genommen wurde – er war bei der Schießerei am Bein verletzt worden, und eine Schwester in der ambulanten Klinik von Oneonta hatte Verdacht geschöpft und die Polizei benachrichtigt –, hatte er die Waffe, die er bei dem Raub benutzt hatte, noch bei sich, in seinem Gepäck im Motelzimmer verstaut. Die gestohlenen Juwelen jedoch waren nirgends zu finden gewesen.

An die fehlenden Juwelen hatte von den Osbornes seinerzeit niemand einen Gedanken verschwendet. Sie waren vollauf damit beschäftigt gewesen, den Schock zu verarbeiten, dass Chesters und Paulines einziger Sohn ein scheußliches Gewaltverbrechen begangen hatte. Der bewaffnete Raubüberfall selbst nahm alle ganz in Anspruch, die Sorge um die Juwelen überließ man der Polizei und der Versicherung des Hotels. Craig hatte der Polizei gegenüber wiederholt darauf beharrt, er habe die Kiste mit der Beute auf seiner panischen Flucht vor dem Hotel fallen lassen. Obwohl das Gegenteil nicht zu beweisen war – ein unehrlicher Passant mochte die Juwelen entdeckt und sich damit davon gemacht haben –, war es doch wahrscheinlicher, dass Craig die Beute einem dritten Komplizen übergeben oder mit Blick auf seine schließliche Freilassung oder eine mögliche Flucht versteckt hatte.

Jene Osbornes, mit denen ich nun am Vorabend in der Maple Street zusammengesessen hatte, hatte das alles nicht nur nicht hellhörig gemacht, ihnen war nicht einmal aufgefallen, dass der Wert der verschwundenen Juwelen aus dem Raub in Tarrytown fast genau jenem Betrag entsprach – sechzehn Millionen Dollar –, mit dem der *Herald* in der Kreide stand und aufgrund dessen die Osbornes das Blatt überhaupt zu veräußern gezwungen waren. Als ich darauf hinwies, meinte Janet, das sei ihres Erachtens nur ein blöder Zufall, und ich sollte mich doch bitte nicht auf einem derart fruchtlosen Abweg verzetteln. Falls Craig vorgehabt hätte, den Erlös des Raubes zur Tilgung der Schulden des *Herald* einzusetzen, hätte er irgendein ausgeklügeltes Hehlerei- und Geldwäschemanöver ersonnen – Craig sei schließlich gewalttätig und rücksichtlos, aber nicht blöd, gab Janet zu bedenken –, und das Geld wäre längst aufgetaucht und der *Herald* aller Sorgen enthoben. Dale, Timmy, Arlene und ich stellten ein paar Mutmaßungen darüber an, an welchen Punkten die Juwelen oder der Erlös bei einem solchen Manöver möglicherweise abhanden gekommen oder abgezwackt worden sein mochten. Da bat Dan, ihn zu entschuldigen, und enteilte in Richtung Klo.

»Ich hab mich schon gefragt, wie lange es wohl noch dauert, bis jemand mit etwas Grips daherkommt und die Verbindung herstellt«, sagte Craig Osborne. »Wir wussten überhaupt nicht, dass die verdammten Steine sechzehn Millionen wert sind. Wir sind davon ausgegangen, dass wir zwei Mal zuschlagen müssen, oder fünf Mal, oder hundert Mal, bevor wir genügend zusammen haben, um die Schulden des *Herald* bei der verfluchten Bank auslösen zu können.«

»Sie sagten ›wir‹, Craig. Sie und wer noch?«

»Ich und Cousin Dan«, sagte er und setzte ein Jack Nicholson nachempfundenes dämonisches Grinsen auf. »Bescheuerte Frage. Was haben Sie denn gedacht, wer noch?«

Craig Osborne war ein hochgewachsener und langgliedriger Mann mit knochigem Gesicht und langem, dünner werdendem strohfarbenen Haar. Seine Augen waren grau und kühl, und er hatte an einer Stelle über der Oberlippe Herpesbläschen sowie einen frischen Bluterguss an der linken Schläfe. Die Trennscheibe war trübe und so verschmiert, als sei Osbornes letzter Besucher ein Rottweiler gewesen, was es mir erschwerte, ihm viel vom Gesicht oder den Augen abzulesen. Und das, wo ich der ernüchternden Tatsache ins Auge zu sehen hatte, dass Craig in der Osborne-Familie ohnehin als notorischer Lügner Berühmtheit erlangt hatte. Gleichwohl neigte ich dazu, ihm zu glauben.

Ich hatte mich kaum vorgestellt, da begann er auszupacken. Er warnte mich gleich, dass er sich standhaft weigern werde, irgendetwas von dem, was er mir erzählte, vor Polizei oder Staatsanwaltschaft zu wiederholen, und bestreiten würde, mit mir je über etwas anderes gesprochen zu haben als die amerikanische Sackhüpfen-Liga. Doch hier saß er nun und schüttete seine Geheimnisse vor mir aus und bestätigte meine Mutmaßungen, dass Dan, der Ritter des empfindlichen Magens, tief verstrickt war in – ja, in was eigentlich genau? Es sah nach einem hektischen und unausgegorenen Versuch aus, den *Herald* mit illegalen Mitteln zu retten, der irgendwie jäh daneben gegangen war.

»Warum erzählen Sie mir das, Craig?«, fragte ich. »Sie kennen mich nicht einmal.«

»Ich weiß genug über Sie«, sagte er großspurig, »um zu wissen, dass Sie genau der Mann sind, mit dem ich reden muss.«

»Und was, bitte, wissen Sie über mich?«

Osborne legte seine kräftig geäderten Unterarme auf den Tisch und lehnte sich dichter an die Trennscheibe heran. »Dan hat mich gestern angerufen«, sagte er, »und mir von diesem extrem findigen Privatschnüffler namens Strachey erzählt. Er sagt, meine Cousine Janet und Eldon McCaslin hätten Sie angeheuert, um herauszufinden, wer Eric umgebracht hat. Wenn Sie hierher kommen, meinte Dan, soll ich Ihnen sagen, dass Sie sich verpissen sollen, denn wenn ich Ihnen irgendwas sage, hetze ich ihm die Gesetzeshüter bloß auch noch auf den Hals, womit niemandem gedient wäre, und dem *Herald* würde es auch nichts nützen. Aber wie Sie feststellen können«, sagte er mit einem spöttischen Lächeln, »sage ich Ihnen alles, was ich über diese Mordsscheiße, in die die Osbornes sich da hineingeritten haben, weiß. Und ich meine *alles*.«

»Okay.«

»Sie sind ein Glückskind, Strachey.«

»Aha.«

Das spöttische Grinsen verblasste, und er sagte kühl: »Es gäbe da einige Kleinigkeiten, die ich im Gegenzug von Ihnen erwarte. Fangen wir mit dem Einfachen an.«

»Das wäre?«

Er sah mich an und sagte: »Ich will, dass Sie rausfinden, wo die Juwelen sind. Und mir dann Bescheid geben.«

Ich sagte nichts.

Er fuhrt fort. »Nicht, dass ich sie brauche. Für Diamanten habe ich in dieser Bude voller Abschaum wahrlich keine Verwendung. Ich will's bloß wissen. Reine Neugier. Artie hätte es auch wissen wollen.«

»Wer ist Artie?«

»Artie Wozniak. Artie haben sie bei der Sache im Hotel erledigt. Artie hat's für nichts und wieder nichts erwischt. Das stinkt mir gewaltig. Ich will, dass sie 'ne Erklärung dafür finden, warum Artie wegen so 'ner Scheiße dran glauben musste.« Er sah mich an, doch sein Gesicht verriet keinerlei Gefühlsregung.

»Was sagt Dan denn dazu«, fragte ich, »wo die Steine sind? Oder ist er nicht der dritte Mann, der die Beute zuletzt hatte?«

»Klar hat Dan die Juwelen gehabt. Der ganze Überfall war überhaupt seine Idee. Er wusste immer, dass ich ein unverbesserlicher Dieb bin. Ganz Edensburg wusste das. Als wir den Bruch gemacht haben, hat Dan vom Hotel ein Stück die Straße lang gewartet. Ich hab mit Dan die Übergabe gemacht und bin dann mit meinem aufgerissenen Bein nach Oswego gefahren, wo diese scharf aussehende Schwester mich erst aufgenommen und dann reingelegt hat. Dan sollte die Steine in Edensburg irgendwo sicher verstauen, bis dieser Kubaner, den er kennt – irgendein hohes Tier beim kubanischen UNO-Büro – vorbeikommt, der die Steine gegen einen entsprechenden Anteil verticken würde. Aber irgendwas ist daneben gegangen. Und dieses Arschloch von Dan will mir nicht sagen, was. Er versucht es irgendwie in Ordnung zu bringen, sagt er. Die verfluchten Steine wären ihm abhanden gekommen, sagt er, und er reißt sich permanent den Arsch auf, erzählt er mir andauernd, um sie wieder an Land zu ziehen. Es ist ihm alles sehr peinlich, sagte er. Peinlich!

Peinlich, so ’ne Scheiße. Ich will wissen, wo die verdammten Steine sind. Darauf hab ich ja wohl ein Anrecht.«

»Vermutlich schon, ja.«

»Und wenn Sie für Janet arbeiten«, sagte Osborne beiläufig, »können Sie Dan auch dabei helfen, die Beute zu finden und sie doch noch dafür einsetzen, den verdammten *Herald* vor der Übernahme durch Arschlöcher wie Chester Osborne zu bewahren.«

Allmählich entwickelte sich die Lage zu einem heillosen Durcheinander. »Das kann ich nicht«, sagte ich. »Wenn ich die Juwelen finden würde, müsste ich sie bei der Polizei abgeben, oder bei den Besitzern oder der Versicherung. Daran ist nicht zu rütteln. Da habe ich überhaupt keinen Spielraum.«

Er warf mir einen Blick zu – einen weiteren der zwei oder drei, die er insgesamt im Repertoire zu haben schien –, der nahezu aufreißerisch wirkte, bloß war der Appetit, dem er Ausdruck verlieh, offenkundig nicht sexueller Natur. »Und ob Sie das können«, sagte er. »Und Sie werden es auch tun.« Seine Gesichtszüge verhärteten sich. »Sind Sie meinem Vater schon begegnet?«

»Ja, das bin ich«, sagte ich.

»Wollen Sie, dass das Stück Scheiße über die Zukunft des *Herald* bestimmt?« Er schwieg abwartend.

»Nein«, sagte ich.

»Dann müssen die Juwelen her und zum Einsatz gebracht werden.«

»Selbst wenn die Schulden des *Herald* bis zum Stichtag im September ausgelöst werden könnten«, sagte ich, »gäbe es noch immer eine Mehrheit im Vorstand, die beabsichtigt, den *Herald* an Harry Griscomb zu verkaufen, der das Personal und das Niveau des Blattes erhalten würde, vermutlich sogar unter Janets Leitung. Ihr Vater gehört zu einer Minderheit im Vorstand, die an den schmierigen Ranzverlag verkaufen würde, aber das kann vermutlich abgewendet werden. Insofern wird Ihr Vater nicht über die Zukunft des *Herald* zu bestimmen haben, ganz gleich, wo die Juwelen am Ende hinkommen. Ich weiß, dass Sie Ihrem Vater nicht eben zugetan sind, Craig, und kenne vermutlich auch einige der Gründe, warum Sie nicht wollen, dass er sich durchsetzt. Aber auch ohne die Steine wird Ihr Vater nicht durchkommen. Janet ist entschlossen, das zu verhindern.«

»Sie blicken's einfach nicht, Sie Idiot!«, schnappte Osborne.

»Blicke was nicht?«

Er schüttelte bedächtig mit dem Kopf. »Dan hat mir erzählt, dass jemand versucht hat, ihn mit einem Transporter zu erledigen und Janet mit einem Jetski zu ertränken. Kapieren Sie wirklich nicht, was hier läuft?«

»Dass es Anschläge auf Janets und Dans Leben gegeben hat, stimmt schon. Und allem Anschein nach zielen diese Anschläge darauf, Dan und Janet aus dem Vorstand des *Herald* zu entfernen. Das ist mir klar. Aber Janet und Dan stehen jetzt unter Polizeischutz. Ebenso Ihre Großmutter. Für ihre Sicherheit bis zur Abstimmung im Vorstand am achten September können wir garantieren. Die gestohlenen Juwelen sind jetzt nicht mehr von Belang, Craig, so sehr Sie das auch bedauern mögen.«

»Einen Dreck können Sie ihre Sicherheit garantieren«, sagte Osborne. »Chester Osborne findet schon einen Weg, Hand an Dan oder Janet oder Grandma zu legen, genauso wie er meinen Cousin Eric umgebracht hat.« Wieder warf er mir diesen Blick zu, dem nichts Brauchbares zu entnehmen war und den die übrigen Osbornes für den eines notorischen Lügners hielten.

»Ihr Vater hat Eric umgebracht? Woher wissen Sie das?«

»Er hat es mir gesagt.«

»Ach ja.«

»Im Dezember war mein Vater hier und hat das erste Mal in zehn Jahren wieder mit mir geredet. Als der Knastleiter mir erzählt hat, dass Chester hier ist, wäre ich am liebsten in den Besuchsraum und hätte ihm eine Gabel in die Gedärme getrieben. Bloß war mir klar, dass ich ihm dazu wohl nicht nahe genug kommen würde. Dann dachte ich, was für ein Unsinn, ich geh gar nicht erst hoch, um mir seine blöde Fresse anzugucken. Doch schließlich hab ich überlegt, wenn ich doch herkomme, kriege ich vielleicht was raus, was sich gegen ihn verwenden lässt. Also bin ich gekommen.«

»Verstehe.«

»Ich bin also tatsächlich hier hoch und hab mich mit dem Arschgesicht unterhalten. Was er wollte war, also, er wusste, dass Dan vor dem Überfall auf das Hotel versucht hatte, mich ausfindig zu machen. Als dann die Juwelen nicht wieder aufgetaucht sind, nachdem man mich hops genommen hatte, hat Chester zwei und zwei zusammengezählt und sich ausgerechnet, was tatsächlich passiert war. Vermutlich hab ich meine kriminelle Energie von Chester geerbt. Er hat gesagt, wenn Dan oder ich den Erlös aus dem Bruch benutzen, um den *Herald* zu retten, wird er die Bullen auf die richtige Fährte setzen und dafür sorgen, dass Dan auch am Arsch ist. Und dann hat diese widerliche alte Übelkröte – das wird Ihnen jetzt gefallen –, dann hat der gute alte Chester Osborne verlangt, dass ihm die Verfügung über die sechzehn Millionen übertragen wird. Dans Kubaner hatte einen Weg gefunden, die Steine in Venezuela zu verticken und das Geld über eine Bank auf den Caymans zurückfließen zu lassen. Chester hatte seinerseits eine Bank auf den Bahamas an der Hand, die wir nun benutzen sollten – das Geld sollte dann als Darlehen dieser Bank an den *Herald* fließen, vorgeblich, bloß wäre die Kreditvereinbarung so großzügig abgefasst gewesen, dass der *Herald* das Geld nie wirklich hätte zurückzahlen müssen. Die ganze Sache mit dem Kredit war bloß Tarnung. Die Bestimmung des Kreditdeals à la Bahamas, die Chester am allermeisten liebte, war die Festlegung, dass das Geld nur bereitgestellt würde, wenn Janet, Eric und Dan aus dem Vorstand des *Herald* verschwinden, Tidy und zwei andere Leute, die nicht zur Familie gehören, sie ersetzen und Stu Torkildson Herausgeber wird.« Osborne lächelte freudlos. »Also, Herr Schnüffler, sagen Sie selbst: Wo werde ich wohl meine Verbrechernatur her haben? Was denken Sie?«

»Ich ahne allmählich, was Sie meinen«, sagte ich. »Haben Sie den kriminellen Forderungen Ihres Vaters zugestimmt, Craig?«

Selbstzufrieden erwiderte Osborne: »Ich hab ihm gesagt, dass ihm doch wohl jemand das Hirn voll geschissen hat und er das ja wohl selber nicht glaubt. Ich hätte ihm nur zu gern die Wahrheit gesagt. Aber dann wäre Chester zu schnell an Dan drangewesen, und das hätte das ganze Projekt gefährden können. Ich hab Dan gewarnt, dass Chester Verdacht geschöpft hätte, und ihm gesagt, er soll sicherstellen, dass man die Quelle des Cayman-Kredits keinesfalls zurückverfolgen kann. Dan meinte, der Kubaner habe gesagt, die Sache sei idiotensicher, also hab ich nicht weiter nachgefragt. Mir würde ja die Genugtuung reichen, dass Chester nicht die Kontrolle über den *Herald* gewinnt, dass er den Kürzeren zieht – auch wenn ich ihm seine Visage nicht eigenhändig in die Scheiße drücken kann.«

»Aber für Ihren Vater«, fügte ich hinzu, »war die Sache damit vermutlich noch lange nicht ausgestanden.«

Er schüttelte den Kopf. »Nee, kein bisschen.«

»Er ist noch mal hergekommen?«

»Im Mai«, sagte Osborne. »Eine Woche, bevor Eric umgebracht wurde.«

»Und was wollte Ihr Vater da?«

»Nachdem die Juwelen einfach nicht an Land kamen«, sagte Osborne und sah mir weiterhin direkt in die Augen, »wurde er zunehmend sicherer, dass Dan und Eric und ich es doch waren und dass Dan und Eric irgendeinen Überraschungscoup in der Mache haben, der Chester und Stu Torkildson womöglich in letzter Minute vollends aus dem *Herald* rauskatapultiert. Das sagt ja wohl mehr als genug über die Menschenkenntnis meines Vaters – der dachte allen Ernstes, mein biederer Cousin Eric könnte bei dem Bruch mit von der Partie gewesen sein! Eric war schwul, aber trotzdem habe ich nie jemanden gekannt, der biederer war – richtige Osbornes kriegen ihren Kick scheint's aus Nüssen und Beeren und Gras und Bäumen und so 'nem Scheiß. Mein Ding ist das nicht, aber egal. Chester kommt also im Mai hier raus und riskiert eine Lippe. Er weiß, das was läuft, sagt er, und will wissen, wo die Steine sind. Bloß, da hat Dan mir schon erzählt, dass die verfluchten Juwelen verschwunden sind. Jedenfalls ist das Dans Version – die Steine sind verschwunden und er ist dabei, sie wieder zu beschaffen, sagt er. Da ich nun selbst wissen will, wo zum Teufel diese Juwelen sind, sag ich zu Chester: Frag Dan, wo sie sind. Das war natürlich genau, worauf Chester aus war. Total bekloppt von mir, das zu sagen – Eric wäre womöglich noch am Leben, wenn ich das Maul gehalten hätte, aber ich war so sauer auf Dan und auf alle anderen und schließlich war's mir einfach egal.«

»Also ist Ihr Vater zurückgefahren und hat Dan zur Rede gestellt?«

»Dan hat ihn zum Teufel geschickt«, schnaubte Osborne. »Er hat gesagt, ich würde Chester bloß verarschen, um mich dafür zu rächen, wie er mich als Kind behandelt hat.«

»Wie hat er Sie denn behandelt?«, fragte ich.

Er sah mich mit seinen toten Augen an und antwortete: »Mein

Vater hat mich bei jeder sich nur bietenden Gelegenheit verdroschen. Natürlich nur, wenn meine Mutter nicht da war. Wann immer wir allein waren, ist er auf mich los. Meine Mutter wusste Bescheid, aber sie hat es einfachheitshalber ignoriert.« Sein ausdrucksloser Blick fixierte mich.

»Dann verstehe ich, warum Sie auf Revanche aus sind«, sagte ich.

»Genau darauf bin ich aus.«

»Aber der Preis ist so hoch. Sie haben ja gewissermaßen Ihr Leben dafür eingesetzt.«

Jetzt wurde er aufgebracht. »Für wen halten Sie sich eigentlich, Adolf Freud oder was? Denken Sie, ich bin zu bescheuert, um das selbst zu blicken? Dann geb ich eben mein Leben dran, um es meinem Vater heimzuzahlen, und?«

»Hätten Sie nicht warten können, bis Sie stärker sind als Ihr Vater, und dann zurückschlagen? Das ist grob und illegal, aber Menschen in Ihrer Lage greifen mitunter zu diesem Mittel, und ab und an scheint es einen echten Unterschied zu machen.«

»Geduld ist nicht meine Stärke«, sagte er.

»Und was«, fragte ich weiter, »ist passiert, nachdem Dan Ihrem Vater sagte, das seine Mutmaßungen falsch sind?«

»Mein Vater ist zu Eric gegangen.«

»Woher wissen Sie das?«

»Das hat Dan mir erzählt. Eric rief Dan eines Tages an, sagt Dan, und erzählte, Chester wäre über ihn hergefallen und hätte ihn wegen irgendwas mit einem Juwelenraub voll gelabert und wo die verdammten Juwelen wären. Was zum Teufel Chester da gemeint haben könnte, hat Eric Dan gefragt. Dan hat Eric erzählt, das wär bloß irgend so 'n Scheiß, den ich mir ausgedacht hätte, damit mein Vater durchknallt. Also ist Eric wieder zu Chester hin, um ihm zu sagen, dass an der ganzen Geschichte nix dran ist, und mein Vater hatte mal wieder einen seiner gewalttätigen Ausraster und hat ihn umgebracht.«

Ich behielt Osborne im Auge und wartete zunächst ab, doch er saß bloß da und sah mich an, als würden wir über das GATT-Abkommen diskutieren und es sei an mir, die nächste sachdienliche Bemerkung zu machen.

»Wollen Sie damit sagen«, fragte ich, »dass Ihr Vater Eric im Affekt getötet hat, in einem Anfall von Frustration, weil Eric – ja, was? Ihn enttäuscht hat, indem er sich nicht zu dem sechzehn Millionen Dollar Juwelen-Fang bekannte, an dem er nach Überzeugung Ihres Vaters beteiligt war?«

»Das war der Auslöser«, sagte Osborne. »Chester ist von klein auf dafür bekannt gewesen, dass er Leute verdrischt. Davon muss Ihnen Janet doch berichtet haben. Die kennt die Geschichte.« Ich nickte. »Also«, sagte Osborne, »nun hat der gute alte Chester schließlich jemanden zu Tode geprügelt. Ausgerechnet Eric.«

»Und Ihr Vater hat das Ihnen gegenüber zugegeben?«, fragte ich.

»Sinngemäß, ja.«

»Wie, sinngemäß?«

»Eine Woche, nachdem Eric futsch war, hat er mir am Telefon erzählt, dass Eric das gerechte Schicksal ereilt hat, weil er versucht habe, Chester und June abzuziehen, indem er die Rettung des *Herald* mit Hilfe der geraubten Juwelen als ausschließlich sein Verdienst hinstellen wollte. Chester war immer noch überzeugt, dass Dan noch einen Trumpf im Ärmel hat, obwohl Dan da längst die Juwelen abhanden gekommen waren. Darüber hinaus, sagte mein Vater, habe Eric nur bekommen, was ihm zustand, weil er vorhatte, die Geschicke des *Herald* weiter von Hippies und Sozialisten bestimmen zu lassen, deren Zeit, so Chester, unwiderbringlich vorbei sei.«

»Das zeugt eindrucksvoll davon, wie hasserfüllt und ressentimentgeladen Ihr Vater ist«, sagte ich, »aber einem Schuldeingeständnis kommt das nicht gleich.«

»Mir reicht das als Geständnis«, sagte Osborne knapp. »Ich kenne mein Vater. Deswegen, unter anderem, erzähle ich Ihnen das ja überhaupt. Mit den Bullen kann ich nicht reden, weil die sich dann Dan schnappen. Das will ich nicht – jedenfalls noch nicht. Das hängt davon ab, was mein radikaler Cousin mit den Juwelen angestellt hat. Wenn er die Steine irgend so 'ner bekloppten Befreiungsfront der Kaffeepflücker vermacht hat – und es wäre nicht das erste Mal, dass er mit osborneschen Familiengeldern derartigen Unsinn verzapft –, dann wäre ich doch außerordentlich sauer. Aber das wird sich ja alles zeigen. Während Sie für Janet arbeiten, finden Sie einfach nebenbei mit raus, was genau aus den verdammten Juwelen geworden ist. Und der andere Gefallen, den Sie mir tun können, ist, Chester Osborne als Erics Mörder zu überführen. Damit tun Sie nicht nur mir einen Gefallen, sondern der gesamten Menschheit.«

Einen Augenblick lang saß ich schweigend da, betrachtete ihn und fragte mich, was von all dem wohl der Wahrheit entsprach und was seiner von Rachedurst angeheizten Phantasie entsprungen sein mochte.

»Haben Sie«, fragte ich, »diese Geschichte sonst noch irgendwem erzählt?«

»Nur meiner Mutter«, sagte er. »Ich hab sie Mittwoch angerufen und ihr gesagt, es gäbe da einige Dinge über ihren Mann, die sie meines Erachtens wissen sollte.«

18

Als ich kurz nach vier wieder in Edensburg war, fuhr ich direkt zu Ruth Obornes Haus. Nun, da ich endlich etwas gegen Dan in der Hand hatte – von dem ich mit ziemlicher Sicherheit annahm, dass es stimmte –, wollte ich ihn gern so schnell wie möglich zur Rede stellen.

»Er ist weg«, sagte Timmy. »Arlene auch.«

»Sie haben uns eine Nachricht hinterlassen«, sagte Dale. »Und zwar: ›Macht euch um uns keine Sorgen‹. Aber nichts darüber, wo sie hin sind und wann sie zurückkommen.«

Timmy und Dale saßen einander am Tisch auf der Veranda gegenüber. Elsie konnte ich in der nahe gelegenen Küche wirtschaften hören, und Ruth Osborne war draußen, etwa zwanzig Meter von uns entfernt, und schnippelte im Kräutergarten mit einer Schere etwas in einen Korb. Timmy und Dale befanden sich mitten in einer Scrabble-Partie und wirkten abgelenkt, ja belästigt von meinem Erscheinen.

»Wann sind sie weg?«, fragte ich.

»Sie müssen kurz nach dir losgefahren sein«, sagte Timmy. »Wir haben alle noch geschlafen. Wann bist du denn los nach Attica?«

»Halb sieben.«

»Ich bin um sieben aufgestanden«, sagte Dale, »da waren sie schon weg. Den Zettel hatten sie hier auf den Tisch gelegt.«

»Möchtest du etwas Eistee?«, fragte Timmy und deutet auf einen beschlagenen Glaskrug und ein Tablett mit Gläsern.

Während ich mich bediente, fragte ich: »Wo ist der Zettel?«

Offenbar war Dale gerade am Zug, also war es Timmy, der seinen Blick auf der Suche nach Dans Nachricht im Zimmer herumschweifen ließ. »Da.« Er drehte das Blatt Schreibmaschinenpapier um, auf dem sie ihre Scrabble-Ergebnisse notiert hatten – Dale führte mit 180 zu 167 –, und auf der andere Seite befand sich die gekrakelte Nachricht: ›Macht euch um uns keine Sorgen – Dan.‹

»Ist das Dans Handschrift?«, fragte ich.

»Ich glaub schon«, sagte Dale, ohne von ihrem Buchstabenhalter aufzusehen. »Janet hat den Zettel gesehen und nicht gesagt, dass es *nicht* Dans Handschrift wäre.«

»Hat irgendwer gehört, ob das Telefon geklingelt hat, bevor sie weg sind? Könnten sie einen Anruf bekommen haben?«

»Ich hab nichts gehört«, sagte Timmy. »Und in unserem Zimmer ist ein Apparat.«

»Bei uns auch«, sagte Dale. »Aber das hat heute den ganzen Tag bloß einmal geklingelt. Gegen Mittag, als Pauline Janet sprechen wollte.«

»War Janet hier?«

»Ja, sie ist zum Mittagessen nach Hause gekommen«, sagte Timmy. Dale und Timmy waren nun beide damit beschäftigt, hektisch die Buchstabensteinchen auf ihren Haltern neu zu sortieren.

»Hat Janet gesagt, warum Pauline sie angerufen hat?«

Während Dale gar nicht reagierte, nickte Timmy mit dem Kopf und sagte: »Nö.«

»Janet hat nicht erwähnt, ob Pauline vielleicht verstört war, weil sie gestern mit der Waffe auf mich gezielt hat?«

»Nö.«

Timmys hölzerne Krücken standen neben uns an ein Korbsofa gelehnt, und ich war versucht, mich mit einer davon zu bewaffnen und sämtliche Buchstabensteinchen vom Scrabblebrett und den Spielern in den Schoß zu fegen. Ich sagte jedoch bloß: »Seid ihr beide gar nicht neugierig zu erfahren, wie mein Besuch bei Craig in Attica gelaufen ist? Das war ziemlich aufschlussreich.«

Ohne aufzusehen sagte Timmy: »Doch, doch.«

»Ja, Donald«, sagte Dale, »aber wenn du den Schwanz vielleicht gerade noch so lange in der Hose behalten könntest, bis wir mit diesem Spiel durch sind, wäre das zu bezaubernd.«

Ich packte eine der Krücken, spielte damit, stellte sie zurück. »Das sieht jetzt vielleicht so aus«, sagte Timmy, »als hätten wir unsere Prioritäten etwas sonderbar gesetzt, aber dieses Spiel ist ungleich bedeutsamer, als es den Anschein haben mag. Jedes Wort, das Dale aufs Brett legt, bietet einen Hinweis darauf, was ich seinerzeit angestellt habe, um in ihren Augen als moralischer Abschaum dazustehen.«

»Und jedes Wort, das Timmy auslegt, zeigt seine Reaktion auf mein jeweils vorangegangenes an«, sagte Dale.

Ich sah mir das Spielbrett genauer an. Zu den Ausdrücken, die sich da in die eine oder andere Richtung auf und ab schlängelten und kreuzten, gehört unter anderem: LUEGE, KRANK, GELOGEN, WÜRG, FESSEL, KLEMM, ENTSORG, ANSTOSS, KOTAU, AAL, ABART, BETONKOPF.

»Ist ›Betonkopf‹ ein Hinweis oder eine Erwiderung?«, wollte ich wissen.

»Keines von beidem, genau genommen«, meinte Timmy. »Aber ich hab damit beim Anlegen einen dreifachen Wortwert ergattert. Und es entsprach allemal dem, was ich die ganze Zeit hatte sagen wollen.«

»Allerdings nicht den vereinbarten Spielregeln«, sagte Dale. »Als er das Wort ausgelegt hat, hat Timmy wieder einmal nicht Wort gehalten – wie üblich.«

Timmy runzelte energisch die Stirn, während Dale das Wort HAELTER an die Silbe ZU anlegte. Ich ging hinaus und über den weiten, duftenden, von Bienen umsurrten Rasen hinterm Haus in Richtung Kräutergarten. Ruth Osborne hatte einen niedrigen Korb neben sich auf den Boden gestellt. In dem Korb befanden sich acht makellose sonnengereifte Tomaten, die wohl von den Gemüsebeeten in der südöstlichen Ecke des Gartens stammen mussten. Mrs. Osborne hatte etwas Basilikum geerntet, dessen kräftiger Duft sich in der spätnachmittäglichen Hitze üppig verbreitete. Wissenschaftler, die mit der Landkarte des menschlichen Gehirns vertraut sind, sagen, dass die Zentren für den Geruchssinn und die Erinnerung nebeneinander angesiedelt sind, und Düfte darum so starke Erinnerungen auszulösen vermögen. Basilikum löste bei mir gleich eine ganze Lawine von Erinnerungen aus, alle davon angenehm. Darunter der Gemüsegarten meiner Großmutter in Phillipsburg, New Jersey, und neben ihrem Kräuterbeet ein verborgener Pfad, der durch die Büsche hindurch hinunter zum Ufer des Delaware führte. Dann die Mittagessen mit Timmy in unserer *Pensione* in Fiesoli, und so ging es, jeweils in Bruchteilen einer Sekunde, noch eine ganze Weile weiter.

»Wie das duftet«, sagte ich.

Mrs. Osborne richtete sich langsam auf. »Das ist jetzt die Jahreszeit, die ich wirklich vermissen werde, wenn ich tot bin. Es ist noch nicht einmal eine ganze Jahreszeit – bloß ein oder zwei Wochen im August, wenn die Tomaten reif sind und der Basilikum noch nicht zu welken begonnen hat und der Mais in der Gegend am süßesten ist. Was ist es doch für ein Geschenk, im August in Edensburg auf den Beinen und beieinander zu sein!«

»Es ist eine der Zeiten im Jahr«, sagte ich, »wo wir uns daran erinnern, warum wir in diesem Teil des Landes leben.«

»Naja, ich lebe in Edensburg, weil ich Tom Osborne geheiratet habe«, sagte sie, »statt einen der Knaben aus Yale, die an den Wochenenden zum Mount Holyoke hoch kamen. Wenn ich Ogden Winsted aus Philadelphia geheiratet hätte, wäre ich mit ihm ins finsterste Chestnut Hill gezogen, und niemand hätte je wieder von mir gehört. Und wenn ich den Antrag von Lew McAlister angenommen hätte, dann würde ich heute vermutlich im Kamerun den Heiden das Licht der Herrn zu bringen suchen. Es gab auch noch andere Anträge, die erwägenswert waren. Aber ich liebte Tom Osborne seit unserer Schulzeit – ›Streifenjunge‹ nannte man die Schülerlotsen damals, und ich war neu und verängstigt, und Tom hat Tag für Tag meine Hand gehalten, wenn ich auf dem Weg zur Stuyvesant-Grundschule die Third Street überqueren musste.

Ich habe Tom angebetet und mich in seiner Gegenwart sicher gefühlt, und obwohl ich ihm später natürlich in mancher Frage den Marsch blasen musste – er konnte sich dumm wie ein Laternenpfahl stellen, wenn es um die ›weiblichen Vertreter der menschlichen Gattung‹, wie er das nannte, ging –, so habe ich doch in den neunundfünfzig Jahren, die wir zusammen waren, nie aufgehört, mich auf ihn zu stützen und zu ihm aufzusehen. Wissen Sie, Mr. Donaldson, ich hab da noch mal drüber nachgedacht: Tom wollte, dass seine Asche in den Bergen verstreut wird, und ich war zu egoistisch, um die Kinder dem nachkommen zu lassen. Obwohl Tom jetzt bloß noch aus Flöckchen und Knochenspreu und was sonst noch besteht, hat die Gegenwart seiner Überreste mir doch Wohlbehagen bereitet. Aber jetzt ist mir ein ganz anderer Gedanke gekommen. Warum verstreuen wir Toms Überbleibsel nicht hier im Kräutergarten? Dann wäre er draußen an der frischen Luft, wie er das wollte. Und ich kann ihn trotzdem besuchen – das meine ich natürlich durchaus in einem etwas weiteren Sinne des Wortes – und hätte weiterhin die Sicherheit, dass Tom in meiner Nähe ist, so irrational das auch klingen mag. Was meinen Sie?«

»Ich weiß nicht recht«, zögerte ich. »Ist das denn erlaubt?«

»Ach, meinen Sie, es könnte nicht gestattet sein?«

»Bloß um ganz sicher zu sein, sollten Sie vielleicht vorsichtshalber einen Anwalt befragen, Mrs. Osborne. Und jemanden, der sich mit Düngemitteln auskennt.«

»Das sollte ich wohl.«

»Vorsichtshalber.«

»Gehört hat man ja noch nie von Leuten«, sagte sie, »die vor Gericht gezerrt worden wären wegen – wie würde die Anklage da wohl lauten? Wenn man es auf dem eigenen Grundstück macht, kann es an sich keine illegale Müllentsorgung sein. Und ein Gesundheitsrisiko kann da eigentlich auch nicht bestehen – das Feuer im Krematorium dürfte doch wohl jede bakterielle Ansteckungsgefahr beseitigt haben. Worauf könnte sich eine juristische Einwendung denn überhaupt stützen?«

Nun hatte sie mich mit dem Rücken an der Wand. »Es kann auf jeden Fall nicht schaden, nachzufragen. Womöglich bringen Sie etwas in Erfahrung, wovon wir beide nicht die leiseste Vorstellung haben.«

Ihr stand Zweifel ins Gesicht geschrieben und sie schien keineswegs überzeugt. »Naja, es ist ja nichts, was heute abschließend geklärt werden müsste«, meinte sie. »Heute haben wir alle wahrlich drängendere Sorgen. Wie kommen denn Ihre Nachforschungen voran, Mr. Donaldson? Haben Sie genügend Beweise beieinander, um Chester des Brudermordes zu überführen?«

»Ich komme voran, Mrs. Osborne, aber bislang fehlt mir ein

Beweis, auf den die Staatsanwaltschaft eine stichhaltige Anklage stützen könnte, die vor Gericht bestehen würde. Und ob Chester ein Mörder ist, da bin ich mir nicht mal so sicher.«

»Na, ich bin mir da so sicher wie nur was. Ich kenne meinen Sohn. Graben Sie mal schön weiter, und es wird Chester sein, bei dem Sie schließlich rauskommen.« Sie sagte das, soweit ich ermessen konnte, ohne jeden ironischen Unterton, es klang vielmehr nach einer ungewöhnlichen Mischung aus klinischer Sachlichkeit und untrüglichem mütterlichen Gespür.

»Chester ist für seine gewaltsamen Ausbrüche bekannt, Mrs. Osborne«, sagte ich, »aber ist er in seiner Gewalttätigkeit jemals berechnend gewesen? Von meinem Kenntnisstand her scheint planvolles Vorgehen in diesem Zusammenhang nicht zu seinen Gewohnheiten zu gehören.«

»Er war immer hintertrieben«, sagte sie nachdenklich. »Und so ungern ich es zugebe, häufig auch unehrlich.«

»Intrigantes Vorgehen im Unternehmen, selbst in der Familie, ist eine Sache«, gab ich zu bedenken. »Aber die Frage ist, hatten Sie bei den Anlässen, wo Chester zur Gewalt griff, je den Eindruck, dass er es vorausgeplant hatte?«

»Nein, es schienen immer spontane Ausbrüche zu sein. Und ich bin sicher, Mr. Samuelson, dass Sie, wenn Sie den Dingen erst auf den Grund gekommen sind, feststellen werden, dass es mit Chester und Eric genauso war. Eric hat sich geweigert, von seiner Befürwortung eines Verkaufs des *Herald* an Harry Griscomb abzurücken, und dann ist Chester auf Eric los gegangen und hat ihn diesmal dabei umgebracht.« Es war ihr anzusehen, dass der Gedanke sie schmerzte, aber sie wirkte nicht entsetzt, sondern so, als würde Brudermord nun mal zu diesen heiklen Angelegenheiten gehören, denen die Osbornes sich zu stellen hatten, wie andere Familien damit klarkommen mussten, dass es uneheliche Kinder gab oder sich jemand an der Kasse des Elternausschusses vergriff.

»Aber warum«, fragte ich, »sollten Chester und Eric sich über die geschäftlichen Belange des *Herald* auf einem Wanderweg weit außerhalb der Stadt unterhalten? Geht Chester gerne wandern?«

»Früher hat er das manchmal gemacht«, antwortete sie. »Alle Osbornes haben es mit der Natur. Selbst June, in ihrer Kindheit.«

»Sind Eric und Chester mal zusammen wandern gegangen – in den letzten Jahren, als Erwachsene, meine ich?«

»Das glaube ich nicht. Da wäre ich schon sehr überrascht.«

»Sie sind nicht das einzige Mitglied Ihrer Familie, Mrs. Osborne«, sagte ich, »das denkt, dass Chester Eric ermordet hat. Aber je mehr ich darüber nachdenke, desto schwerer fällt es mir, mir das bildlich vorzustellen – wie die beiden zufällig in den Wäldern aufeinander stoßen und eine Auseinandersetzung beginnen, in deren Verlauf Chester die Beherrschung verliert, auf Eric losgeht und ihn dabei tötet. Ebenso wenig kann ich mir vorstellen, dass der cholerische Chester sich einen Plan zurechtlegt, Eric fast anderthalb Kilometer weit in den Wald zu folgen, um sich dort an Eric heranzuschleichen und mit einer von zu Hause mitgebrachten Waffe auf ihn einzudreschen. Beides passt nicht. Nicht, dass es völlig undenkbar wäre, aber wahrscheinlich?«

Mrs. Osborne sollte in drei Tagen vor Gericht erscheinen, um sich gegen den Vorwurf zu verteidigen, dass sie geistig nicht mehr ganz beieinander war, doch an diesem Freitagnachmittag im Kräutergarten war sie absolut zurechnungsfähig und ihre Reaktion auf die Überlegungen, die ich ihr vortrug, zeugte davon, dass sie alles mühelos verstand – auch wenn sie sich offenbar meinen Namen nicht merken konnte. »Aber«, sagte sie, »warum sonst sollte Chester diese Bemerkung mir gegenüber gemacht haben, dass noch jemand dran glauben würde, um den Verkauf des *Herald* an Harry Griscomb zu vereiteln?«

»Es ist denkbar«, sagte ich, »dass Chester da bloß auftrumpfen wollte – dass er die Beherrschung verloren hat und mit irgendetwas herausgeplatzt ist, wovon er wusste, dass es Sie verletzen und ängstigen muss. Das würde durchaus zu Chester passen.«

Irritiert sagte sie: »Dann denken Sie nicht, dass Chester hinter dem Komplott steckt, das die Zusammensetzung des Vorstands manipulieren und einen Verkauf des *Herald* an Harry Griscomb unterbinden soll?«

Ich sagte ihr, dass ich der Letzte war, der Chester für über irgendeinen Verdacht – einschließlich der Möglichkeit, dass er Eric ermordet hatte – erhaben hielt, dass ich es aber ratsam fand, uns einen unbefangenen Blick auf die laufende Verschwörung zu bewahren.

Meines Erachtens seien einige der an dem Komplott Beteiligten sich über die Aktivitäten ihrer Mitverschwörer nicht recht im Klaren, und womöglich steckten nur einer oder zwei von ihnen hinter Erics Ermordung und den Anschlägen auf Janet und Dan. Ohne Craig und den Diamantenraub und Dans angebliche kriminelle Verstrickung zu erwähnen, erklärte ich Mrs. Osborne, dass sie in den kommenden Tagen auf eine Reihe von Enthüllungen über die Osborne-Familie gefasst sein müsse, die sie womöglich schockieren und enttäuschen würden.

Sie hörte sich aufmerksam alles an. »Sie verfügen jedenfalls über eine lebhafte Phantasie, Mr. Donaldson, und meine Neugierde haben Sie ganz gewaltig angestachelt. Aber meiner Erfahrung nach sind die wahrheitsgemäßen Antworten auf schwierige Fragen in aller Regel die schlichtesten. Ich hoffe, dass Sie nicht dabei sind, sich zu verzetteln, weil die meisten von uns Osbornes in unterschiedlichem Maße verrückt sind. Es wäre zu ärgerlich, wenn der osbornesche Irrsinn Sie auf Abwege leiten würde.«

Ich fragte sie, welche Osbornes genau die Verrücktesten seien, bei denen ich auf der Hut sein müsste, um nicht irregeführt zu werden. Darauf lachte sie herzlich.

19

Ruth Osborne erklärte, sie habe keine Ahnung, wo Dan und Arlene hin sein könnten, und Janet, als sie eine Stunde später nach Hause kam, zeigte sich ebenfalls überfragt. Dafür, dass Dan und Arlene in eine Falle gelockt worden wären, gab es keine Anhaltspunkte, doch waren sie nun schon über zehn Stunden unterwegs, ohne irgendjemanden von ihrem Aufenthaltsort in Kenntnis gesetzt zu haben. Janet telefonierte Dans und Arlenes sämtliche Freunde in der Umgebung durch, die ihr einfielen, aber alle gaben an, von Dan und Arlene nichts gehört zu haben. Natürlich konnten theoretisch einzelne oder alle miteinander lügen, doch wie sollten wir das überprüfen?

»Was ist mit Leber Livingston?«, fragte Dale. Wir hatten uns zu viert bei einem Bier auf der Veranda niedergelassen. Elsie hatte Feierabend gemacht, und Mrs. Osborne war ins ehemalige Arbeitszimmer ihres verstorbenen Mannes gegangen, um sich mit seinen eingeäscherten Überresten zu verständigen.

»Ist das wahrscheinlich«, sagte Timmy, »dass Dan seinen Dope-Lieferanten aufsucht, solange die Polizei so stark an ihm interessiert ist? Warum sollte er das Risiko eingehen, unnötig Aufmerksamkeit auf Leber und seine illegalen Geschäfte zu lenken?«

»›Illegale Geschäfte‹«, sagte Dale. »Das ist mal wieder Timmy, wie wir ihn lieben.«

»Es kann ja nichts schaden«, sagte Janet, »bei Leber nachzufragen. Ich sehe mal nach, ob er im Telefonbuch steht. Und dann, Don, will ich alles über deinen Besuch heute bei Craig wissen. Weltbewegende Neuigkeiten hast du offenbar keine aus Attica mitgebracht, sonst hätten wir sie ja wohl schon gehört.«

Timmy und Dale hatten ihr Scrabblespiel wenige Minuten zuvor beendet – Timmy hatte die meisten Punkte bekommen, aber immer noch nicht ermittelt, womit er sich einige Jahre zuvor Dales Zorn zugezogen hatte. Er fügte nun hinzu: »Ja, Dale und ich wollen deinen Reisebericht ebenfalls hören, Don.«

»Los, spuck's schon aus, Donald!«, meinte auch Dale.

Janet war bei den Livingstons im Telefonbuch angelangt und sagte: »Nein, kein Leber Livingston – auch kein Samuel, was ja wohl sein bürgerlicher Name ist. Einen Malcolm gibt's, und einen Robert. Vielleicht ist es einer von denen. Ich probier's mal.« Sie wählte eine Nummer. »Bin ich da bei Leber Livingston? Nein, oh, Entschuldigung, da habe ich mich wohl vertan.« Dann die zweite Nummer. »Leber Livingston? Nein, Entschuldigung, dann habe ich mich verwählt.«

»Probier die Auskunft«, sagte Dale. »Vielleicht hat Leber sich nicht eintragen lassen.«

»Bei NYNEX«, sagte Timmy, »heißt es nicht mehr ›nicht eingetragen‹, sondern das nennt sich eine ›unveröffentlichte‹ Nummer.«

»Da hat die westliche Zivilisation ja wirklich mal einen Satz nach vorne gemacht«, sagte Dale.

Janet fragte beim ›Nummernverzeichnis-Hilfsservice‹ – auch die Auskunft war in den Bereich des Innovativen avanciert – nach Leber oder Samuel Livingston, doch auch dort gab es keine Nummer, veröffentlicht oder nicht.

»Ich frage mich, ob wir die Polizei benachrichtigen sollten«, sagte Janet, »wenn Dan und Arlene bis zu einem bestimmten Zeitpunkt nicht wieder aufgetaucht sind. Was denkt ihr?«

Ich sagte, dass es meines Erachtens noch zu früh dafür sei. Schließlich habe Dan eine Nachricht hinterlassen, dass wir uns um ihn und Arlene keine Sorgen machen sollten. Dans Verschwinden hinge im Übrigen möglicherweise mit gewissen Verwicklungen zusammen, die seine gegenwärtige Lage betrafen, von denen Janet, Dale und Timmy bisher aber noch nichts wüssten. Dann erzählte ich ihnen von dem Juwelenraub und Dans krimineller Komplizenschaft.

Alle starrten mich an.

»Donald«, sagte Janet, »du verarschst uns doch jetzt?«

»Nein.«

»Ein Juwelendieb!« rief Timmy. »Heilige Mutter! Ist das zu fassen, Dan?«

Janet war weiß geworden und meinte nur: »Ich kann es mir irgendwie schon vorstellen.«

»Irgendwie?«, hakte Dale nach.

»Ich meine, es wird schon stimmen. Also naja, einerseits stimmt's wahrscheinlich schon, andererseits – Craig ist vermutlich der ausgewachsenste verdrehteste Lügner, den die Familie je hervorgebracht hat. Das muss man schon auch berücksichtigen.«

»Warum«, sagte ich, »sollte sich Craig eine derartige Geschichte über Dan ausdenken?«

Darüber dachte Janet einen Augenblick lang nach. »Ich weiß es nicht«, sagte sie schließlich. »Zwischen den beiden gab es meines Wissens nie irgendwelchen Ärger. Nicht, dass sie viel miteinander zu tun gehabt hätten, aber dass Craig speziell was gegen Dan hätte, wäre mir neu. Sie haben einfach immer sehr unterschiedliche Leben mit wenigen Berührungspunkten geführt – Dan hat den politischen und sozialen Aufstand geprobt, während Craig den asozialen Störenfried gegeben hat und schließlich straffällig wurde. Rein theoretisch ist es natürlich vorstellbar, dass Craig einen furchtbaren Hass gegen Dan nährt, weil der auf eine Art rebelliert hat, für die die amerikanische Gesellschaft immer noch eine kleine, wenn auch widerwillig zugestandene Nische diesseits des Knasts bereithält. Aber das ist bloß so 'ne Idee. Im Übrigen klingen Craigs Angaben, dass Dan an dem Raub beteiligt war – ja, dass der Plan von vornherein auf seinem Mist gewachsen war – nur zu plausibel. Dan war immer überzeugt, dass ein höherer Zweck unzulässige Mittel rechtfertigt. Das ist ein Punkt, an dem wir uns nie einig geworden sind. Damals, in den Bewegungszeiten, hat Dan, wie er mir mal gestanden hat, einige Dinge angestellt, die ihm Bundesknast eingebracht hätten, wenn er erwischt worden wäre. Mehr will ich dazu nicht sagen, aber ich denke, ihr versteht, was ich damit meine.«

Das konnten wir alle bestätigen.

»Aber wo sind dann bitte die gestohlenen Juwelen?«, fragte Janet. »Dan hat zu Craig gesagt, sie wären ihm ›abhanden gekommen‹? Was das wohl heißen soll?«

»Genau das wollte ich Dan auch fragen, aber das wird ja nun wohl nicht gehen, da er verschwunden ist. Ich glaube ja, Dan hat schon befürchtet, dass Craig mir von Dans Beteiligung an dem Raub erzählt, und das ist mit ein Grund, dass er ausgebüchst ist – Minuten, nachdem ich mich auf den Weg nach Attica gemacht hatte.«

»Und der andere Grund könnte sein«, sagte Dale, »dass er versucht, die Juwelen ausfindig zu machen und wiederzubeschaffen.«

Das sei auch meine Vermutung, sagte ich.

»Herrje!«, sagte Janet und nahm einen kräftigen Schluck von ihrem Bier.

»Das wird jetzt allmählich einfach etwas viel«, sagte Dale.

»Es kommt aber noch besser«, sagte ich.

Ich erläuterte ihnen Craigs Theorie – oder besser: feste Überzeugung –, dass Chester Osborne, nachdem er von dem Projekt Wind bekommen hatte, den *Herald* mit Hilfe des Erlöses aus dem Juwelenraub zu retten, Eric fälschlich eine Beteiligung an dem Manöver unterstellt hatte. Und dass Chester Eric umgebracht hatte, weil der sich weigerte, von Dans auf Chesters Seite zu wechseln und zu befürworten, dass die sechzehn Millionen dafür eingesetzt wurden, den *Herald* unter Chesters, Junes und Stu Torkildsons Fuchtel zu bringen. Rings um mich klappten Unterkiefer herab.

Timmy und Dale saßen noch eine Weile offenen Mundes da, doch Janet sagte rundweg: »Da stimmt was nicht.«

»Das denke ich auch«, sagte ich.

»Ich kann mir nicht vorstellen, dass Chester sich einbildet, Eric könnte an einem Raub beteiligt sein, bei dem zwei Leute umgekommen sind. Chester wusste genau, wie integer Eric war. Dan würde er das zutrauen, aber doch nicht Eric.«

»Andererseits«, erwiderte Timmy, »ist Chester der notorisch zur Gewalt neigende Bruder, nicht Dan.«

»Allerdings«, sagte Dale, »ist es Dan, der sich jedes Mal, wenn von Erics Ermordung die Rede ist, die Seele aus dem Leib kotzt. Das tut Chester nicht – oder täusche ich mich da?«

»Ist mir nicht bekannt«, sagte Janet.

»Mir auch nicht«, sagte ich. »Es kann aber sein, dass Dan gar nicht losreihert, wenn von Erics Ermordung die Rede ist, weil er den Mord begangen hat, sondern weil er weiß, wer es war. Er kann aber niemanden wissen lassen, dass er das weiß, weil der Mord irgendwie mit dem Juwelenraub-zur-Rettung-des-*Herald*-Projekt zusammenhängt. Dan kann nicht auspacken, ohne seine Beteiligung an einem Verbrechen einzugestehen, bei dem ein unschuldiger Wachmann umgekommen ist. Er ist mit Sicherheit erwachsen genug, um zu wissen, dass kein Zweck die Ermordung eines Unbeteiligten rechtfertigt. Im Übrigen mag ihm auch der Gedanke, dass sowohl der Wachmann als auch Craigs Komplize bei dem Überfall aus Dans Sicht völlig umsonst getötet wurden, besonderes Unwohlsein bereiten. Die Juwelen sind ihm irgendwie abhanden gekommen – entweder hat er sie verloren, oder sie sind ihm bei irgendeiner Übergabe gestohlen worden, oder was weiß ich –, und sind bisher von keiner Seite zur Rettung des *Herald*, egal vor welcher Kette, eingesetzt worden.«

»Klingt einleuchtend«, sagte Timmy, »aber auch wenn Dan weiß, wer Eric umgebracht hat, schließt das nicht aus, dass es Chester war. Es mag von Chester vielleicht nicht besonders schlüssig gewesen sein, Eric eine Beteiligung an dem Raub zu unterstellen, aber Chester klingt für mich nach jemandem, bei dem das irrationale Verhalten abendfüllend ist.«

»Wo«, fragte ich Janet, »befanden sich die einzelnen Angehörigen der Osborne-Familie eigentlich am Tag von Erics Ermordung? Ist das mal ermittelt worden? Wo waren Dan, Chester, June? Wo war Tidy? Von Tacker nehmen wir an, dass er auf einer Südseeinsel war, das lasse ich aber gerade überprüfen. Was ist mit Stu Torkildson? Er gehört zwar nicht zur Familie, hat aber ein denkbar unmittelbares Interesse im Zusammenhang mit der Veräußerung des *Herald*. Wo war Arlene? Pauline? Wo war eure Mutter? Wo war Dale? Wo warst du?«

»Die Polizei«, antwortete Janet, »hat uns nie danach befragt. Dazu schien seinerzeit keinerlei Anlass zu bestehen. Einige von den Leuten können wir sicher schlicht deswegen ausschließen, weil sie sich nie weiter als drei Meter in die Natur begeben würden. Pauline zum Beispiel. Die hat mich übrigens heute angerufen und war ebenfalls auf der Suche nach Dan. Sie sagte, sie müsste was mit ihm besprechen, wollte aber nicht sagen, was. Sie klang, als hätte sie ein paar gebechert, aber sie war nicht hysterisch und machte auch nicht den Eindruck, als würde sie mit Schusswaffen rumfuchteln.«

»Craig hat mir erzählt, dass er seine Mutter Mittwoch angerufen hat«, sagte ich, »um sie davon in Kenntnis zu setzen, dass Chester Eric umgebracht hat, weil der die gestohlenen Diamanten nicht rausrücken wollte. Ich denke mal, dass das der Grund für Paulines kleinen Ausraster bei meinem gestrigen Erscheinen an ihrer Haustür war. Wie hoch schätzt du die Wahrscheinlichkeit ein, dass sie Craigs lästerlichen Vorwürfen Glauben schenken würde?«

Janet sah außerordentlich skeptisch aus. »Pauline weiß am allerbesten, was für ein Lügner Craig ist und wie sehr er Chester verabscheut. Obwohl, selbst wenn sie ihm die Geschichte so nicht abnimmt, bleibt die Implikation eklig genug, um Pauline ordentlich zuzusetzen.«

»Vielleicht«, sagte Dale, »versucht Pauline auch, Dan zu erreichen, um ihn nach der Geschichte mit dem Juwelenraub zu befragen.«

»Genau«, setzteTimmy hinzu. »Vielleicht hat sie Chester ausgefragt und kennt ihn gut genug, um auf sein Leugnen nicht reinzufallen.«

Ich sagte, dass ich mich bei nächstmöglicher Gelegenheit mit Pauline Osborne unterhalten würde. Ohne Craigs brisanten Anruf zu erwähnen, konnte ich mich unter dem Vorwand an Pauline wenden, dass ich dabei war, alle Osbornes nach ihren Aufenthaltsorten am Morgen von Erics Ermordung zu befragen. Daran würden zwar alle Osbornes Anstoß nehmen, es würde sich aber auch niemand beklagen können, speziell verdächtigt worden zu sein.

»Innerhalb der nächsten achtundvierzig Stunden«, sagte ich, »werde ich versuchen, mir einen Überblick zu verschaffen, wo sich jeder einzelne Osborne zum Zeitpunkt von Erics Ermordung aufgehalten hat.

Ich werde alle Familienangehörigen überprüfen sowie Stu Torkildson und – wen gäbe es da noch? Habe ich jemanden vergessen?«

»Skeeter«, sagte Dale. »Er gehört auch zur Familie, falls deine Liste vollständig sein soll.«

»Skeeter?«, sagte Timmy. »Das ist absurd.«

»Die Polizei hat sein Alibi überprüft«, sagte ich. »Skeeter war am fünfzehnten Mai den ganzen Tag in Watertown.«

»Ja, darum kümmern die sich natürlich«, höhnte Dale. »Homophobe Ärsche.«

Timmy setzte an, zögerte, sichtlich überdrüssig, sprach dann aber doch. »Der Gedanke, dass Skeeter ein Mörder sein sollte, ist natürlich völlig abwegig, aber allgemein gesehen muss es kein Ausdruck von Homophobie sein, wenn man im Zusammenhang mit der Ermordung eines schwulen Mannes das Alibi seines Liebhabers überprüft. Wenn in diesem Land eine heterosexuelle Frau umgebracht wird, ist der Täter in beinahe der Hälfte aller Fälle der Eheman, Ex-Ehemann oder Partner.«

Dale wirkte überrascht und sagte: »Deine statistischen Beobachtungen treffen vollauf zu, Timmy. Es ist aber auch wahr, dass die meisten mir bekannten Ermittlungsbehörden bei einem Mord an einem homosexuellen Mann augenblicklich davon ausgehen, dass die Tat von einem anderen Homosexuellen begangen wurde, weil ein heterosexueller Mann jeden physischen Kontakt mit einem Schwulen, selbst mit Tötungsabsicht, stets vermeiden würde.«

Sie sah Timmy erwartungsvoll an – ich fand es nicht immer eindeutig, wann Dale ihn bloß aufzog und wann sie ihn ernstlich anging –, und er gab zurück: »Das ist nun wirklich der grösste Misthaufen unsinnigen Psychogesabbels, den du je über mir abgeladen hast, Dale. Ich bin sprachlos.«

Die Andeutung eines Lächelns flackerte kurz um Dales Mund, verschwand aber sogleich wieder. »Mal wieder sprachlos, Timmy? Wo hab ich denn das schon mal gehört?«

Timmy verzog das Gesicht und starrte Dale an, die die Lippen verkniff und zurückstarrte.

»Mich überrascht es nicht sonderlich«, sagte Janet, »dass die Polizei Skeeters Alibi für den Tag von Erics Ermordung überprüft hat – so was ist Routine. Aber meines Wissens haben sie keine Osbornes überprüft. Ich versuche gerade, mich zu erinnern, wo alle waren. Es ist an einem Montag passiert, und ich war den ganzen Tag im Büro. Der Mord hat vormittags stattgefunden, sagt die Polizei. Aber Erics Leiche war vom Weg weggezerrt und erst am späteren Nachmittag von einem Wanderer entdeckt worden. Als man mich benachrichtigt hat, war es fünf durch, wenn es nicht sogar schon auf sechs zuging. Ich weiß, dass ich bereits dabei war, mich auf den Feierabend vorzubereiten. Ich bin dann direkt zu Moms Haus gefahren, um es ihr zu sagen – was wirklich das aller-, allerschlimmste war, was ich je tun musste.

Die Bullen hatten mich auch gebeten, June, Dan und Chester zu benachrichtigen. Das habe ich getan. Ich habe sie alle angerufen – June zu Hause, Chester ebenfalls zu Hause. Ich weiß noch, dass ich es zuerst bei Chester im Büro probiert habe, aber er war an dem Tag früher nach Hause gegangen. Dan habe ich erst später erreicht. Er und Arlene waren nicht zu Hause, als ich anrief, und ich habe eine Nachricht auf dem Gerät hinterlassen, dass sie mich so schnell wie möglich bei Mom anrufen sollten. Er hat schließlich so gegen acht angerufen und war vorher – das weiß ich nicht mehr. Außerhalb der Stadt jedenfalls, das ist alles, woran ich mich erinnere.«

»Wäre es nicht an der Zeit«, sagte Dale, »die Bullen wieder an den Fall ranzulassen? Dafür werden sie immerhin bezahlt. Warum soll Don die ganze Arbeit für sie erledigen? Lass doch Bill Stankie alle Osbornes ausfindig machen und zum Verhör zitieren. Soll er sie alle einzeln auseinander nehmen und sich dann auf die Socken machen und ihre Angaben überprüfen. Das müsste die Liste der verdächtigen Familienmitglieder zügig zusammenstreichen.«

Ich erklärte, dass es wenig bringen würde, Craigs Darstellung bezüglich des Juwelenraubes zur Rettung des *Herald* oder seine Mordanschuldigung gegen seinen Vater bei der Polizei zu wiederholen, weil Craig geschworen habe, Polizei und Staatsanwaltschaft gegenüber zu bestreiten, dass er mir überhaupt irgendetwas erzählt hatte. »Ich könnte Bill Stankie vertraulich ins Bild setzen«, sagte ich, »aber viel kann er mit der Information gegenwärtig auch nicht anfangen. Chester, June oder Tidy Daumenschrauben anzulegen wird ihm aufgrund der Aussagen eines verurteilten Mörders und Juwelendiebs und notorischen Lügners jedenfalls nicht möglich sein.«

Janet, Dale und Timmy schwiegen bedrückt, als ich meine Enthüllungen mit diesem frustrierenden Zwischenfazit beschloss. Da hörten wir plötzlich einen Schrei im Haus. Auf der anderen Straßenseite stand zwar angeblich ein Streifenwagen, aber ich fürchtete sofort, ein Angreifer könnte irgendwie ins Haus gelangt sein und sich an Ruth Osborne herangemacht haben. Ich stürmte voran, und wir rannten durch die Küche – Timmy auf seinen Krücken mit einer gewissen Verzögerung – und den düsteren Flur entlang zu Tom Osbornes Arbeitszimmer.

Einen Eindringling fanden wir dort jedoch nicht vor. Ruth Osborne stand allein am Lesetisch ihres Mannes. Die Urne mitsamt dem beschrifteten Aufkleber – WILLIAM T. ›TOM‹ OSBORNE – 1911-1989 – stand auf dem Tisch. Der Deckel war abgenommen und lag neben der Urne. Mrs. Osborne stand daneben und starrte mit offensichtlichem Entsetzen in die Urne hinein. Dann sah sie zu uns auf und schrie: »Wo ist mein Mann? In dieser Urne befindet sich Maismehl! Wo ist mein Mann?«

20

Zuerst nahm ich an, dass Mrs. Osborne wieder einen Aussetzer hatte. Doch dann sah ich in den Messingbehälter auf dem Tisch, und sein Inhalt war in der Tat gleichmäßig fein gemahlen und blassgelb.

»Mom, woher willst du wissen, dass das Maismehl ist? Es sieht zwar nicht nach Knochenresten aus, aber – woher willst du wissen, *was* es ist?«, fragte Janet, die sowohl angewidert als auch ängstlich wirkte.

»Ich habe daran geschmeckt.« Mrs. Osbornes große Hände zitterten und ihre Gesichtszüge verzerrten sich vor Schmerz. »Es sah wie Maismehl aus, also habe ich es probiert, und ihr könnt mir glauben, es ist Maismehl. Aber wo ist dann Toms Asche? Irgendjemand hat Toms Asche genommen und durch Maismehl ersetzt. Warum in Himmels Namen sollte irgendjemand etwas derart Grausames tun? Ist das – ist das irgendein missratener Scherz, den jemand von euch mir gespielt hat?«

»Nein, natürlich nicht, Mom! Etwas so Abwegiges würden wir nie tun. Was wolltest du überhaupt mit Dads Asche? Ich weiß ja, dass du sie gern um dich hast, und kann das auch mehr oder weniger verstehen. Aber warum wolltest du sie dir ansehen? Wie das flockige Zeug dich an Dad erinnern soll, sehe ich nun wirklich nicht ein.«

Aufgebracht und ärgerlich erwiderte Mrs. Osborne: »Ich hatte beschlossen, die Asche draußen zu verstreuen, wie euer Vater es wollte, und wie ihr, du und Eric und Dan, immer gesagt habt, dass es sein soll. Also wollte ich euch endlich euren Willen lassen. Ich habe vorhin Slim Finn angerufen und ihn gefragt, ob es juristische Bedenken dagegen gibt, dass ich Tom in meinem Kräutergarten verstreue. Slim sagte: Nein, wenn es mir damit besser geht; nein, solange es sich in Edensburg nicht herumspricht; und noch mal nein, solange nie irgendwer erfährt, dass er sich zu dem Thema je geäußert hat. Vergesst also gleich wieder, dass ich Slim erwähnt habe.«

»In deinem Kräutergarten, Mom?«, staunte Janet. »Mom, Dad wollte, dass seine Asche von der Luft aus über den Bergen verstreut wird. Ihn jetzt hinterm Haus zu verstreuen, wäre das nicht etwas arg – sagen wir mal – *häuslich* im Vergleich zu dem, was Dad vorgeschwebt hat?«

»Mir schien das ein angemessener Kompromiss«, sagte Mrs. Osborne. »In der Ehe geht es immer um ein gegenseitiges Geben und Nehmen.«

»Wann haben Sie zuletzt in die Urne gesehen, Mrs. Osborne, und darin die augenscheinlichen tatsächlichen Überreste Ihres Mannes erblickt?«, wollte ich wissen.

Sie verzog das Gesicht und starrte an die Decke. Sich zu erinnern, war für sie stets ein Kampf, fast sah es nach körperlicher Arbeit aus. »Ein Weilchen ist das schon her«, sagte sie dann. »Ein oder zwei Jahre vielleicht. Es ist eben doch nicht so oft vorgekommen, dass ich tatsächlich den Deckel abgenommen und hineingesehen habe. Es stimmt schon, das ganze flockige Zeug sieht ziemlich nach flockigem Zeug aus und ist beim Heraufbeschwören der Erinnerung an Tom nicht übermäßig hilfreich.«

»Wer außer Ihnen, Mrs. Osborne, hat noch Zugang zu diesem Arbeitszimmer? Wer ist hier in den letzten zwei Jahren drin gewesen? So, wie es hier aussieht, wird es ja nicht allzu häufig betreten.«

»Nein, nein, es kommt kaum jemals wer in dieses moderige alte

Zimmer. Bloß ich und ab und an Elsie zum Putzen. Die Kinder, vermutlich, von Zeit zu Zeit, um sich die Bücher und Papiere ihres Vaters anzusehen. Janet, du warst natürlich hier drin – aber du hast nicht nach dem Inhalt der Urne gesehen, oder?«

»Mutter, natürlich nicht!«

»Dan kommt manchmal – und June alle Jahre mal. Junes Mann Dick vielleicht. Chester? Glaube ich nicht. Chester kommt in der Regel hinten rein, präsentiert mir in der Küche seine fuchtelnden Drohgebärden und verlässt das Haus auf dem gleichen Weg wieder.« Mehr fiel ihr offenbar nicht ein.

»Wie ist es mit Handwerkern, Mrs. Osborne«, fragte Timmy, »oder anderen Fremden? Sind in diesem Raum in den letzten Jahren irgendwelche Arbeiten an der Installation oder der Telefonleitung verrichtet worden?«

Das alte schwarze Bakelit-Telefon, die Wandleuchter und die Bogenleuchte auf dem Schreibtisch machten alle miteinander den Eindruck, als stammten sie aus der ersten Amtszeit von Roosevelt. Mrs. Osborne sagte denn auch: »Sieht es hier so aus, als wäre in den letzten fünfzig Jahren *irgendetwas* ersetzt worden? Wir hätten einiges erneuern lassen sollen – ich bin grundsätzlich für technischen Fortschritt, wenn er den Menschen Freiräume erschließt, um sich wirklich wichtigen Dingen zu widmen –, aber ich kann mich beim besten Willen nicht erinnern, dass in all den Jahren mal jemand hier gewesen wäre, um irgendwas zu reparieren oder zu ersetzen. Nein, Handwerker können es, glaube ich, nicht gewesen sein, die Toms Asche gestohlen und die Urne mit Maismehl nachgefüllt haben. Das muss schon jemand aus der Familie gewesen sein, anders kann ich mir das nicht erklären. Tidy war ab und an mal im Haus – und Tacker, bevor er sich aus dem Staub gemacht hat. Aber warum sollte einer von ihnen so etwas tun?«

»Was ist mit Eric?«, fragte Dale.

Mrs. Osbornes Gesichtszüge erschlafften. »Naja«, sagte sie, »Eric war natürlich oft hier. Er hat sich Bücher geliehen – und stets sorgsam darauf geachtet, sie auch zurückzubringen –, und er hat Toms Akten und Papiere gelesen. Er hatte gern mit Toms Sachen zu tun, genau wie ich. Eric hat seinen Vater geliebt und war so gern in seiner Nähe, und als Tom dann nicht mehr da war, war Eric gern hier drin, um seiner Gegenwart nachzuspüren. Aber warum sollte Eric Toms Asche stehlen, ohne mir etwas zu sagen, und was in Himmels Namen soll er damit angestellt haben?«

Janet sah kurz zu Dale hinüber, während Timmy mir einen knappen Blick zuwarf. »Mom«, sagte Janet, »wusste Eric, dass du manchmal tatsächlich nach Dads Asche in der Urne siehst?«

»Natürlich nicht. Das brauchte er doch auch gar nicht zu wissen. Nicht, dass er es absonderlich gefunden hätte, dessen bin ich mir sicher. Weiß der Teufel, was June gesagt hätte, oder Chester – die beiden würden sicherlich darauf herumreiten, dass es einfach zu morbide sei. Aber Eric hätte es verstanden – so wie du sicherlich auch, Janet. Und Dale natürlich. Aber wie auch immer, es gab doch gar keinen Grund, ihm zu erzählen, dass ich manchmal einen Blick in die Urne warf, also hab ich es auch nicht getan.«

»Mom«, sagte Janet, »Eric war derjenige von uns, den es am meisten verstört hat, dass du Dads Wünsche abgetan und seine Asche nicht in den Bergen verstreut hast. Weißt du nicht mehr, *wie* Eric uns immer damit in den Ohren lag?«

»Ja, er war ganz ärgerlich mit mir.«

»Monatelang ist er dich angegangen.«

»Jahrelang.«

»Er hat es als eine Art Vertrauensbruch empfunden.«

»Ja, Eric hat das alles zu einer moralischen Frage aufgeblasen. Er hielt in den Wind gestreute Körnchen für wichtiger als mein seelisches Wohlbefinden. Darüber sind wir uns nicht einig geworden.«

»Dann hat Eric die Asche vielleicht genommen«, sagte Janet, »und eigenhändig in den Bergen verstreut. Und sich dabei vermutlich gedacht, naja – was du nicht weißt, kann dir nicht wehtun.«

Mrs. Osbornes Gesicht verkrampfte sich. »Mich so zu hintergehen …«, sagte sie. »Das klingt gar nicht nach Eric.«

»Vielleicht hat er es sich so zurechtgelegt, dass nachdem du Dads Wünschen nicht entsprochen hattest, er auch deinen nicht zu entsprechen brauchte.«

Verletzt sagte sie: »Aber ich bin nicht tot.«

Janet stieß einen tiefen Seufzer aus. »Du hast Recht, Mom. Eric hätte so was nie tun dürfen, ohne es dir wenigstens im Nachhinein zu gestehen, damit du nicht eines Tages die Urne öffnest und dieses – dieses Zeug darin vorfindest. Das ist indiskutabel.«

»Nun ja«, sagte Mrs. Osborne, »was geschehen ist, ist nun mal geschehen. Falls es sich tatsächlich so zugetragen hat. Lässt sich irgendwie mit Sicherheit feststellen, ob es Eric war, der die Asche genommen hat? Das müsste ich schon wissen, schon um meines eigenen Seelenfriedens willen. Eric kann ich verzeihen, natürlich, aber ich muss schon wissen, was genau aus den Überresten meines Mannes geworden ist.«

»Bezüglich der Asche«, sagte ich, »kann ich, glaube ich, einige Nachforschungen anstellen, Mrs. Osborne. Im Übrigen besteht möglicherweise sogar ein direkter Zusammenhang zwischen dem rätselhaften Verschwinden der Asche und einem weiteren sonderbaren Verlust, mit dem ich mich befassen wollte.« Janet sah mich erst ausdruckslos an, nickte dann aber. Sie hatte begriffen. Auch Dale und Timmy ging nach kurzem Zögern ein Licht auf.

»Ich werde den Ergebnissen Ihrer Untersuchung voll gespannter Ungeduld entgegen sehen, Mr. Strachey. Jedenfalls werde ich die Asche meines Mannes vorerst wohl schwerlich in meinem Kräutergarten verstreuen können. Aber ich werde in Kürze etwas Mais und Tomaten auf den Tisch bringen und habe auch noch gegrilltes Rindfleisch im Gefrierschrank. Das kann ich schnelltauen und aufwärmen. Sind alle mit frischem Maismehlbrot dazu einverstanden?«

»Ach«, sagte Janet, »mach dir doch nicht die Mühe mit dem Maismehlbrot, Mom. Ich besorge uns einfach ein paar Sauerteigbaguettes.« Die allgemeine Erleichterung, die sich daraufhin im Raum ausbreitete, war deutlich spürbar.

21

»Wir haben uns noch gewundert«, erzählte Skeeter, »dass Mr. Osbornes Überreste so glitzerten. Es war kurz nach Sonnenaufgang am ersten Sonntag im April. Der Pilot hat noch eine Runde gedreht, nachdem Eric die Urne durch das Seitenfenster des Fliegers ausgeleert hatte, und alle haben gesagt, hey, seht mal, wie die Asche von

Mr. Osborne im Sonnenlicht schimmert und glitzert. Was für ein Anblick!«

Timmy und ich saßen neben Skeeters Bett im Krankenhaus von Albany. Janet und Dale waren bei Mrs. Osborne geblieben, wo sie von zwei Edensburger Polizeibeamten bewacht wurden, einem vor dem Haus, einem dahinter.

Skeeter war seit sechsundneunzig Stunden von dem Mittel runter und hatte seinen Verstand weitgehend zurückerlangt. Er erholte sich, wie er sagte, zügig von der Lungenentzündung mitsamt ihren Komplikationen und ging davon aus, dass er das Krankenhaus in ein oder zwei Tagen würde verlassen können. Einige von seinen und Erics Freunden aus Edensburg hatten sich seiner angenommen und beabsichtigten ihn bei sich zu Hause unterzubringen, bis er wieder richtig auf die Beine kam. Skeeter hatte Gewicht verloren, kam aber zu Kräften und hoffte, dass er in einigen Wochen seine Arbeit bei der Forstbehörde würde wieder aufnehmen können. Als wir ihm von dem Raubüberfall auf das Hotel erzählten und erklärten, dass Dan die gestohlenen Juwelen mit ziemlicher Wahrscheinlichkeit in der Urne unter Tom Osbornes Asche versteckt hatte, war Skeeter zunächst sprachlos gewesen. Dann fiel ihm ein, wie die Asche im Sonnenlicht gefunkelt hatte. Er fügte hinzu: »Herrje, ob Eric was davon gewusst hat?«

Ich sah Timmy an, der neben Skeeter saß und dessen große, behaarte Hand hielt. Timmy erwiderte meinen Blick, dann schauten wir beide zu Skeeter.

»Woher hätte Eric wissen sollen, dass Juwelen in der Asche waren?«, meinte ich.

»Keine Ahnung. Ich schätze auch, dass er es mir gesagt hätte, wenn er gewusst hätte, dass da was Wertvolles drin war. Alles wirklich Wichtige haben wir einander immer erzählt. Obwohl, vielleicht wollte Eric mich vor belastenden Kenntnissen bewahren, die mich der Forstbehörde gegenüber hätten in Verlegenheit bringen können. So was hätte Eric schon für mich getan.« Skeeters Stimme gab nach, und erneut überschattete Trauer seine Gesichtszüge.

»Ihr beide wart wirklich ein großartiges Gespann«, sagte Timmy. »Es tut mir so Leid für dich, dass du Eric verloren hast, Skeeter.«

»Eric war die große Liebe meines Lebens«, sagte Skeeter mit zitternder Stimme. »Bis ich Eric kennen gelernt habe, hatte ich keine Ahnung, wie stark und konkret die Liebe zwischen zwei Männern sein kann. Wenn ich Eric nicht begegnet wäre, hätte ich womöglich mein ganzes Leben gelebt, ohne jemanden zu lieben oder von einem anderen Mann wirklich geliebt zu werden.«

Timmy errötete etwas und drückte Skeeters Hand. »Oh.«

»Na, wilden Sex, den gab's natürlich schon vor Eric«, sagte Skeeter. »Und ich würde nicht behaupten wollen, dass ich darauf nicht abgefahren bin. Meistens jedenfalls. Aber das hat mir irgendwann einfach nicht mehr gereicht. Und da hab ich Eric kennen gelernt. Himmel, was hatte ich für ein Glück, dass ich auf ihn gestoßen bin.«

Timmy ließ Skeeters Hand los und fragte: »Wo habt ihr euch überhaupt kennen gelernt?«

»In einem Gebüsch in Albany. Im Washington Park, um genau zu sein«, sagte Skeeter schmunzelnd.

»Wie romantisch.«

»Das war es wirklich«, sagte Skeeter und grinste durch seinen mittlerweile üppigen Bartwuchs. »Im Winter war's nicht so toll, aber diese Sommernächte, die waren manchmal wirklich hinreißend.«

»Timmy und ich sind einander unter ziemlich ähnlichen Umständen begegnet«, sagte ich. Timmy lächelte milde.

»War Don deine erste große Liebe?«, fragte Skeeter.

Timmy starrte ihn an, und seine Unterlippe begann zu zucken.

»Nein«, sagte ich, »es war weder für Timmy noch für mich die erste große Liebe, aber es ist dann die tiefgehendste und beständigste daraus geworden.«

»Das ist wohl wahr«, sagte Timmy.

Während Timmy nachdenklich schwieg, erklärte ich Skeeter, ich ginge davon aus, dass Erics Ermordung mit den abhanden gekommenen Juwelen zusammenhing, die es den Osbornes ermöglichen sollte, den *Herald* zu erhalten.

»Verdammt, ja, klar, so muss es gewesen sein!« rief Skeeter. »Aber wer außer Dan und Craig konnte denn annehmen, dass Eric seinerseits von den Juwelen wusste – falls er davon wusste. Oder meinst du ...« Seine Augen verfinsterten sich. »Denkst du, Dan könnte etwas mit Erics Ermordung zu tun haben?«

Das wüsste ich nicht, sagte ich, und dass Dan verschwunden sei und ich ihn darum nicht befragen könne.

»Dan ist launisch und ein bisschen unheimlich«, meinte Skeeter, »aber dass er jemandem etwas antut, kann ich mir nicht vorstellen. Und schon gar nicht Eric. Sie waren zwar verschieden, aber auf ihre Art haben sie sich überraschend gut verstanden. Und dass Dan irgendwie hinter den Anschlägen mit dem Jetski auf Janet steckt, kann ich mir schon gar nicht vorstellen. Und wenn jemand tatsächlich versucht hat, Dan und Arlene von der Klippe zu stürzen, ist hinter denen ja wohl auch wieder jemand her. Es sei denn, sie haben das vorgetäuscht. Was allerdings, so viel hat Eric mir erzählt, durchaus dem entsprechen würde, wozu Dan in seinen Anti-Vietnam-Tagen imstande war.«

Ich berichtete Skeeter, dass wir in Arlene wohl zumindest eine verlässliche Zeugin für den Vorfall auf der Landstraße hatten. Dann gab ich Craigs Theorie zum Besten, nach der Chester im Glauben, dass er in dem Juwelenraub mit drinhing, Eric umgebracht hatte, als der seine Beteiligung abstritt und sich weigerte, den Erlös an die konservative Fraktion der Osborne-Familie auszuhändigen.

Skeeters Gesichtszüge verzerrten sich, und er ruckelte ärgerlich im Bett herum. »Chester! Der Wichser! Das könnte schon sein.«

»Craig glaubt fest daran«, sagte ich, »aber das ist die Mutmaßung eines Sohnes, der seinen Vater offenbar von klein auf verabscheut und nicht sonderlich objektiv ist.«

»Aber Chester war immer gewalttätig. Die Geschichten müssen dir doch zu Ohren gekommen sein.«

Ich wies Skeeter darauf hin, dass Chesters Ausbrüche immer spontan und unvorhergesehen gewesen waren, und fragte: »Ist es wirklich denkbar, dass er draußen wandern war und dort zufällig auf Eric gestoßen ist? Oder gar dass er mit Eric wandern war?«

Skeeter schüttelte abweisend den Kopf. »Meines Wissens war Chester seit Jahren auf keinem Wanderweg mehr. Es gibt Familienbilder von ihm in den Wäldern, als Kind, aber bloß, weil er damals keine Wahl hatte. Chester war ein Osborne, also musste er in die Natur. Aber sobald er selbst bestimmten konnte, zog er den Country Club vor.«

»Skeeter«, fragte Timmy, »hältst du es für denkbar, dass Eric bei dem Projekt mit dem Juwelenraub mit von der Partie war? Nicht, dass er gewollt hätte, dass jemand umkommt, natürlich. Aber womöglich hatte Craig ihm und Dan versprochen, dass bei dem Überfall niemand zu Schaden kommen und es sich dabei insofern um eine idiotensichere Methode handeln würde, den *Herald* davor zu bewahren, in die Hände von InfoCom zu fallen – und Eric war dann naiv genug, ihm zu glauben.«

»In wessen Hände, bitte?« Skeeter wirkte vollends entgeistert.

Timmy nötigte sich ein knappes Lächeln ab und erklärte: »Zwei Ketten, zwei Zeitungskonzerne konkurrieren im Moment um den Erwerb des *Herald*. Die eine ist die gute Kette, die andere die schlechte.« Skeeter blickte nur fragend drein, und Timmy fuhr fort: »Die eine ist ein Jungfernkranz – was für aufgeklärter, sozialer, ökologischer orientiert steht –, die andere sozusagen ein Würgeband, also ausschließlich auf Profit orientiert und ökologisch und sozial in jeder Hinsicht völlig indifferent. Kein geringerer als du, Skeeter, hat uns auf diese Situation aufmerksam gemacht und auf die Möglichkeit hingewiesen, dass eine der Fraktionen in diesem Konflikt unter den Osbornes um die Zukunft des *Herald* ein Mordkomplott ersonnen haben könnte, das hinter Erics Tod steckt und infolge dessen Janet bis zur Tagung des *Herald*-Vorstands im kommenden Monat in ernstlicher Gefahr schwebt.« Timmy fummelte an den beiden Krücken herum, die an Skeeters Bett lehnten – seinen eigenen. Einen Moment lang dachte ich, er wollte eine davon packen und Skeeter damit schlagen, doch er unterließ es. »Du hast unter nachhaltigem Medikamenteneinfluss gestanden«, sagte er, »als du Don und mir Dienstag Abend deine Befürchtungen dargelegt hast, Skeeter. Also sind dir die Details wohl entfallen.«

»Allerdings, das kann man wohl sagen«, sagte Skeeter und wirkte peinlich berührt. »Ich kann mich dunkel erinnern, dass du mit Don am Dienstag, oder wann immer das war, hier gewesen bist. Und obwohl ich ziemlich neben der Spur war, weiß ich auch noch, dass du am, ja, das war dann wohl Mittwoch, mit Janet vorbeigekommen bist, Timmy, und erzählt hast, dass du dich mit Don zusammen in der Familie nützlich machst. Und auch, dass du, Don, einige Nachforschungen aufgenommen hast. Hey, das ist wirklich nett von euch. Wir sind euch alle sehr dankbar. Und Timmy, ich möchte, dass du weißt, dass es wirklich schön ist, wieder mit dir in Kontakt zu sein. Seit meine Alten nach Arizona gezogen sind, krieg ich kaum noch was von Leuten aus der Zeit in Poughkeepsie mit. Und du warst mir einer meiner liebsten Mitschüler an der Highschool. Es ist wirklich großartig, dich zu sehen.«

Timmy war sein bemühtes Lächeln kaum noch anzusehen. »Ich freue mich auch«, sagte er, »dich zu sehen, Skeeter.«

Skeeter hatte uns den Namen des Flugdienstes gegeben, auf den Eric zurückgegriffen hatte, um die Asche seines Vaters über den Bergen zu verstreuen. Während wir nach Edensburg zurückfuhren und von dort zum Flughafen, sprach Timmy auf den ersten rund fünfzehn Kilometern kein Wort.

»Ich glaube«, sagte ich schließlich, »dass er mich bloß schonen wollte – naja, uns beide eigentlich. Möglicherweise nimmt er an, dass du mir nie erzählt hast, dass das mit euch beiden mal eine ganz heiße Sache war.«

»Das«, sagte Timmy mit einiger Verzögerung, »halte ich für ziemlich an den Haaren herbeigezogen.«

»Warum? Manche Leute sind sehr diskret, wenn es um ihre Vergangenheit geht.«

Wieder fuhren wir anderthalb Kilometer, ehe er etwas sagte. Dann: »Hab ich mir das womöglich alles bloß eingebildet? Leide ich an Wahnvorstellungen? Oder hatte ich seinerzeit an der Highschool Wahnvorstellungen? Vielleicht hat die ganze zweijährige Orgie mit Skeeter sich bloß in meinem Kopf abgespielt. Nichts als qualvolles, von Schuldgefühlen beladenes Wunschdenken.«

»Wohl kaum, wenn man danach geht, was Skeeter erzählt hat, als ihn am Dienstag die kleine Überdosis geritten hat«, sagte ich. »Das Medikament scheint bei Skeeter wie ein Wahrheitsserum angeschlagen zu haben, und in der Situation hat sich ihm eure Beziehung ja wohl allenfalls als zu real dargestellt.«

»Das Mittel kann wie ein Wahrheitsserum gewirkt haben, es könnte ihn aber auch bloß vorübergehend irrsinnig gemacht haben, und kein Wort davon war wahr.«

»Timothy, ich kann ja verstehen, dass dich die Situation verunsichert und verwirrt, aber vergiss nicht, dass Skeeter im Moment der wahrscheinlichere Kandidat für Wahnvorstellungen ist als du. Den deftigen Schlag mit Steroidkloppern hat *sein* Gehirn abbekommen, nicht deins. Und im Übrigen, so ungern ich das sage, wir könnten es auch mit einsetzender HIV-bedingter Demenz zu tun haben. Dass von euch beiden gerade du es sein sollst, der sich die Vergangenheit bloß einbildet, scheint mir äußerst unwahrscheinlich.«

Timmy schüttelte heftig den Kopf, als wollte er einen Gletscher abschütteln. »Ach, ich weiß nicht«, stöhnte er und sackte in seinem Sitz zusammen.

»Also«, sagte ich, nachdem wir weitere anderthalb Kilometer die nördliche Ausfallstraße entlanggerast waren, »wo ist denn nun Skeeters Muttermal?«

Timmy ruckelte einen Augenblick lang herum, setzte sich dann auf und starrte mich an. »Woher weißt du das denn?«

»Skeeter hat es Dienstag Abend erwähnt, als du gerade nicht im Zimmer warst. Er hat erzählt, dass sein Muttermal dir dereinst ganz gewaltiges Gefallen bereitet hat, bloß wo es nun eigentlich ist, hat er nicht kund getan. Also?«

Timmy grinste. »Dann bin ich wohl doch nicht verrückt.«

»Natürlich nicht. Hast du das etwa ernsthaft angenommen?«

»Nein. Aber verwirrt bin ich schon, darum ist es hilfreich, dass du mir einen stichhaltigen Beweis lieferst, dass ich nicht halluziniert habe. Also haben die Dinge sich doch so abgespielt, und Skeeter ist derjenige, der das Gedächtnis verliert. Armer Skeeter.«

»Wo ist es denn nun?«

»Das Muttermal?«

»Das Muttermal.«

»Auf dem Rücken seines Schwanzes. Wenn er schlaff ist, hat das Muttermal keine konkret bestimmbare Form. Aber wenn Skeeter eine Erektion hat, nimmt das Muttermal haargenau den Umriss des Staates von North Carolina an. Vorausgesetzt, man könnte den Staat auf der Landkarte hochklappen, natürlich.«

»Dass du dir so was merken würdest, hätte ich mir denken können. Kommt Skeeter ursprünglich aus dem Süden?«

»Nein, er wurde in Poughkeepsie geboren und ist einen guten Kilometer von unserem Haus entfernt aufgewachsen.«

»Ich wette, dass die McCaslins ursprünglich aus Dixie stammen.

Oder wie willst du dieses erstaunliche Phänomen erklären? Meines Erachtens sollte Skeeter ein Foto seiner Erektion mit Widmung an Jesse Helms schicken.«

»Also«, sagte Timmy kurz darauf, »wenn ich gar nicht die Hälfte von Skeeters Erwachsenendasein auf dem Gewissen habe – oder falls doch, er es längst vergessen hat, dann hätte ich dich – hätte ich uns beide ja gar nicht in diesen ganzen mörderischen und intriganten Osborne-Sumpf hineinzuzerren brauchen. Ich hätte mich da gar nicht hineinziehen und mir den Fuß brechen lassen müssen. Ich müsste mich von Dale Kotlowicz gar nicht jedes Mal, wenn ich mit der rücksichtslosen, unnachgiebigen und sarkastischen Dreckschleuder im selben Raum bin, beleidigen und verächtlich machen lassen.«

»Da ist was dran, Timmy, aber ich gehe davon aus, dass deine Haltung zu Dale sich ändern wird, wenn das mit deinem angeblichen Vergehen endlich geklärt ist. Es kann sich doch nur um ein Missverständnis handeln. Also, willst du mich jetzt vom Osborne-Fall abziehen? Bin ich gefeuert? Sollen wir an Edensburg vorbeifahren und geradeaus durchbrettern bis nach Montreal zu einem faulen Wochenende mit Jazz und französischem Essen und nachmittäglichem Flanieren am Wasser?«

»Natürlich nicht. Mensch, Janet verlässt sich jetzt doch auf uns. Und Mrs. Osborne. Und – und noch andere Leute.«

»Dale.«

»Ja, Dale auch. Dale, Dale, Dale, Dale.«

Er ruckelte erneut auf seinem Sitz herum, mühsam darauf bedacht, mit seinem Kopf nicht an seine Krücken zu stoßen.

Ich hatte von Albany aus schon beim Eden County-Flugdienst angerufen. Der Pilot, der Eric und Skeeter im April mit hochgenommen hatte, um Tom Osbornes Asche über den Adirondacks zu verstreuen, war den Tag über nicht da, weil er einen Geschäftsführer aus der Kanuindustrie nach Rochester und zurück zu befördern hatte. Er würde erst kurz vor Mitternacht wieder da sein, hieß es, also hatten Timmy und ich Zeit, uns vor unserem spätabendlichen Treffen mit dem Piloten in einem Imbiss in der Nähe des Edensburger Flughafens ein Sandwich zu genehmigen.

Der Pilot war ein ruhiger, aber sichtlich aufgeweckter Mann, der auf die dreißig zuging. An Eric und Skeeter konnte er sich gut erinnern – dem Namen nach kannte er die Osbornes natürlich seit Jahren –, und als ich ihm erzählte, dass ich in Janets Auftrag ermittelte, versicherte er mir, wie sehr er sie und den *Herald* respektiere und schätze, und berichtete mir dann alles, was er über den Ausflug im April noch wusste.

An das ›Glitzern‹ der kurz nach Sonnenaufgang am vierten April zu den Wipfeln hinabgleitenden Asche konnte der Pilot sich gut erinnern. Er hatte zuvor bereits dreimal für andere Trauernde solche Aufträge übernommen, die Asche aber noch nie funkeln sehen, sagte er. Seines Erachtens seien Skeeter und Eric von dem eindrucksvollen Glitzern so überrascht gewesen wie er selbst. Außerdem erzählte uns der Pilot auf meine Nachfrage hin, dass Dan Osborne – etwa einen Monat, nachdem die Asche verstreut worden war – den Pilot ausfindig gemacht, nach der Asche gefragt und schließlich dafür gezahlt hatte, zu genau der Stelle geflogen zu werden, wo die Asche aus dem Flieger geworfen worden war.

Das hatte der Pilot auch getan und auf Dans Bitten hin außerdem noch auf einer topografischen Landkarte den Bereich markiert, wo die Asche vermutlich niedergegangen war. Aufgrund der vergleichsweise niedrigen Flughöhe von vielleicht fünfhundert Metern und des ruhigen Wetters an jenem Tag konnte das mutmaßliche Areal, in dem die Asche gelandet sein mochte, auf rund fünf Quadratkilometer eingegrenzt werden. Dan hatte dem Piloten gesagt, dass er aus ›sentimentalen‹ Gründen am Verbleib der Asche interessiert sei. Für den Piloten hatte keinerlei Anlass bestanden, das zu bezweifeln. Nun versorgte er mich mit einer Karte, die das Areal auswies, das er auf Dans Bitten hin markiert hatte. Es lag gut fünfzehn Kilometer westlich von Edensburg.

22

Es war fast ein Uhr nachts, als Timmy und ich wieder in der Maple Street ankamen. Während die restliche Nachbarschaft im Dunkeln lag, war das osbornesche Haus hell erleuchtet. Vor dem Haus stand ein Streifenwagen geparkt, man konnte auf den vorderen Sitzen zwei Beamte ausmachen. Vor ihnen auf dem Armaturenbrett standen Styropor-Kaffeebecher. Drinnen angekommen stellte ich zu meiner Erleichterung fest, dass es Mrs. Osborne gut ging und sie schon im Bett war, während Janet und Dale ebenfalls wohlbehalten, aber noch auf waren. Dale wollte ich für eine Expedition früh am nächsten Morgen zu den bergigen fünf Quadratkilometern westlich von Edensburg einspannen. Dort, da war ich mir sicher, würden wir Dan antreffen, wie er den Wald nach Juwelen im Wert von sechzehn Millionen Dollar durchkämmte. So konnten wir unser Wissen über Dans Beihilfe bei einem schweren Verbrechen einsetzen, um von ihm einige Antworten auf Fragen zu bekommen, die den Verkauf des *Herald*, Erics Ermordung und Dans überempfindlichen Magen betrafen.

Ich traf Janet und Dale jedoch nicht alleine auf der Veranda an. »Don, Timmy, ich möchte euch Lee Ann Stasiowski vorstellen«, sagte Janet und deutete auf eine Frau, die ich am Vortag schon kurz zu sehen bekommen hatte, als sie ihren Kopf durch Janets Bürotür steckte, um Dales Nachricht zu übermitteln. Lee Ann war eine winzige Frau mittleren Alters mit haselnussbraunen Augen und einem ergrauenden blonden Kurzhaarschnitt. In einer Hand hielt sie einen Notizblock, in der anderen eine Flasche Sam Adams. Sie hatte, wie Janet uns erklärte, einst für die Polizei- und Kriminalberichterstattung des *Herald* verantwortlich gezeichnet, schrieb jetzt aber über Wirtschaftsthemen. Lee Ann war es in den letzten Monaten auch zugefallen, über die finanziellen Schwierigkeiten des *Herald* selbst und den anstehenden Verkauf an einen Verlagskonzern zu berichten – überwiegend in dezenten Andeutungen, versteht sich.

»Und nun«, sagte Janet, »ist es an der Zeit, dass Lee Ann einen Bericht über die jüngsten Entwicklungen verfasst – also über die Anschläge auf das Leben jener Osbornes, die für einen Verkauf an Griscomb sind, und die sich abzeichnende Verbindung zwischen dem Verkauf des Blattes und Erics Ermordung.«

»Von dem ganzen wilden Kram zu hören«, sagte Lee Ann, »hat mich ganz schön umgehauen. Naja, umgehauen, aber nicht unbedingt überrascht.«

Mir schien dieses journalistische Unterfangen so voller Sendungsbewusstsein etwas voreilig. »Ich weiß nicht«, sagte ich, »soll das für die Sonntagsausgabe sein oder am Montag kommen?«

»Später erst«, sagte Janet. »Wir würden es irgendwann nächste Woche bringen oder vielleicht in der Woche drauf – wann immer Lee Ann alles zusammen hat, einschließlich, wer zu guter Letzt wegen Mordes und/oder versuchten Mordes verhaftet wird.«

»Im Moment«, sagte Lee Ann, »sammle ich vor allem die Hintergrundfakten, die ich im Wesentlichen von Janet und Dale geliefert kriege. Außerdem nutze ich – auf Janets ausgezeichnete Anregung hin – Ihre Arbeit an dem Fall, Don, als Vorwand, um verschiedene Angehörige der Osborne-Familie hinsichtlich Erics Ermordung auszuquetschen. Jedem Osborne, dessen ich habhaft werden kann, erzähle ich, dass mich, wo nun ein Privatdetektiv auf sie angesetzt ist, dessen Aktivitäten ebenso sehr interessieren wie jedwede mögliche familiäre Verwicklung in Erics Tod. So können die sich über Sie auslassen – und glauben Sie mir, das tun die nur zu gern –, und gleichzeitig kann ich sie fast beiläufig danach befragen, wo sie sich am Morgen von Erics Tod eigentlich aufgehalten haben und ob sie nötigenfalls ein Alibi vorzuweisen hätten.«

»Raffiniert, was?«, meinte Dale.

»Ganz schön geschickt«, sagte Timmy. »Clever, Janet.«

»Das war Dales Idee«, sagte Janet. »Chester und June sind natürlich am Toben. Und Stu Torkildson hat mich vor ein paar Stunden angerufen und gesagt, es käme ihm natürlich nie in den Sinn, sich in redaktionelle Belange einmischen zu wollen, und wenn er es täte, würden mindestens drei Osbornes sich ohne Frage im Grabe umdrehen. Aber er wolle doch zu bedenken geben, so Stu in seiner öligen, unbestimmt drohenden Art, dass Lee Anns Nachforschungen an diesem Punkt InfoCom oder Griscomb oder sonstige mögliche Käufer womöglich verschrecken könnten und die Familie dann vollends in der Patsche sitzen würde.«

»Das Argument hat Torkildson mir gegenüber auch angebracht«, sagte ich. »Was hast du geantwortet?«

»Dass Nachrichtenwert hat, was Nachrichtenwert hat«, sagte Janet, »und das Geschäft des *Herald* nun einmal darin besteht, Nachrichten zu verbreiten. Dem mochte Stu so nicht zustimmen, aber ich habe nicht den Eindruck, dass Stu sich persönlich vor die

Walze werfen würde, um die Veröffentlichung von Lee Anns Bericht zu verhindern, wenn der erst steht. Das wäre nicht seine Art.«

»Was wäre denn seine Art?«

»Jedenfalls was rechtlich Wasserdichtes. Er ist gierig und ausgekocht, aber Stu kommt aus einer Glens Falls-Familie, die Richter und Gehirnchirurgen hervorgebracht hat und sogar einige ehrliche Politiker. Sein Name und sein Ruf bedeuten ihm ebenso viel wie Geld. Ich glaube also nicht, dass er sich da einmischt. Aber man sollte ihn auf jeden Fall im Auge behalten«, sagte Janet. Dem stimmten wir alle nachdrücklich zu. Ich fragte Lee Ann, welche Osbornes sie schon befragt hatte und was dabei herausgekommen war.

»Ich habe erst so gegen fünf heute Nachmittag angefangen«, sagte sie. »Also habe ich bisher erst mit drei Leuten gesprochen. June und Dick Puderbaugh hatten allerlei zu sagen – über das redaktionelle Profil des *Herald*, über die künftigen Eigentümer des Blattes und über Sie, Don –, aber nichts, was mir von großem Nutzen für die Aufklärung des Mordes zu sein schien. Beide haben leicht überprüfbare Alibis. Dick hat den besagten Vormittag, wie an jedem anderen Werktag, mit seiner Sekretärin und Buchhalterin im Büro zugebracht, sagt er. Und June war im Museum und hat mit Parson und Evangeline Bates zusammen beim Aufbau der *Kanus bei Sonnenaufgang*-Ausstellung geholfen. Chester wollte erst gar nicht mit mir reden. Ich hab ihn zu Hause angerufen. Er hat abgenommen und ich hab ihm so gut ich konnte erklärt, woran ich arbeite. Er hat mich aber ständig unterbrochen und belehrt, wie unverantwortlich es von mir sei, derart verleumderische Äußerungen anderer Familienmitglieder und gewisser Leute, die er als ›Außenstehende‹ bezeichnet hat, zu wiederholen. Mein Gespräch mit Chester war außerdem ziemlich chaotisch und schwer einzuschätzen, weil ich die meiste Zeit im Hintergrund hörte, wie Pauline ihn anschrie und furchtbar beschimpfte.«

»Was hat sie denn geschrien?«, fragte ich. »Konnten Sie was verstehen?«

»Nicht viel«, sagte Lee Ann. »Zum Teil klang es, als würde sie einfach nur unkontrolliert vor sich hin kreischen. Ich konnte bloß ab und an einzelne Worte oder Satzfetzen ausmachen. ›Sie ist deine verdammte Mutter!‹, hab ich irgendwie aufgefangen und irgendwas mit

›Verdammter Schlamm an den Füßen!‹ Und dann bin ich mir ziemlich sicher, dass sie einmal zwischendrin gebrüllt hat: ›Ich sollte mir noch 'ne Knarre besorgen und dir das verdammte Gehirn wegpusten!‹ Pauline schien mir auch einige Drinks intus zu haben.«

»Chester muss ihr die Waffe, mit der sie gestern herumgefuchtelt hat, abgenommen haben«, sagte ich. »Keine schlechte Idee. Also haben Sie Chester nur am Telefon befragen können?«

Lee Ann trank gluckernd aus ihrer Bierflasche. Dann sagte sie: »Nein, er hat tatsächlich zugestimmt, sich mit mir zu treffen. Er sagte, sein Neffe sei zu Besuch, und bei ihm sei der Fernseher so laut – als würde er in einem Einzimmerappartment leben –, also würde er sich um neun mit mir im *Herald* treffen. Was er auch tat. Er hatte ziemlich giftig geklungen, und mir gingen dauernd all die Geschichten durch den Kopf, die ich über Chesters gewalttätige Ausbrüche gehört, selbst aber noch nie miterlebt hatte. Er tauchte aber wie verabredet auf, und wir haben uns im Konferenzraum unterhalten, nachdem er ein BITTE NICHT STÖREN-Schild draußen angehängt und die Tür geschlossen hatte.«

»Welchen Neffen er wohl gemeint hat?«, fragte ich Janet. Sie sah mich ratlos an.

»Mein Eindruck war, dass er das bloß so gesagt hat«, sagte Lee Ann. »Der ›laute Fernseher‹ war Paulines Pöbelei, und Chester wollte um jeden Preis da raus. Und vermutlich wollte er sich mit mir unter vier Augen auseinander setzen, um mich mit allerlei verschleierten und weniger verschleierten Drohungen von der Geschichte abzubringen.«

»Einschließlich der Androhung physischer Gewaltanwendung?«

»Nein, er hat ausschließlich mit rechtlich unanfechtbaren Schritten gedroht. Aber Chester kann sich so was von maßlos aufregen. Das weiß jeder hier. War ich froh, dass direkt vor der Tür im Nachrichtenraum noch Leute waren. Naja, jedenfalls hat er mir seine gesamte InfoCom-Predigt gehalten – die wir ja inzwischen wohl alle in- und auswendig kennen –, dabei aber so gut wie kein Wort über die Angriffe auf Janet und Dan verloren, die er für eingebildet oder schlicht erfunden hält. Und was Erics Ermordung betrifft, so sei jeder Gedanke an eine familiäre Verstrickung, sowie er ausgesprochen würde, blanker Rufmord, so Chesters fürsorgliche Warnung, und es erfülle den Tatbestand der Verleumdung, falls der *Herald* so etwas drucken sollte. Die einzige möglicherweise nützliche Information, die ich aus Chester herausbekommen habe, ist, dass er möglicherweise kein Alibi für die Tatzeit hat. Als ich ihn gefragt habe, wo er am Vormittag des fünfzehnten Mai war, schrillten bei ihm sichtlich alle Alarmglocken und er kam mächtig ins Rotieren. Als ich mich angesichts seiner hektischen Zugeknöpftheit leicht verwundert zeigte, versuchte er die Offensive zurückzuerlangen und sagte, naja, er wäre wohl in seinem Büro gewesen. Ich habe ihn rasch gefragt, ob es mir – oder der Polizei – möglich sein würde, das mit Hilfe von Zeugen und seinem Terminkalender zu überprüfen, und da ist er total ausgerastet. Er ist aufgesprungen, hat sich halb über mir aufgebaut und mich vor Wut bebend angebrüllt, wenn mir mein Job lieb sei, täte ich gut daran, mich in dieser Frage auf sein Wort zu verlassen. Als ich einfach aufstand und die Tür zum Nachrichtenraum öffnete, hat er sich an mir vorbeigedrängt und ist rausgestürmt. Ich dachte schon, als Nächstes würde man Chesters Lexus auf dem Parkplatz hektische Kreise ziehen hören. Aber das ist wohl nicht sein Stil. Er ist ganz normal davongefahren.«

»Das ist wirklich alles ausgesprochen hilfreich, Lee Ann«, sagte ich. »Wen beabsichtigen Sie denn als Nächstes zu befragen?«

»Morgen Vormittag erst mal Tidy, falls der überhaupt mit mir redet, und dann – der Vollständigkeit halber – Dale und Skeeter McCaslin. Ich habe nicht die Absicht, mich von irgendeiner konventionellen Auslegung von Familienzugehörigkeit einschränken zu lassen.«

»Danke, Lee Ann«, sagte Dale. »Ich werde dir voll und ganz zur Verfügung stehen.«

»Danach«, sagte Lee Ann, »werde ich mit den Leuten im Umkreis reden, die nicht zur Familie gehören, wie Stu Torkildson und Parson Bates. Vielleicht fahre ich auch nach Attica raus und besuche Craig Osborne. Janet hat mich über den Juwelenraub-Aspekt ins Bild gesetzt. Ich halte das ja für eine ziemlich abseitige Methode, den *Herald* retten zu wollen. Aber die vierte Osborne-Generation hat einige ziemlich abseitige Persönlichkeiten hervorgebracht, also – warum nicht?«

Janet fragte mich, ob Skeeter bestätigt hatte, dass Eric im April die Überreste seines Vaters aus der Urne auf Ruth Osbornes Kaminsims hatte verschwinden lassen. Ich sagte ihr, dass Skeeter das in der Tat bestätigt hatte. Ich erzählte Janet, Dale und Lee Ann, wie Skeeter, Eric und dem angeheuerten Piloten aufgefallen war, wie sehr die fallende Asche geglitzert hatte, und dass Dan später den Piloten aufgesucht hatte, um in Erfahrung zu bringen, wo die Asche gelandet sein mochte.

»Dann klärt das ja wohl auch, wo Dan sich jetzt befindet!«, rief Janet aus. »Weißt du, wo das genau ist?«

Ich sagte ja und hielt meine Karte hoch. »Ich vermute, dass er da draußen ist und ein letztes Mal die paar Quadratkilometer durchkämmt, die er seit April mit Sicherheit schon hundertmal durchforstet hat. Er würde zu gern die Diamanten finden und den Osbornes den *Herald* in letzter Minute doch noch bewahren. Und, da bin ich mir sicher, Dan möchte unbedingt Craig sagen können, dass er die Juwelen wiederbeschafft hat. Er weiß, dass Craig stinksauer auf ihn ist und anfängt mit Leuten zu reden, allen voran mit mir.«

»Herrje«, sagte Janet. »Dan ist so ein Idiot!«

»Der Überfall war schon übel genug«, sagte Dale. »Aber man sollte doch meinen, dass er wenigstens über genügend Verstand verfügt, um die Beute irgendwo sicher im Tresor zu verstauen.«

Wir spekulierten einige Minuten über die praktischen Gründe und freudschen Fehlleistungen, die Dan veranlasst haben mochten, die gestohlenen Edelsteine unter die Asche seines Vaters in einer Urne auf dem Kaminsims seiner Mutter zu mischen.

Wir hatten gerade begonnen, einen Plan zu entwickeln, wie wir Dan am folgenden Morgen würden ausfindig machen können, als hinter dem Haus Scheinwerfer aufflackerten und ein Wagen quietschend in der Auffahrt zum Stehen kam. Der Streifenwagen musste sofort an den neu angekommenen Wagen herangefahren sein, denn man hörte nun, wie fast zeitgleich drei Wagentüren zugeschlagen wurden, und dann erhobene Stimmen, eine davon weiblich.

Während Timmy nach seinen Krücken griff, bezogen wir anderen zügig unsere Positionen. Dale baute sich am Fuß der Treppe in den ersten Stock auf, wo Mrs. Osborne schlief, und Janet, Lee Ann und ich rannten in die schwüle Nacht hinaus, wo wir zwei Edensburger Polizisten bei dem Versuch antrafen, Pauline Osborne zu beruhigen. Chesters Frau war unbewaffnet, jedenfalls so weit wir sehen konnten, hatte aber Schwierigkeiten, sich auf den Beinen zu halten, während sie mit Fäusten wie mit Worten auf die beiden Polizisten losging, so gut sie konnte.

»Was wollt ihr Affen denn von mir, mein Mann ist der Verbrecher! Ihr wollt einen Verbrecher verhaften? Dann verhaftet Chester Osborne – Chester Osborne, der große Mörder! Fahren Sie doch rauf und nehmen ihn gleich fest. Ich sage gegen ihn aus! Ich bezeuge es vor Gericht! Auf einen ganzen Stapel Bibeln werde ich schwören, dass Chester an dem Tag, wo sein Bruder Eric ermordet wurde, mit Blättern und Schlamm übersät war, als er nach Hause kam!«

Die beiden Beamten, beide jung, mit Vollmondgesichtern und beleibt, hörten sich das mit offensichtlichem Interesse an, machten aber der Form halber zugleich gelegentliche Anstalten, nach den braungebrannten und mit Kettchen geschmückten Armen zu greifen, mit denen Pauline herumfuchtelte. In ihren pfirsichfarbenen Hosen und einem weißen Trägertop sah Pauline elegant und auf nette Art schlaksig aus. Aber Mascara und grüner Lidschatten waren ihr über die vom Alkohol und der Aufregung geröteten Wangen zerlaufen. So sah ihr Gesicht beunruhigend nach einem jener sommerlichen Tiefausläufer aus, die mitunter beim Wetterbericht übers Satellitenbild fegen.

»Pauline, warum kommst du nicht auf einen Kaffee zu uns rein?« sagte Janet. Dann wurde ihr offenbar bewusst, dass diese lässige Form der Einladung dem gegebenen Anlass hochgradig unangemessen war, und sie fügte hinzu: »Du kannst natürlich auch reinkommen und dir eine weitere halbe Flasche von was auch immer du schon intus hast hinter die Binde kippen und den Rausch dann unterm Küchentisch ausschlafen. So oder so sollten wir miteinander reden.«

»Hey, junge Frau – nun ist aber gut, junge Frau!«, fuhren die Polizisten Pauline zunehmend harsch an und besannen sich darauf, dass sie hier eigentlich einzuschreiten hatten – immerhin ging es mindestens um Mordbeschuldigungen und Trunkenheit am Steuer. Andererseits wussten sie aber auch, dass sie es hier mit der Gattin von Chester Osborne zu tun hatten, was ein nicht zu vernachlässigendes Argument darstellte.

»Ich glaube, meine Herren«, sagte ich, »wir sind uns einig, dass Mrs. Osborne gut daran täte, nicht weiter am Straßenverkehr teilzunehmen, und es wäre uns eine Ehre, ihre Autoschlüssel über Nacht an uns zu nehmen und sicherzustellen, dass sie–«

»Nein! Nein!«, knurrte Pauline. »Von wegen, nicht weiter am Straßenverkehr teilnehmen – ich geb überhaupt keine Ruhe, ehe irgendjemand nicht Chester Osborne wegen Mordes verhaftet! Der Mann ist ein Killer – und darauf, dass Tacker Puderpaugh mit von der Partie war, kann auch gleich jeder ganz arglos sein letztes Hemd verwetten! Die stecken unter einer Decke – was sollte Tacker denn sonst bei uns oben wollen? Angeblich ist er auf seinem Surfbrett außer Landes. Chester war voller Schlamm an dem Tag, wo Eric umgebracht wurde, und Tacker war darin verwickelt! Hey, auf Kohle bin ich auch scharf. Aber wenn es daran geht, nette Leute wie Eric umzubringen, da hört für mich der Spaß doch auf. Chester und Tacker Puderbaugh müssen augenblicklich festgenommen werden! Ich bestehe darauf! Als Steuerzahlerin verlange ich, dass Sie meinen Mann verhaften, der ist nämlich der gottverdammte mordsmäßige Mörder Chester Osborne!«

Just an dieser Stelle bog der andere glänzende Lexus in osborneschem Besitz, der schwarze, geräuschlos in die Auffahrt ein. Ihm entstieg Chester Osborne und kam zu uns herüber. Seine Haltung war laxer als sonst, und auf seinem großen Osborne-Gesicht glänzte ein Schweißfilm. Die Ärmel hochgekrempelt und ohne Schlips sah er mitgenommen und leicht verzweifelt aus.

An uns alle gewandt sagte Chester: »Ich kann mir schon vorstellen, was für einen Mist meine Frau hier gerade in Umlauf gebracht hat, und ich bin eigens hergekommen, um Ihnen zu versichern, dass davon kein Wort wahr ist. Pauline ist durch ihre Trinkerei, wie ich leider sagen muss, nicht mehr ganz klar im Kopf. Mein Anwalt, Morton Bond, ist auf dem Weg hierher. Ich habe eben mit ihm telefoniert. Und wenn Sie von der Staatsanwaltschaft jemanden herbitten könnten, meine Herren«, – seine Frau starrte Chester unterdessen verbittert an –, »bin ich bereit, eine Aussage zu machen.«

»Eine Aussage worüber?«, fragte Janet, deren Gesicht sich zusehends verfinsterte. »Eine Aussage über Erics Ermordung?«

»Nein, verdammt«, sagte Chester, »nicht über Erics Ermordung, zum Teufel noch mal! Glaubst du wirklich, dass ich meinen eigenen Bruder umbringen würde, Janet, bloß weil er einer von diesen ökofaschistischen Müslis war? Mein Gott, Janet! Nein, ich will eine Aussage über Tacker Puderbaugh machen, meinen Amok laufenden Neffen, der eigentlich – also, der eigentlich bloß ein paar Unartigkeiten anstellen sollte, um dich und Dan einzuschüchtern, sodass ihr euer Stimmverhalten zum Verkauf der Zeitung ändert. Aber ich muss nun, so ungern ich das zugebe, einräumen, dass Tacker Puderbaugh außer Kontrolle ist. Heute Abend ist er einfach zu weit gegangen, viel zu weit, und hat versucht, mich hinein zu ziehen in seine Verrücktheiten. Jetzt bin ich hier, um euch zu sagen, dass ich Tacker nicht den Auftrag – ich betone: *nicht diesen Auftrag* – gegeben habe.«

»Was hat Tacker denn angestellt?«, wollte Janet wissen.

Chester schüttelte den Kopf und sagte grimmig: »Er hat dein Haus abgebrannt, Janet. Wozu überhaupt kein Anlass bestand.«

Da klingelte im Haus das Telefon. Wir waren nur kurz abgelenkt, aber doch lange genug, um Pauline nicht auf der Stelle abzufangen, als sie auf Chester los fuhr, ihn wild kreischend am Hals packte und zudrückte.

23

Es waren dann gleich zwei Anrufe, mit denen wir zu tun hatten, natürlich nacheinander. Der erste kam vom Büro des Sheriffs von Eden County und setzte Janet in Kenntnis, dass ihr Haus am Stilton Lake einige Stunden zuvor bei einem Brand schwer beschädigt, aber nicht völlig zerstört worden war. Der stellvertretende Sheriff wollte sicherstellen, dass niemand im Haus gewesen war. Das konnte Janet bestätigen. Sie und Dale fuhren bald darauf zum See hinaus. Ich bot an, sie zu begleiten, aber sie lehnten ab und sagten, sie würden andere Freunde anrufen – ein Freundeskreis, der im Wesentlichen aus Mitgliedern der *Hot Flashes Softball League* bestand –, die Janet und Dale dann alle am Brandort treffen würden. Janet war mitgenommen und aufgebracht, wahrte aber die Fassung und drängte darauf, dass ich hier blieb und mit auf ihre Mutter achten und den Überblick über unsere Untersuchung behalten sollte, die, wie Janet meinte, nun eine Wendung genommen hatte, die »einem dem Magen umdrehen, einen aber schwerlich überraschen« könnte.

Dale, die sehr nachdenklich und gedämpft wirkte, sagte, dass es noch immer zu viele offene Fragen gäbe, und darin stimmten wir ihr alle zu. Timmy, auf seine Krücken gestützt, murmelte etwas von Jungfernkränzen und Würgebändern, während Lee Ann sich Notizen machte.

Kaum waren Janet und Dale abgefahren, klingelte das Telefon erneut. Diesmal war es ein Anruf für mich von der Detektei in Los Angeles, die ich gebeten hatte, Tacker Puderbaugh aufzuspüren. Mir wurde mitgeteilt, dass Tacker Papeete am siebzehnten Juli, also zwei Wochen vor dem Angriff mit dem Jetski auf Janet, aber zwei Monate nach Erics Ermordung, in Richtung USA verlassen hatte. Wenn Tacker nicht von sich aus gegangen wäre, wäre womöglich sein Visum widerrufen und seine Ausweisung aus der Französischen Kolonie angeordnet worden, teilte mir mein Informant mit. Tacker war dort zweimal wegen kleinerer Drogenvergehen festgenommen worden und einmal wegen Ladendiebstahls, weil er Bier hatte mitgehen lassen.

Draußen in der Auffahrt waren Pauline zwischenzeitlich Handschellen angelegt worden, und man hatte sie auf der Rückbank im Streifenwagen eingeschlossen. Von dort gab sie weiterhin unregelmäßige Schreie von sich. Inzwischen war es zwei Uhr früh, und in einigen der benachbarten Häuser waren die Lichter angegangen. Zwei Jugendliche und eine Frau mittleren Alters beobachteten das Geschehen von der Veranda eines gegenüber liegenden Hauses aus. Ruth Osborne schlief offenbar tief und fest. Das Summen ihrer Klimaanlage hörten wir über uns.

Ich rief Bill Stankie zu Hause an und weckte ihn. Er sagte, dass er sich über meinen Anruf mitsamt des fünfminütigen Updates zum Stand meiner Nachforschungen freue, es aber nach wie vor zu früh für ihn sei, sich in das osbornesche Drama einzumischen, wenn die einzigen bislang verfügbaren Beweise lediglich Brandstiftung und versuchten Mord betrafen. Es war Erics Ermordung, die er Chester nach Möglichkeit anhängen wollte, und Stankie fragte, ob ich glaubte, dass er es war. Ich sagte, nein, das dächte ich nicht, ich sei mir aber auch nicht sicher.

Stankie schwieg einen Augenblick nachdenklich. Dann sagte er: »Sie leisten ausgezeichnete Arbeit, Don. Bleiben Sie dran und bleiben Sie in Verbindung. Ich schlafe jetzt weiter.« Dann legte er auf.

Ein weiterer Streifenwagen kam alsbald mit Blaulicht durch die ansonsten leere Maple Street angerast. Womöglich sollte das spektakuläre Lichtschauspiel etwaigen Würmern eine Warnung sein, die daran gedacht hatten, die Straße zu überqueren. Ein Beamter in Uniform entstieg dem Wagen und wies sich als Kriminalbeamter aus. Eine junge Frau mit Aufnahmegerät und Thermoskanne begleitete ihn, die er als stellvertretende Bezirksstaatsanwältin vorstellte, die Chester vernehmen sollte. Dann erschien Chesters Anwalt, ein hängebackiger Mann mit trüben Augen und einem Aktenkoffer. Er war in voller Aufmachung fürs Gericht erschienen, einschließlich Seidenkrawatte, und wirkte beinahe beschämt angesichts des bunten Häufchens, das er nun vorfand. Ich trug Jeans, Sandalen und ein ausgebleichtes gelbes T-Shirt, während Timmy von einem ärmellosen Top, Sportshorts und etlichen Pfund Gips geziert wurde.

Chester saß in seinem Wagen und beriet etwa fünf Minuten lang mit seinem Anwalt. Dann begaben wir uns alle ins Haus, wo Chester, der Anwalt, der Einsatzleiter und die stellvertretende Bezirksstaatsanwältin sich in das Arbeitszimmer mit der Urne voller Maismehl auf dem Sims zurückzogen. Sie schlossen die Tür hinter sich. Ich hatte gefragt, ob ich dabei sein könnte, aber Chesters Anwalt lehnte das ab. Timmy, Lee Ann und ich überlegten, wie man möglicherweise lauschen könnte, besannen uns dann aber eines Besseren.

Es war gerade Viertel nach drei vorbei, als die vier wieder aus dem Arbeitszimmer herauskamen. Timmy war inzwischen auf einem Liegestuhl auf der Veranda hinterm Haus in festen Tiefschlaf versunken, aber Lee Ann und ich hielten uns noch aufrecht, wenn wir auch geistig nicht mehr ganz auf der Höhe sein mochten. Lee Ann fragte die Staatsanwältin, ob gegen Chester Anklage erhoben würde. Die junge Frau sagte, das müsste sie mit ihrem Vorgesetzten diskutieren und weiter gehende Äußerungen stünden ihr nicht an.

Chesters Anwalt sagte: »Mr. Osborne hat seinem Neffen gegenüber einige Bemerkungen fallen lassen, die falsch ausgelegt worden sind, und der junge Mann scheint etwas über die Stränge geschlagen zu haben. Mr. Osborne bestreitet, dass er für die gesetzeswidrigen Handlungen, die Tacker Puderbaugh begangen haben mag, in irgendeiner Art und Weise verantwortlich ist. Mr. Osborne arbeitet in vollem Umfang mit den Strafverfolgungsbehörden zusammen, und die Polizei sucht zur Zeit nach Tacker. Wir gehen davon aus, dass im Verlauf des Vormittags – der ja schon beinahe angebrochen ist – ein Haftbefehl erlassen wird.«

»Nehmen Sie an«, fragte ich, »dass Tacker die Darstellung Ihres Mandanten bestätigen wird?«

Der Anwalt sah mich besorgt an und antwortete: »Der Knabe war schon immer ein Arschloch, und ich bin mir sicher, dass er auch diesmal wieder nach Mitteln und Wegen suchen wird, sich der mordsmäßigen Scheiße, die er sich eingebrockt hat, zu entziehen. Aber kein Mensch, der halbwegs bei Verstand ist, wird das Wort eines dahergelaufenen strandlümmeligen Junkies höher bewerten als das von Chester Osborne.«

»Tackers Mutter vielleicht schon«, sagte ich. Der Anwalt blickte trübsinnig drein. Der Gedanke, dass er es womöglich mit June würde aufnehmen müssen, konnte ihm die Aussicht des Sonnenaufgangs vermiesen. Auch Chester wirkte betreten und sein Gesicht hellte sich nicht eben auf, als ich hinzufügte: »Pauline hat im Übrigen auch einige sachdienliche Angaben zu machen.« Und an die Staatsanwältin gewandt: »Werden Sie sie auch befragen?«

»Natürlich«, sagte die junge Frau. »Obwohl Mr. Osborne meinem Kenntnisstand zufolge Maßnahmen eingeleitet hat, um seine Frau einweisen zu lassen, weil sie für sich und andere eine Gefahr darstellt. Mr. Osborne hat mich gerade darüber in Kenntnis gesetzt, dass diesbezüglich aller Voraussicht nach am Montag eine Anhörung stattfinden wird.«

»Ja«, sagte Osbornes Anwalt, »ich gehe nicht davon aus, dass diese auf so tragische Weise verstörte Dame viel beizusteuern hat, das gleich bei welcher Untersuchung von Nutzen sein könnte. Es ist ja wohl nur zu offenkundig, dass sie jenseits von Gut und Böse ist.« Timmy, Lee Ann und ich starrten Chester an, der unsere Blicke ohne ersichtliche Regung erwiderte.

»Chester«, sprach ich ihn an, »ist das jetzt Ihr Plan – alle Frauen aus der Osborne-Familie, die sich Ihrem Willen nicht fügen, einfach wegsperren zu lassen?«

»Wenn es möglich wäre, würde ich damit nicht zögern«, sagte er. Doch dann signalisierte der Anwalt ihm, nichts weiter zu sagen, und sie gingen.

24

Um den Wagen zu ersetzen, der beschädigt worden war, als man sie von der Straße abgedrängt hatte, hatten Dan und Arlene einen Range Rover gemietet. Ich fand das Fahrzeug am Rande eines alten Holzfällerpfads an jenem Abhang, auf den die Asche mitsamt den Diamanten im April herunter geregnet war. Sie hatten in der Nähe ein Zelt aufgebaut, und die Feuerstelle daneben war offenbar eben erst gelöscht worden, als ich ihr kleines Lager kurz nach sieben am Samstagmorgen entdeckten. Dass es sich um ihr Zelt handeln musste, war klar, weil mehrere Kleidungsstücke, die über einem Ast hingen, sehr nach Arlene aussahen und das Zelt nach Dope roch. Weder Dan noch Arlene waren jedoch dort, und ich verbrachte die nächste Stunde damit, durch den umliegenden Wald zu stapfen, ohne sie zu finden – und ohne im Unterholz auf Juwelen im Wert von mehreren Millionen Dollar zu stoßen –, bis ich ein Einsehen hatte und mich wieder zum Zelt begab, um dort Dans und Arlenes unvermeidliche Rückkehr abzuwarten. Ich setzte mich im Zelt auf einen Campinghocker und versuchte in Dans *Hundert Jahre Einsamkeit* zu lesen. Die Ausgabe war im spanischen Original, aber einzelne Worte hier und da begriff ich schon: *sí, no, nada, muerto* und so weiter. Schließlich hörte ich sie um kurz nach zehn kommen und rief: »Tag, Dan! Hey, Arlene!« Arlene schrie auf. »Hey, ich bin's bloß – Don Strachey.«

Die Eingangsplane wurde zur Seite gerissen, und Dan starrte mich heftig atmend an. Arlene erschien hinter ihm und beugte sich etwas vor, um einen Blick auf den Eindringling zu werfen. »Was tust *du* denn hier, verdammt!«, schnauzte mich Dan an.

»Dein Buch lesen. Ich hoffe, das ist okay. Ich hab die Seite nicht verblättert. Und ich muss sagen, ich bin beeindruckt. Ich hätte in meiner eigenen Sprache Schwierigkeiten mit dieser Schwarte, und das, wo ich ein großer Fan von García Márquez bin.«

»Raus aus meinem Zelt, aber sofort!«

Ich legte den Roman vorsichtig auf den Fleck auf dem Bodenbelag neben dem Doppelschlafsack zurück, wo ich ihn gefunden hatte.

Dan wich etwas zurück, als ich aus dem Zelt ins flackernde Sonnenlicht hinauskam. Der Duft des Waldes war berauschend nach dem Modergeruch im Zelt, aber Dans Haltung – ich fragte mich schon, ob er wohl wieder kotzen würde – deutete darauf hin, dass dies nicht der Zeitpunkt für Verzückung war.

»Also, Don«, stammelte Arlene mit der bemühten Mimik demonstrativer hippiesker Unbekümmertheit, »woher wusstest du, wo wir sein würden? Wir sind bloß für ein paar Tage hier rausgekommen, um etwas Abstand zu gewinnen, und du weißt gleich, wo du uns finden kannst. Das ist so abgefahren!«

»Ich hab mir die Karte von dem Piloten besorgt«, sagte ich. Da schrie Arlene erneut auf. Dan begann zu würgen und enteilte hinter ein Gebüsch.

»Kotz nicht auf die Diamanten!«, rief ich, und er legte richtig los. Arlene schien Dan folgen zu wollen, besann sich aber.

»Hat er sich auf Kuba auch so viel übergeben?«

»Manchmal vom *turista*«, sagte sie. »Aber in der Regel hatten wir bloß Durchfall.«

»Aha.«

Als Dan sich etwas beruhigte, ging Arlene mit einer Wasserflasche zu ihm. Ich wartete ab, während er sich seiner Mundhygiene widmete. Nach etwa einer Minute kamen beide zurück. Dan war bleich, zitterte und trug Frühstücksreste im Bart.

»Hier müssen jetzt, glaube ich, ein paar Dinge ans Licht gebracht werden«, sagte ich.

»Ich hol dir ein sauberes T-Shirt«, sagte Arlene zu Dan, doch der sah mich an und wusste nur zu gut, was hier vordringlich zu lüften war. Nachdem er sein T-Shirt gewechselt hatte, ließ Dan sich auf dem mit Nadeln bedeckten Waldboden nieder und lehnte sich gegen einen Baumstamm. Arlene und ich saßen auf Campinghockern.

»Ich habe mich mit Craig unterhalten«, sagte ich. »Ich habe mich mit dem Piloten vom Flugdienst unterhalten. Dass ich mich an den Piloten wenden muss, wurde mir klar, als Ihre Mutter entdeckte, dass die Asche Ihres Vaters aus der Urne verschwunden ist. Wenn Eric die Asche durch etwas ersetzt hätte, was menschlichen Überbleibseln ähnlicher ist als Maismehl, hätte Ihre Mutter den Verlust womöglich niemals bemerkt. Und keiner von uns wäre je dahinter gekommen, was mit den Juwelen passiert ist.«

Dan wirkte erschöpft. »Ich habe das Maismehl in die Urne getan«, sagte er. »Eric hatte sie einfach leer gelassen. Was ich mir bloß dabei gedacht habe, verdammt.«

»Also, das wüsste ich aber auch gerne«, sagte Arlene. »Du hast die Urne deines Vaters mit Maismehl gefüllt? Da läuft's mir kalt den Rücken runter.«

»Du wusstest nichts von den Juwelen?«, fragte ich Arlene.

Wieder etwas energischer werdend, blökte Dan: »Arlene wusste bis gestern überhaupt nichts! Denk gar nicht dran, sie in irgendwas reinziehen zu wollen. Von dem Raub hab ich ihr erst erzählt, als wir hier angekommen sind. Da muss Craig dir schon alles erzählt haben, also war Arlene buchstäblich die Letzte, die davon erfahren hat, und juristisch kann man ihr gar nichts. Also halt sie da einfach raus.«

»Manchmal bin ich ganz schön stinkig, dass ich bei Dan immer die Letzte bin, die was erfährt«, sagte Arlene. »Aber diesmal kann ich mich wohl glücklich schätzen. Obwohl, wenn man es sich recht überlegt, hat Dan eigentlich gar nichts so Furchtbares angestellt, und ich will hoffen, dass die Bullen ihm nicht zu sehr zusetzen. Ich meine, er wusste ja noch nicht mal von dem Überfall, bis die Steine mit der Post von Craig kamen. Naja, und was hat es da noch für einen Unterschied gemacht? Den Ölscheichs quellen die Diamanten eh aus jeder Körperöffnung. Also hat Dan sich gedacht, hey, dann kann er die Steine genauso gut einem edlen Zweck zuführen und den *Herald* retten, und Craig würde es seinem Riesenarschloch von Vater, Chester, so auch gleich mit heimzahlen können. Also werden die Bullen wegen dem, was Dan gemacht hat, ja wohl hoffentlich jetzt keinen großen Aufriss veranstalten.«

Ich sah Dan an, der mir einen flüchtigen Blick zuwarf. Er wusste, mir war klar, dass er von Anfang an mit von der Partie gewesen war. »Es ist gelaufen, Dan«, sagte ich. »Jetzt kommt sowieso alles raus. Da führt kein Weg dran vorbei.«

Dan starrte in den Wald. Ob er hoffte, doch noch einen Diamanten zu erspähen?

»Wie meint er das, Dan?«, fragte Arlene. Er sah weder sie noch mich an. »Was soll denn noch rauskommen? Worüber redet Don?«

Es blieb still. Doch dann sagte Dan: »Arlene, ich muss mich mit Strachey unter vier Augen unterhalten. Ich weiß, dass du darüber abkotzen wirst –«

»*Darauf* kannst du Gift nehmen–«

»Aber glaub mir, Arlene, es ist besser für dich, wenn du bestimmte Dinge nicht weißt. Es ist zu deinem eigenen Schutz, verdammt!«

»Was für Dinge weiß ich nicht? Was? Sag schon!«, schrie sie und ihre Augen versprühten Feuer.

»Es geht um Erics Ermordung«, sagte ich. »Dan weiß genau über Erics Ermordung Bescheid und wird mir jetzt davon berichten, Arlene. Nicht wahr, Dan?«

Arlene sah nun vollends entgeistert aus und sagte: »Nein.«

Dan saß nur da und sagte gar nichts. Arlene schrie auf. Dann sagte sie erneut: »Nein!«

Dan sah sie an und sagte: »Ich habe Eric umgebracht.«

»Das hast du nicht!«, stieß Arlene mit sich überschlagender Stimme hervor.

»Doch, Arlene. Ich habe Eric umgebracht!«

»Dan, du bist wohl völlig übergeschnappt!«, keifte Arlene. »Du kannst Eric gar nicht umgebracht haben, und das weißt du ganz genau! Du warst an dem Tag, wo Eric getötet wurde, mit mir zusammen, und wir waren in der Stadt, um eine Lieferung für Leber abzuholen!«

»Ja, klar, natürlich habe ich Eric nicht eigenhändig umgebracht!« Dan stöhnte. »Aber es kommt aufs Gleiche raus, verdammt. Ich wollte – ich wollte alles in die Hand nehmen und Mom und Eric und Janet und mir das Blatt erhalten, und – und ich hab's verschissenerweise verbockt.«

»Und jetzt fliegt alles auf, Dan«, sagte ich. »Die Zeitung ist für die Familie nicht mehr zu retten. Die Chancen, dass du die Diamanten hier je wieder findest, sind gleich null. Und selbst wenn, müssten die Steine, jetzt wo die Dinge ans Tageslicht kommen, an die Eigentümer zurückgegeben werden. Das Beste, was du jetzt noch erreichen kannst ist, dass die Abstimmung im Vorstand nächsten Monat zugunsten des anständigen Griscomb-Konzerns ausgeht und die üblen InfoCom-Leute nicht ans Ruder kommen.«

»Ich weiß«, sagte er bloß.

Arlene schaukelte auf ihrem Stuhl herum und sagte dann: »Ich glaub das einfach nicht. Ich kann diesen beschissenen Dreck einfach nicht glauben, Dan. Du hast mir nichts davon erzählt, dass die Diamanten irgendwas mit Eric zu tun haben. Ich dachte, die Steine gehören irgendeiner Gattin irgendeines Profiteurs aus dem Ölgeschäft und wir würden die verfickten Dinger jetzt einem guten, gesellschaftlich nützlichen Zweck zuführen!«

»Arlene«, sagte ich, »bei dem Überfall sind zwei Leute umgekommen, und einer davon war ein abhängig Beschäftiger, ein Angehöriger des internationalen Proletariats. Den Wachmann sein Leben zu Ende leben zu lassen, wäre auch schon ein recht guter, gesellschaftlich nützlicher Zweck gewesen.«

»Allerdings«, sagte Arlene, »das mit dem toten Wachmann war ein Riesenmist, und ich will auch nicht sagen, dass ein Unrecht das andere rechtfertigt. Aber der *Herald* steht für Leute wie diesen toten Wachmann ein, und wenn die Osbornes nicht mehr über die Zeitung bestimmen, wird sie anfangen, sich für Arschlöcher einzusetzen wie die großen Konzerne, die die Flüsse vergiften und alle Wälder abholzen wollen. Also finde ich richtig, was Dan versucht hat. Insbesondere, wo er erst hinterher von dem Überfall erfahren hat.« Erneut beklommenes Schweigen. Als ich Dan eine Weile ansah, richtete Arlene ihren Blick ebenfalls auf ihn.

Dan war kaum zu hören als er sagte: »Ich wusste Bescheid, Arlene.« Etwas lauter setzte er hinzu: »Natürlich wusste ich Bescheid. Komm schon, Arlene, bist du wirklich so naiv? Ich meine – herrje!« Arlene sackte in sich zusammen und sagte nichts mehr.

»War der Raub deine Idee?«, fragte ich.

Dans Gesicht war verzerrt. »Nein«, sagte er.

Arlene wurde fahl und sagte: »War es Erics Idee?«

Dan lachte einmal kurz auf. »Grundgütiger, nein. Eric? Das ist ja wohl ein Witz!«

»Also, Dan?«, sagte ich. Wieder herrschte eine Weile Schweigen im Walde.

»Jetzt ist es ja vorbei«, sagte Dan schließlich. »Das ist schon auch erleichternd.«

»Das wird es für etliche Leute sein.«

»Für mich nicht«, sagte Arlene, aber darauf reagierte Dan nicht.

Er holte tief Luft, und seine Stimme bebte leicht, als er anhob: »Stu Torkildson kam letzten Sommer das erste Mal zu mir, um mir zu erklären, dass der *Herald* keine Chance hätte, im osborneschen Familienbesitz zu verbleiben, es sei denn, wir fänden einen Weg, die Schulden aus *Schmucke Fichte* auszulösen. Das Projekt dort draußen sei dabei, das Blatt bei lebendigem Leibe zu verschlingen, sagte er. Er habe bereits zweimal substantielle Umschuldungen vorgenommen, aber das Unternehmen komme mit der Tilgung nur immer weiter in Verzug, so Stu, und alle legalen Tricks, wenigstens die Zeitung zu retten, seien bereits ausgereizt.«

Als Dan das Wort ›legal‹ aussprach, warf er uns einen bedeutungsvollen Blick zu. »Ich«, fuhr Dan fort, »verstünde von allen Osbornes doch am Ehesten, sagt Stu also zu mir, dass ein guter Zweck mitunter ›zweifelhafte Mittel‹ – das waren seine Worte – rechtfertigen könne. Er wüsste da, wie er dezent fallenließ, zum Beispiel was über ’n Ding, das ich damals achtundsechzig gedreht hätte. Als ich mich dann bereit erklärte, ihn anzuhören, kam er damit heraus, seines Erachtens müsste man Craig dazu bewegen können, ein einträgliches Ding zu drehen, das das Blatt retten könnte. Craig würde es dabei darum gehen, es seinem Vater heimzuzahlen, indem der Stand der liberalen Osbornes, die die Zeitung kontrollierten, gestärkt wurde. Craig gegenüber, sagte er, sollte ich seine, Stus, Beteiligung aber nicht erwähnen, weil Craig Stu und Chester als Freunde kannte und ihn das argwöhnisch machen würde.«

»Also«, sagte ich, »hat Torkildson den Juwelenraub vorgeschlagen?«

Dan lachte grimmig auf und sagte dann: »Ach, was. Hältst du Stu Torkildson von den Glens Falls-Torkildsons etwa für einen gewöhnlichen Verbrecher? Stu hatte an einen groß angelegten Drogendeal im Wert etlicher Millionen Dollar gedacht. Ich hätte doch Freunde auf Kuba, meinte er, und er hätte im *Wall Street Journal* gelesen, dass kubanische Staatsbeamte in ganz großem Stil mit Kokain handeln würden. Das war Stus Vorstellung davon, wie bei dem Coup der Anstand gewahrt werden sollte.«

»Craig und du, ihr hättet also Kopf und Kragen riskiert, und Stu hätte dabei – ja, was eigentlich?«, fragte ich.

»Stu hätte dabei keinen Finger gerührt und wäre keinerlei Risiko eingegangen. Er hat mir rundheraus erklärt, dass er, falls das Unterfangen jemals auffliegen sollte, jedwede Kenntnis davon abstreiten würde. Er wolle lediglich den Osbornes den *Herald* erhalten und müsse sicherstellen, dass ihn nichts daran hindere, dieses Ziel zu erreichen.«

»Ach ja, richtig«, sagte ich. »So wie er den Osbornes schon mit *Schmucke Fichte* geholfen hat, den *Herald* zu erhalten.«

»Und du hast auf dieses wahnwitzige Arschloch gehört, Dan?«, platzte Arlene heraus. »Das ist doch nicht zu fassen!«

»Herrje, Arlene, was hätte ich denn sonst tun sollen, um den *Herald* zu retten? Wär dir was Besseres eingefallen?« Sie schüttelte den Kopf und murmelte irgendwas Unverständliches.

»Wessen Idee war denn nun der Juwelenraub?«, wollte ich wissen. »Craigs?«

»Er hatte diesen Bekannten«, sagte Dan, »der für das Hotel gearbeitet und geschworen hat, wie einfach es sein würde, da mitten in der Nacht was abzuziehen. Niemand würde dabei zu Schaden kommen«, sagte Dan, dessen etwas stumpfe Augen nun voller Furcht waren. »Ein Treffer, wenn wir die Nacht klug auswählten, würde uns locker 'ne Million Geld und Juwelen einbringen, die ich bei meinen kubanischen Kontakten locker versilbern könnte. Keiner von uns hätte auch nur im Traum daran gedacht, dass der eine Überfall allein eine Beute erbringen könnte, die mehr wert sein würde als die gesamten Schulden des *Herald* zusammen. Allerdings hatte auch keiner von uns im Traum daran gedacht, dass der Wachmann da plötzlich mitten im Geschehen auftauchen würde. Craigs Bekanntem zufolge sollte der Wachmann sich zu dem Zeitpunkt in einem ganz anderen Teil des Hotel aufhalten.«

»Wusste Stu vorher von dem Überfall?«, fragte ich.

Dan zuckte mit den Schultern. »Eigentlich erst hinterher. Er nahm weiterhin an, es ginge um ein großes Drogengeschäft, und dass das gewaschene Geld als vorgebliches ›Darlehen‹ einer Bank auf den Caymans beim *Herald* anlangen würde. Als er gehört hat, dass Craig wegen eines Raubmordes verhaftet worden war, hat ihn das nicht eben begeistert. Stus Bereitschaft, sich aufs Glatteis zu begeben, speiste sich offensichtlich in erster Linie aus dem Bedürfnis, durch eine Rettung des *Herald* seinen Ruf wieder herzustellen, der wegen des *Schmucke Fichte*-Desasters ziemlich angekratzt war. Ein ›Weltklasse‹-Drogengeschäft – und nichts Geringeres hatte Stu, seinen eigenen Angaben zufolge, vorgeschwebt – sei eine Sache, ein bewaffneter Raubüberfall doch wohl etwas ganz anderes, und Stu ist beinahe ausgetickt, als er davon erfahren hat.«

»Und Chester«, fragte ich weiter, »wusste nichts von all dem?«

»Anfangs nicht«, sagte Dan und wandte den Blick wieder ab.

»Aber er hat es sich dann zusammengereimt«, sagte ich. »Den Abschnitt hat Craig mir geschildert.«

Dan nickte verbittert. »Dieses verfickt unersättliche, unbeherrschte Arschloch Chester. Uns war allen klar – mir war das klar, Stu war das klar –, dass wir Chester unter keinen Umständen mitmischen lassen durften.«

»Und Chester ist nie auf den Gedanken gekommen, dass sein guter alter Freund Stu derjenige war, der den ganzen Plan überhaupt ersonnen hat?«

»Nein«, sagte Dan. »Chester hat spitzgekriegt, dass Craig und ich vor dem Überfall zusammengegluckt hatten. Und als die gestohlenen Juwelen dann nicht aufgetaucht sind, wurde Chester argwöhnisch und ist raus nach Attica, um Craig auszuquetschen. Chester ist ein so dermaßenes Arschloch. Erst hat er damit gedroht, die ganze Sache auffliegen zu lassen, wenn wir ihm und June die Juwelen nicht aushändigen, um damit selbst die Kontrolle über das Blatt zu gewinnen. Craig hat ihn aber einfach abblitzen lassen. Und im Mai hatte Chester es sich dann in seinen durchgeknallten Kopf gesetzt, dass Eric und ich unmittelbar davor stünden, die Diamanten einzusetzen, um ihn und June aus der Zeitung zu verdrängen, und fährt raus und stellt Craig ein zweites Mal zur Rede. Aber da waren mir die Steine schon abhanden gekommen, und ich bin immerzu wie blöd hier oben im Wald rumgerannt und hab versucht, sie zu finden, und hab mich zu sehr geschämt, um Craig zu erzählen, was mit den Juwelen passiert war. Als Chester also in Attica ankommt und sagt: ›Wo sind die Steine?‹, sagt Craig, der inzwischen ziemlich stinkig ist, zu Chester: ›Frag Dan, wo sie sind.‹«

»Mein Gott, Dan«, sagte Arlene, »was für eine Ansammlung von Kotzbrocken. Deine Familie klingt wie ein ganzes Studio voll von diesen Leuten, die sich tagsüber in Talkshows anfallen.«

»Jede Familie würde sich in solchen Shows gut machen!«, schnappte Dan. »Die meisten Familien gehen bloß nicht zum Fernsehen und machen sich auch noch öffentlich zum Gespött.«

»In den Neunzigern«, sagte ich, »werden diese Dinge nicht mehr so gehandhabt, wie Tolstoi sie verarbeitet hätte, aber vielleicht können wir jetzt erstmal diese interessante Geschichte hier zu Ende bringen, Dan. Chester ist also zu dir gekommen und hat gefragt, wo die Juwelen sind?«

Dan schüttelte angewidert den Kopf. »Ich hab Chester erzählt, dass er spinnt und sich verpissen soll, was er dann auch gemacht hat. Aber was macht Chester dann? Er geht zu Eric. Eric! Eric kommt dann wiederum zu mir und sagt, was ist denn das für eine Geschichte mit Craig und dem Juwelenraub? Ich hab also zu Eric gesagt, sei nicht albern, das ist bloß Craig und eins seiner verdrehten Spielchen mit Chester. Eric, der so arglos war, so naiv – Eric sagt darauf bloß, na dann, okay. Und geht wieder zu Chester und erklärt dem, dass Craig sich die ganze Geschichte ausgedacht hat, keiner von uns irgendwelche Juwelen hat, und er die ganze Sache einfach vergessen soll.«

»Craig ist ja der festen Überzeugung«, sagte ich, »dass das der Punkt war, wo Chester so ärgerlich und wütend wurde, dass er einen seinen Tobsuchtsanfälle bekommen und Eric umgebracht hat.«

Arlene schrie wieder auf. Dan sah erst sie an, dann mich, und sagte dann sanft: »Nein, so war das nicht.«

»Torkildson?«, fragte ich.

Dan nickte, Arlene schrie nochmals auf.

»Wie? Und warum?«, setzte ich nach.

Dan holte tief Luft. »So Anfang Mai«, sagte er, »war ich mir ziemlich sicher, dass ich die Steine hier draußen nicht finden würde. Seit Wochen hatten ich diese Wälder durchkämmt, ohne auch nur einen einzigen Stein ausfindig gemacht zu haben, und das Unterholz wucherte unterdessen dichter und dichter.«

»Du Arsch!«, schnaubte Arlene. »Ich hab den ganzen Monat angenommen, dass du wieder mit Patsy Livingston vögelst. Stattdessen rennst du hier oben auf der Suche nach Diamanten rum. Du Arsch, Dan!«

»Bloß«, sagte Dan, »inzwischen stand das Blatt schon zum

Verkauf, und es zeichnete sich ab, dass im Vorstand eine Wahl zwischen Griscomb oder InfoCom anstehen würde. Ich hatte Stu mittlerweile endlich gestanden, dass ich die Steine in Vaters Asche verstaut und Eric in seiner Unkenntnis den Inhalt der Urne über den Wäldern verstreut hatte. Stu wurde immer gereizter und sagte schließlich, wenn man den *Herald* sowieso nicht erhalten und er seinen angeschlagenen Ruf nicht wieder herstellen konnte, dann würde man das Blatt an InfoCom verkaufen müssen. Damit käme die Familie wenigstens mit einigen Millionen aus der Misere raus. Ich wusste zwar, dass wir im Vorstand eine Mehrheit für den Verkauf an Griscomb hätten, aber Stu fing an, mit rechtlichen Schritten gegen Vorstandmitglieder zu drohen, die in eklatanter Weise den geschäftlichen Interessen des Unternehmen zuwider handelten – die würden von Chester und June verklagt werden, und er würde sich dem anschließen, sagte er –, und da bin ich dann in Panik geraten und haben einen ganz, ganz furchtbaren, einen ganz verheerenden Fehler gemacht.«

Arlene saß still da und wirkte verängstigt, sagte aber nichts. Alle schwiegen. Dan holte tief Luft, dann war ein ausgedehnter Seufzer von ihm zu vernehmen. Schließlich fuhr er fort. »Ich beschloss, Stu zu erpressen«, sagte Dan. »Ich sagte, es sei gelogen gewesen, dass Eric die Juwelen versehentlich entsorgt hatte. In Wirklichkeit habe Eric die Juwelen gefunden und mich zur Rede gestellt, sagte ich, und ich hätte ihm alles gestanden. Eric würde mir nun damit drohen, sagte ich, zur Polizei zu gehen und uns alle, Stu eingeschlossen, auffliegen zu lassen. Eric sei aber bereit, die Juwelen ihren Eigentümern anonym zukommen zu lassen, falls Stu den Verkauf an Griscomb unterstützen und Chester und June davon abhalten würde, uns zu verklagen.« Dan hielt kurz inne, und sein nachdenklicher Blick wanderte wieder in Richtung Wald.

»Wie hat Torkildson reagiert?«, fragte ich.

»An dem Tag, an dem Eric allwöchentlich raus ist zu den Bibern draußen am Wasser, über die er in seiner Kolumne geschrieben hat, ist Stu ihm in den Wald gefolgt und hat ihn totgeschlagen. Er hat mir den ganzen Vorgang am darauffolgenden Tag geschildert. Stu sagte, er habe keinerlei Absicht, weitere Personen zu töten, wenn es sich vermeiden lasse, aber nach der Pleite mit *Schmucke Fichte* schäme er sich schon zu sehr, um sich Freitagabends noch im Country Club sehen zu lassen, und er könne es wahrlich nicht riskieren, auch noch als Komplize bei einem Juwelenraub enttarnt zu werden.« Arlene und ich sahen Dan beide an, der bequem an den Baum gelehnt dasaß, die Augen voller Qual. Arlene schrie diesmal nicht, sondern schniefte leise vor sich hin.

»Gibt es«, fragte ich weiter, »irgendwelche Beweise dafür, dass Torkildson Eric umgebracht hat?«

»Sicher, ich habe ein Beweismittel«, sagte Dan. »Stu hat mir erzählt, dass er Eric mit einem Stativ erschlagen hat, das er sich aus der Bildredaktion des *Herald* geliehen hatte. Ich habe das Stativ rausgesucht und an dem Abend mit nach Hause genommen. Stu hatte es abgewaschen, aber es waren trotzdem noch Blutspuren dran, also müssen da auch Stus Fingerabdrücke und sonstige DNA-Spuren von ihm drauf sein.«

»Warum hast du Torkildson nicht auffliegen lassen?«, wollte ich wissen. »Dan, der Kerl hat deinen Bruder ermordet.«

»Naja«, sagte Dan, »zum einen ging es mir weiterhin darum, die Zeitung zu retten. Ich rechnete mir aus, dass Stu mich angesichts meines Wissens dabei unterstützen würde. Wie sich herausstellte, hatte ich mich getäuscht. Torkildson ist ein Psychopath. Und zum anderen war es schließlich alles meine Schuld gewesen. Ich hatte Stu veranlasst, Eric umzubringen. Ich bin ebenso schuldig wie Stu.« Als er das gesagt hatte, stand Dan auf und ging zum Zelt hinüber. Als er hineinging, befiel mich plötzlich eine furchtbare Ahnung, und ich stand rasch auf.

»Er hat doch da drin keine Knarre oder so was«, sagte ich rasch, »oder?«

»Nein«, sagte sie. »Dan holt nur seinen Stoff. Klingt gut, was? Ich wette, das ist jetzt so ein Moment, wo selbst dir danach ist, einen durchzuziehen, Don.«

25

Am späten Samstagnachmittag verhaftete Bill Stankie Stu Torkildson wegen Mordes. Ein Richter ordnete an, dass Torkildson bis zum Vorliegen der abschließenden gerichtsmedizinischen Untersuchungsergebnisse an dem Stativ, das Dan abgeliefert hatte, im Bezirksgefängnis von Eden zu verbleiben habe. Als er abgeholt wurde, hatte Torkildson seine gewohnte Beherrschung doch noch verloren. Vehement jede Schuld leugnend, stieß er wüste Verwünschungen gegen die Beamten und die Osbornes aus. »Nach allem, was ich für sie getan habe!«, rief er immerzu dazwischen. Aber Stankie sagte, eine vorläufige Untersuchung des Stativs im Labor habe Dans Darstellung erhärtet. Und dann stellte sich heraus, dass Torkildson für die Tatzeit auch kein Alibi hatte.

Chester hatte ebenfalls kein Alibi, aber das brauchte er ja nun auch nicht mehr. Chester erzählte Stankie, dass er an dem Morgen, an dem Eric getötet worden war, auswärts unterwegs war, um einige Wald- und Weideflächen zu begutachten, auf die er im Auftrag des Wal-Mart-Konzerns ein Auge geworfen hatte. Deshalb der ganze Schlamm an ihm bei seiner Heimkehr. Seines Erachtens seien Paulines Mordanschuldigungen das Ergebnis ihrer allgemeinen psychischen Labilität (von Craigs unerfreulichem Anruf war natürlich nicht die Rede), und diese Labilität werde demnächst Gegenstand einer gerichtlichen Anhörung sein.

Chester räumte ein, dass er Tacker Puderbaugh aus dem Südpazifik zurück beordert hatte, um den Pro-Griscomb-Osbornes ›ein paar Streiche zu spielen‹. Aber Tacker und einer seiner Freunde vom Lake George hätten es dann ›eindeutig übertrieben‹, als sie sich der Brandstiftung schuldig gemacht und anschließend von Chester hundertfünfzigtausend Dollar Schweigegeld verlangt hatten, um damit auf Okinawa einen Surfbrettverleih eröffnen zu können. Sowohl Tacker als auch sein Freund wurden im Haus des Freundes festgenommen und der Brandstiftung und des versuchten Mordes angeklagt. Janet konnte Tackers Freund als den Mann identifizieren, der sie – und später dann sie, Dale, Timmy und mich –

auf dem Jetski angegriffen hatte. Anfangs wollte Timmy den Jetski-Idioten auch noch für seinen gebrochenen Fuß wegen Körperverletzung drankriegen, überlegte es sich aber anders und ließ die Sache fallen.

Chester war damit vorerst nicht hinter Gittern – die Staatsanwältin sann noch über die mögliche Anklage gegen ihn nach –, und dass er einer Mordanklage entgangen war, gab dem Ausgang der Untersuchung aus Sicht von Bill Stankie mitsamt seinem vollen Satz dritter Zähne einen verdrießlichen Beigeschmack. Immerhin durfte Stankie aber mit ansehen, wie Torkildson und Tacker benachbarte Zellen bezogen (Dan war, nachdem er die Beihilfe beim Juwelenraub gestanden hatte, auf Kaution entlassen worden), und fand großes Gefallen an Tackers wilder Entschlossenheit, Chester so nachhaltig zu belasten, wie es ihm nur irgend möglich war. Stankie und die Staatsanwältin interessierten sich im Übrigen auch sehr für Tackers Versicherungen, dass ›Mummy‹ – also June – über Tackers kleine Terrorkampagne gegen die Pro-Griscomb-Osbornes genau Bescheid gewusst habe.

Als Ruth Osborne am Samstagabend von all diesen Entwicklungen erfuhr, schien sie keineswegs überrascht, dass Dan, Chester, Tacker und womöglich sogar June an kriminellen Machenschaften beteiligt gewesen waren, die sich aus dem Kampf um die Seele des *Herald* ergeben hatten. »Die Osbornes haben bei der Durchsetzung ihrer Ziele schon immer zur Rücksichtslosigkeit geneigt«, sagte sie. Aber die Nachricht von Stu Torkildsons Festnahme wegen des Mordes an Eric traf sie nachhaltig. Mrs. Osborne begann zu zittern, als Janet ihr davon berichtete, und ging dann bald in ihr Zimmer hinauf.

»Die Familie hat Stu immer vertraut«, erklärte Janet Timmy, Dale und mir später am Abend. Wir saßen wieder auf der Veranda hinterm Haus zusammen. »Stu war der Mann, auf den Dad sich verlassen hat, der dafür verantwortlich war, uns finanziell und moralisch unanfechtbar zu halten. Mom muss das, was Stu getan hat, wie der ultimative Verrat vorkommen.«

»Es *war* der ultimative Verrat«, sagte Dale, und wir alle stimmten ernst zu.

Janet und Dale waren erschöpft. Sie hatten geschuftet, um ihre

Habseligkeiten aus jener Hälfte des Hauses am See zu bergen, die nach dem Feuer, das Tacker gelegt hatte, noch stand. Und die schockierenden Entwicklungen der vorangegangenen sechunddreißig Stunden hatten ohnehin ihre Spuren hinterlassen. Zu müde, um über die bevorstehende Abstimmung im Vorstand des *Herald* zu spekulieren, waren sie aber nicht.

»Der Ausgang«, sagte Janet, »wird davon abhängen, welche Vorstandsmitglieder sich am achten September hinter Gittern befinden und welche in Freiheit sind, um abzustimmen. Wenn Dan noch auf Kaution draußen ist, wäre die Sache für Griscomb geritzt. Falls Chester nicht abstimmen könnte, und Tidy dafür in den Vorstand käme, bliebe sich das Jacke wie Hose.«

»Und dass deine Mutter am Montag die Anhörung wegen der Zurechnungsfähigkeit übersteht, scheint ja außer Frage«, sagte Timmy. »Der ganze üble Dreck, der da über die Familie und den Kampf um die Zeitung ans Tageslicht gekommen ist, hat sie zwar verständlicherweise arg mitgenommen. Aber dass sie alle Sinne beieinander hat, wird zum gegenwärtigen Zeitpunkt schwerlich jemand bestreiten können.«

»Für Ruth spricht auch«, sagte Dale, »dass sie nicht verhaftet worden ist.«

Janet versuchte zu lächeln. »Das scheint im Kreise der Osbornes heute in der Tat ein seltener Glückstreffer zu sein.« Etwas früher am Abend hatte Janet zwei Stunden lang Kollegen von der *New York Times* und vom *Boston Globe* Rede und Antwort gestanden, die beide groß angelegte Berichte über den Niedergang einer der ehrwürdigsten Dynastien im Bereich des amerikanischen Journalismus vorbereiteten.

»Seid ihr schon mal festgenommen worden?«, fragte Dale Timmy und mich. Es schien mir eine etwas seltsame Frage, aber Dales aufmerksamer Blick und ihre leuchtenden Augen zeigten, dass sie auf etwas hinaus wollte.

»Ich bin im Rahmen meiner beruflichen Tätigkeit gelegentlich in engeren Kontakt mit der Justiz von Albany gekommen und wohl auch schon mal grob angefasst worden, Dale. Und jeden Kratzer, der von diesen Begegnungen herrührt, trage ich wie ein Abzeichen der – naja, nicht unbedingt der Ehre. Eher wohl des Unverständnisses, vermischt mit Verärgerung.«

»Und was ist mir dir, Timmy?«, fragte Dale. »Bist du je festgenommen worden?«

Sein gegipster Fuß zuckte kurz, er wurde bleich und Schweiß trat ihm auf die Stirn. »Nein. Ich bin noch nie festgenommen worden.«

»Ich schon«, sagte sie und sah ihn auf eine auftrumpfende Art verächtlich an. »Nicht wahr, Timmy?«

»O Gott!«, entfuhr es ihm. »Verdammt. Du warst bei der ACT UP-Aktion damals dabei. Oh, Scheiße.«

»Ja, ich war bei der ACT UP-Aktion damals dabei, oh, Scheiße. April 1987. Wie ich sehe, fügt sich jetzt doch noch alles zusammen in deinem großen, liebenswürdigen Schädel.«

»Herrje. Das hat mich so belastet. Das war nach 'ner Abstimmung im Gesundheitsausschuss über die Finanzierung der häuslichen Pflege für Aidskranke, richtig?«

»Ganz genau, Tim.«

»Und ihr fandet, der Abgeordnete Lipshutz hätte den Republikanern beim Kompromiss über den Haushalt nicht so weit nachgeben sollen. Ihr seid dann alle rüber ins Büro gekommen und wolltet nicht wieder gehen – da müssen so vierzig oder fünfzig von euch gewesen sein, soweit ich mich erinnern kann – und habt verlangt, dass Myron mit euch spricht.«

»Wir haben freundlich um ein Gespräch nachgesucht«, sagte Dale. »Nachdrücklich, aber freundlich.«

»Nein, ihr habt verlangt, dass er erscheint. Bloß war er, wie ich mich entsinnen kann, gerade irgendwo in einer Besprechung mit dem Sprecher der Kammer.«

»Das wolltest du uns damals schon weismachen. War aber alles gelogen, natürlich.«

»Und ihr habt euch geweigert, das Büro zu verlassen. Eure ganze Gruppe hat sich auf den Boden gesetzt, und ihr habt gesagt, ihr rührt euch nicht weg, bis Myron sich nicht angehört hat, was ihr zu sagen habt. Du warst überhaupt die Sprecherin der Gruppe! Ich bin dann losgegangen und rüber zum Büro des Sprechers, um zu sehen, ob ich Myron aus der Sitzung rausholen kann.«

»Ja, so lautete deine Version schon damals.«

»Und während ich unterwegs war, hat die Polizei spitzgekriegt, dass ihr in Myrons Büro hockt –«

»*Du* hast sie *gerufen*, Timothy! Gib's doch zu! Du hast uns erzählt, wir könnten mit dem Abgeordneten Lipshutz sprechen, dann bist du raus und hast die Bullen gerufen, und wir sind alle eingefahren. Wir haben die Nacht auf der Sammelstelle zugebracht, während du wahrscheinlich an der Bar im *Le Briquet* gehockt und dir einen abgefeixt hast, wie du's dem schwullesbischen Pack mal wieder gezeigt hast.«

»Dale«, sagte Timmy, »das siehst du ganz, ganz falsch – wie so Manches. Du bist ein kluges Kind, dagegen ist nichts zu sagen, Dale, aber du kennst mich nicht und du kennst Myron Lipshutz nicht. Es war der Abgeordnete Metcalfe, auf der anderen Seite des Flures, der die Polizei auf euch gehetzt hat. Myron und ich waren gleichermaßen wütend, als wir zum Büro zurückkamen und feststellten, was vorgefallen war. Myron war derjenige, der euch allen die Anwälte von *Lambda Legal Defense* besorgt hat. Und es war Myron, der etwa eine Woche später erwirkt hat, dass weitere zwölf Millionen aus dem Verwaltungsbudget des Gesundheitswesens in die häusliche Pflege für Aidskranke umgeleitet wurden. Wenn sich deine Haltung mir gegenüber also auf diesen Vorfall stützt, wäre eine Revision angeraten. Eine Entschuldigung ist ja sicherlich jenseits von allem, worauf ich hoffen darf.«

Janet und ich nuckelten beide an unseren Bieren und beobachteten Dale, wie die das Gehörte überdachte. Schließlich fragte sie: »Warum ist uns diese Darstellung seinerzeit nie zu Ohren gekommen?«

»Weil«, sagte Timmy, der sich nun entspannte und die Situation zu genießen begann, »Myron wusste, dass er die zusätzlichen zwölf Millionen nie kriegt, wenn es so aussieht, als würde er sich erpressen lassen. Ihm ging es um Ergebnisse, nicht um einen Haufen – ›Dünnschiss‹ hat Saul Alinsky das mal genannt, wenn es zu erhabenen öffentlichen Kundgebungen kommt, in deren Ergebnis die Demonstranten sich zwar besser fühlen, in Wirklichkeit aber nichts erreicht haben. Wohingegen Myron sehr wohl was erreicht hat.«

Dale zog Luft durch die Nase ein. »Die zwölf Millionen waren ein Tropfen auf den heißen Stein, wenn wir schon von Dünnschiss sprechen. Und außerdem, ohne die Aktionen von ACT UP, die den Abgeordneten das ganze Riesenelend überhaupt erst unter die Nase gerieben haben, hätten die allenfalls die Hälfte von dem bewilligt, was sie so rausgerückt haben.«

»Das stimmt«, sagte Timmy. »ACT UP, wie auch andere, weniger auffällige Gruppen, haben – je auf ihre eigene Art – viel ausgerichtet.«

Dale schien etwas nachzugeben. Sie nahm einen Schluck von ihrem Bier, dann sagte sie: »Also gut, Timmy, mein Guter. Du hast den Test bestanden. Du bist unser Mann.«

»Gott sei's getrommelt und gepfiffen! Danke.«

»›Gott sei's getrommelt und gepfiffen.‹ Da hätten wir noch eine deiner geliebten Veteranenwendungen, die man kaum noch hört. So wie ›Mensch Meier!‹ oder ›Zu und zu entzückend‹. Kann es sein, dass du von deinen Vorfahren eine genetische Veranlagung zum Gebrauch verstaubter Ausdrücke mitbekommen hast? Egal, Timmy, du bist unser Mann!«

Nun rutschte Timmy unbehaglich auf seinem Liegestuhl herum. »Wie meinst du das, ›unser Mann‹?«

»Janet und ich haben vor etlichen Monaten beschlossen, ein Kind zu bekommen. Ich werde die biologische Mutter sein. Wir brauchen einen Samenspender, und mit Janets Einverständnis habe ich dich einer kleinen Prüfung unterzogen. Und du hast den Test bestanden. Wir müssten alsbald zur Tat schreiten, wenn du gesund und einverstanden bist, weil's bei mir biologisch allmählich knapp wird. Und ich will auch gar nicht erst mit irgendwelchen Küchenpipetten herumalbern. Das wirkt so kalt und klinisch, wenn es an ein so intimes – eigentlich ja geradezu heiliges – Schöpfungsritual geht. Also, was sagste, Tim, mein Freund? Fühlst du dich dem gewachsen? Bist du zu etwas Befruchterei bereit?«

Timmy starrte Dale an, und sein Blick war der eines Mannes, dem jedes einzelne Haar zu Berge steht, auch wenn sie das in seinem Fall nicht wirklich taten.

Später am Abend, wir lagen in Junes Himmelbett, sagte Timmy: »Ich hoffe, dass es dich nicht verletzt hat, dass sie dich nicht auch gefragt haben, Don.«

»Nein«, sagte ich, »ihre Gründe dafür, dich auszuwählen, sind völlig einsichtig. Sie gehen davon aus, dass du der treuere und zugetanere Vater sein wirst – beziehungsweise ›Vaterfigur‹, wie Dale das so beharrlich nennt –, und damit haben sie Recht. Wenn sie mich gefragt hätten, hätte ich dankend abgelehnt, nach so was hat mir noch nie der Sinn gestanden. Aber du hast gleich gemerkt, dass es etwas ist, was dir im Leben bisher gefehlt hat und du in Wirklichkeit sehr gern tun würdest, obwohl es dir von selbst noch nie eingefallen war.«

»Stimmt genau.«

»Aber ich sehe dem Stiefvaterfigur-zweiten-Grades-Dasein, oder wie das dann heißt, durchaus mit Spannung entgegen.«

»Das glaube ich.«

»Bloß mit diesen Namen, ich weiß nicht. Shira Osborne-Kotlowicz? Yussie Osborne-Kotlowicz?«

»Das müssen die entscheiden. Ich hab an den Namen nichts auszusetzen.«

»Du wirst nicht auf Sean Callahan-Kotlowicz-Osborne bestehen? Oder Heather Kotlowicz-Osborne-Callahan?«

»Nein, der Name ist mir schnurz. Ich bin nur so – *beflügelt* ist wohl das richtige Wort – von dem Gedanken, dass wir ein menschliches Leben schaffen werden, das Teil von mir ist und zugleich ein ganz eigenes Leben – und überhaupt: ein Leben! – haben wird.«

»Das verstehe ich, Timothy. Mein Ding ist das irgendwie nicht, aber wenn ich dich so reden höre, kann ich mich für dich freuen, dass du so begeistert darüber bist.«

»Ich bin aber schon erleichtert, dass Dale nachgegeben und nun doch einem indirekten Befruchtungsverfahren zugestimmt hat. Ich meine, ich hätt's wohl schon irgendwie hinbekommen, aber – also wirklich. Meine Güte.«

»Naja, sie wäre, glaube ich, immer noch imstande, dich eines Nachts einfach zu bespringen. Und, hey, vielleicht wird's 'ne Riesenüberraschung und uns stehen noch weitere Enthüllungen über deine geheimsten Wünsche ins Haus.«

»Ich habe doch sehr stark die Vermutung«, sagte Timmy, »dass ich da sehr viel eher im Leben drauf gekommen wäre. Es ist ja nicht so, als hätte es an Ermutigung dazu gefehlt.«

»Schon irre«, sagte ich. »Du wirst an der Schaffung eines menschlichen Lebens beteiligt sein, und die ganze Geschichte hat mit Skeeter an der Highschool von Poughkeepsie begonnen. Ich wette, der wird sich freuen, wenn er davon hört, und wahrscheinlich richtig ein bisschen stolz sein.«

Als ich Skeeters Namen erwähnte, wurde Timmy nachdenklich. Nach einigem Überlegen sagte er: »Eldon wäre eigentlich ein schöner Name für ein Baby.«

»Stimmt«, sagte ich. »Oder Eldona.«

Wir redeten noch lange unter dem Baldachin von Junes Himmelbett und beschlossen, dass Eldon oder Eldona eines Tages eine herausragende Zeitung redigieren würde oder – falls es diese Sorte Zeitung im einundzwanzigsten Jahrhundert nicht mehr geben sollte – eine Folge wilder Druckschriften, die von Hand zu Hand weitergereicht würden.

Epilog

Dan Osborne war geständig und kassierte ein Jahr für seine Verwicklung in den Juwelenraub. Tacker Puderbaugh und der jetskireitende Bursche, der bei der Brandstiftung und den anderen einschüchternden ›Streichen‹ mit von der Partie gewesen war, wurden zu zwölf beziehungsweise fünfzehn Jahren verurteilt. Chester, der der Anstiftung zur Körperverletzung angeklagt wurde, jammerte sich geständig durch und kam mit einer Bewährungsstrafe davon. June kam ebenfalls ungeschoren davon, obwohl das Bezirksmuseum ihr für ein Jahr das Amt der Kuratorin der alljährlichen *Kanus bei Sonnenaufgang*-Ausstellung verwehrte. Parson und Evangeline Bates wandten sich von June und Dick Puderbaugh ab, und Parson schrieb eine Kolumne im *Herald*, in der er über den ›liberalen Richter‹ herzog, der June hatte ungestraft davonkommen lassen, weil ihm das ›aufgrund seiner Vorurteile in den Kram passte‹.

Plötzlich mit anderen Dingen beschäftigt, hatte Chester Osborne das Verfahren zur Einweisung seiner Frau wieder abgeblasen. Pauline verließ Edensburg bald darauf in ihrem Lexus – mit einem Schrankkoffer voller Schuldverschreibungen, hieß es – und zog in ein Haus mit Tennisplatz, das auf einem Hügel über La Jolla in

Kalifornien lag. Arlene Thurber besuchte Dan während des Jahres, das er im Knast verbrachte, einmal wöchentlich und brachte ihm und einigen seiner Mitgefangenen selbst gemachte Brownies mit.

Stu Torkildson wurde aufgrund von Dans Aussage und den DNA-Rückständen auf dem Stativ verurteilt. Ich hatte ihn vor dem Prozess im Gefängnis besucht und gefragt, wie ihm bei dem Projekt mit dem Juwelenraub – oder meinethalben dem großen Drogendeal, den er Dans Angaben zufolge ursprünglich vorgeschlagen hatte – so grobe Patzer hatten unterkommen können. War ihm denn die Katastrophe mit *Schmucke Fichte* gar keine Warnung gewesen, von hochgradig riskanten Geschäften besser die Finger zu lassen, wollte ich wissen.

Torkildson grinste mich einschmeichelnd an und sagte: »Das Drogengeschäft, das den *Herald* hätte retten sollen – ein Blatt, das redaktionell eine klare Anti-Drogen-Linie fährt, ist das nicht ein Witz? –, war überhaupt nicht meine Idee. Ich habe mich nachhaltig dagegen ausgesprochen, Strachey, und wenn ich nicht entgegen meiner eigenen Überzeugung nachgegeben hätte, wäre uns das ganze Fiasko – Dans absurde Beschuldigung, dass ich Eric ermordet habe, und der ganze Rest – wahrscheinlich erspart geblieben. Aber wenn ich mit Dan überhaupt in einer Weise gesprochen habe, der er entnommen haben will, ich hätte ein großes Drogengeschäft angeregt, um den *Herald* zu retten, dann nur, und das sage ich Ihnen jetzt im Vertrauen, weil ich dazu von anderer Seite gedrängt wurde, und zwar von jemandem, der entschlossen war, den *Herald* um jeden Preis im Besitz der Osborne-Familie zu halten.«

Er beobachtete mich, ohne dass ich seinem Blick irgendetwas hätte entnehmen können. »Also gut, und wer?«, fragte ich. »Wer soll Sie gedrängt haben, den *Herald* mit Hilfe eines großen Drogendeals zu retten, Stu?«

»Ruth Osborne. Wer denn sonst? Klingt das nicht haargenau nach Ruth?«

»Nein.«

»Dann kennen Sie Ruth Watson Osborne nicht.«

»Haben Sie Beweise?«

»Nein.«

»Sie lügen. Sie sind ungefähr so vertrauenswürdig wie ein Killervirus. Diese Geschichte haben Sie einfach erfunden.«

Er grinste bloß und schüttelte langsam das glänzende Haupt.

Der Richter bei Ruth Osbornes Anhörung hatte sie für ›aus verständlichen Gründen traurig‹, ansonsten aber durchaus fähig befunden, im Vorstand des *Herald* zu verbleiben. Nach der Abstimmung am achten September hatte sich ihr Wohlbefinden aber rasch verschlechtert, und etwa drei Monate danach hatte sie einen Schlaganfall erlitten und war nach einer guten Woche Krankenhaus in ein Pflegeheim in Edensburg gezogen.

Ich habe Janet nie von Stu Torkildsons Behauptung erzählt, die Idee, den *Herald* durch einen Drogendeal zu sanieren, sei von Mrs. Osborne gekommen. Timmy gegenüber habe ich es mal erwähnt, und er hat gleich abgewunken.

Der Vorstand des *Herald* stimmte mit drei zu zwei Stimmen für den Verkauf des Blattes an Harry Griscomb. Binnen weniger Tage war das Geschäft abgewickelt. Griscomb übernahm die enorme Schuldenlast des *Herald*, und so verblieben jedem osborneschen Aktionär nach Steuern zwölftausendeinhundertvierzehn Dollar. Janet sagte, sie würde ihren Anteil für die Wiederherstellung des Hauses am See und den Anbau eines Kinderzimmers verwenden. Die anderen Aktionäre brauchten ihre Anteile wohl zur Begleichung ihrer Anwalts- und Gerichtskosten.

Im darauffolgenden Frühjahr trug sich zweierlei zu. Am dreißigsten Mai wurde im Edensburger Bezirkskrankenhaus Erica McCaslin Kotlowicz-Osborne geboren. Skeeter war zugegen – um seine T-Zellen stand es denkbar schlecht, aber sein Zustand war stabil und er hatte seine Arbeit bei der staatlichen Forstbehörde von New York wieder aufgenommen. Auch Timmy war dabei und schritt, während Skeeter und ich im Warteraum Hearts spielten, rastlos auf und ab. Bei der Entbindung selbst war Janet anwesend – eine hochgradig außergewöhnliche Regelung, wie die Oberen in der Krankenhausverwaltung meinten bemerken zu müssen, aber schließlich mochten sie es weder mit Janet noch mit Dale ernstlich aufnehmen.

Und dann geschah in jenem Mai noch dies: *Harry Griscomb Newspapers* ging um ein Haar pleite, und die Griscombs der dritten Generation rissen die Kontrolle über den Konzern an sich und verkauften ihn an die Printmedienabteilung von *United States Tobacco*. Gleich am darauffolgenden Tag wurde Janet mitsamt zwei Dritteln der journalistischen Mitarbeiterinnen und Mitarbeiter und der gesamten Chefredaktion gefeuert. Tidy Osborne Puderbaugh wurde zum Herausgeber des *Herald* bestellt – ›um die ehrwürdige osbornesche Familientradition zu wahren‹, wie der Eigentümer erklärte –, und ein neuer Chefredakteur vom *Epworth Tribune* aus Maryville, Missouri eingeflogen. Von den Eigenschaften und Maßstäben, die den *Herald* einst groß gemacht hatten, war in dem Blatt alsbald keine Spur mehr zu finden – dafür gab es hinfort eine Bridge-Kolumne.

Michael Nava bei Ariadne

»Michael ist der beste schwule Krimiautor Amerikas und einer unserer besten Schriftsteller überhaupt.« *Katherine V. Forrest*

Der kleine Tod

Pink Plot 2001 · ISBN 3-88619-901-0

Anwalt Henry Rios gerät im Auftrag eines Mandanten, der behauptet, sein Großvater wolle ihn umbringen lassen, in die Welt einer der großen Kapitaldynastien der USA, die mit der Eisenbahn ihr Vermögen gemacht und mit einer Stiftung ihr Gewissen beruhigt hat. Wie kann ein Schwuler es wagen, den Namen alten Geldes zu beschmutzen?

Goldjunge

Pink Plot ZR 2003 · ISBN 3-88619-903-7

Einem sterbenden Freund zuliebe übernimmt Henry Rios einen aussichtslosen Fall: Jim Pears wurde mit der Tatwaffe in der Faust bewusstlos neben einem Ermordeten gefunden. Doch angeklagt, bekommt Pears unerwartet Rückendeckung: Der schwule Jet-Set persönlich setzt sich für ihn ein, was Henry Unbehagen bereitet …

In einer Stadt so nett

Pink Plot ZR 2011 · ISBN 3-88619-911-8

Paul Windsor ist angeklagt, einen Kinderporno-Händler ermordet und verstümmelt zu haben. Öffentliche Meinung und Gerichtsbarkeit sind sich längst einig: Windsor, ein stadtbekannter Kinderschänder, hat die Moral eines Schuldigen. Doch Henry Rios bezweifelt die Ordentlichkeit des Verfahrens und der polizeilichen Ermittlung …

Das innere Gesetz

Pink Plot ZR 2018 · ISBN 3-88619-918-5

Senator Peña ist betrunken, als er den alten Mann in Sacramento totfährt. Sein Traum, als erster Chicano Oberbürgermeister von Los Angeles zu werden, scheint ausgeträumt. Aber wenn die Inszenierung stimmt, verzeihen die Wähler dem rührseligen Büßer …

Todes Nähe

Pink Plot 2030 · ISBN 3-88619-930-4

Ein ehemaliger Kommilitone und Freund von Strafverteidiger Henry Rios hat es bis zum Richter gebracht. Als er ermordet wird, steht für die Polizei der Tatverdächtige schon fest: ein ehemaliger Stricher, der behauptet, mit dem Toten ein Verhältnis gehabt zu haben …

Bernie Bookbinder bei Ariadne

Das Baseball-Outing

Pink Plot ZR 2013 · ISBN 3-88619-913-4

Scrappy Schwrtznbrgr, Besitzer der Baseballmannschaft The New York Gents, versteht die Welt nicht mehr. Ausgerechnet sein einziger Spitzenspieler entpuppt sich als Homosexueller und ist noch dazu ganz wild darauf, sich vor der Presse zu outen – gerade als Scrappy die Mannschaft verkaufen und sich zur Ruhe setzen will. Ohne Dick Toote sind die Gents nichts mehr wert. Ein Baseballspieler *muß* ein Vorbild sein, und als Schwuler ist er das nicht, selbst wenn er der beste aller Schlagmänner wäre! Oder doch?
Ruby, der Pressemanager der Gents, hat eine vielleicht rettende Idee. Gemeinsam mit ihm heckt Scrappy einen unerhörten Plan aus, der ihm ein mächtig schwules Team, ein dickes Konto und sagenhafte Schlagzeilen bescheren könnte ...

Spaß mit Spannung verbindet diese Gesellschaftssatire aus einer Welt, die zwar hinter dem Atlantik liegt, aber, genau gelesen, gar nicht so weit von Germany.

Pink Plot